Rainer Dissars-Nygaard, Jahrgang 1949, studierte Betriebswirtschaft und war als Unternehmensberater tätig. Er lebt als freier Autor auf der Insel Nordstrand. Im Emons Verlag erschienen unter dem Pseudonym Hannes Nygaard die Hinterm Deich Krimis »Tod in der Marsch«, »Vom Himmel hoch«, »Mordlicht«, »Tod an der Förde«, »Todeshaus am Deich«, »Küstenfilz«, »Todesküste«, »Tod am Kanal«, »Der Tote vom Kliff«, »Der Inselkönig «, »Sturmtief«, »Schwelbrand«, »Tod im Koog« und die Niedersachsentrilogie »Mord an der Leine«, »Niedersachsen Mafia« und »Das Finale«. www.hannes-nygaard.de

HANNES NYGAARD

Mordlicht

HINTERM DEICH KRIMI

emons:

Bibliografische Information der Deutschen Nationalbibliothek
Die Deutsche Nationalbibliothek verzeichnet diese Publikation
in der Deutschen Nationalbibliografie; detaillierte bibliografische
Daten sind im Internet über http://dnb.d-nb.de abrufbar.

© Emons Verlag GmbH
Cäcilienstraße 48, 50667 Köln
info@emons-verlag.de
Alle Rechte vorbehalten
Umschlagzeichnung: Heribert Stragholz
Umschlaggestaltung: Tobias Doetsch
Druck und Bindung: Books on Demand GmbH, Norderstedt
Printed in Germany
Erstausgabe 2006
ISBN 978-3-89705-418-9
Hinterm Deich Krimi 3
Originalausgabe

Unser Newsletter informiert Sie
regelmäßig über Neues von emons:
Kostenlos bestellen unter
www.emons-verlag.de

Dieser Roman wurde vermittelt durch die Agentur EDITIO DIALOG,
Dr. Michael Wenzel, Lille, Frankreich (www.editio-dialog.com)

Für Bedstemor

Das Rotklinkerhaus am Rande der Stadt machte einen gemütlichen Eindruck. Es mochte zu Beginn des letzten Jahrhunderts gebaut worden sein und hatte sich den Charme dieser Zeit bewahrt, auch wenn es durch diese oder jene bauliche Veränderung den heutigen Anforderungen angepasst worden war.

Der Vorgarten war mit Liebe angelegt, ohne den Eindruck zu vermitteln, dass jedes Grün akkurat mit der Wasserwaage ausgerichtet und der Rasen mit der Nagelschere gepflegt würde. Der rustikale Charakter der Grünfläche harmonierte hervorragend mit dem Gebäude, in dessen Mauerwerk das raue Klima Nordfrieslands in den letzten hundert Jahren seine Spuren gezeichnet hatte.

Der hoch gewachsene, schlanke Mann beugte sich über die Beetrosen, um welke Blüten zu schneiden. Der gesunde braune Teint ließ vermuten, dass er sich oft im Freien bewegte. Ein grauer Haarkranz umrankte seine durch die Sonne verwöhnte Glatze und mündete in einen mit einer Schleife gehaltenen Zopf.

Die etwas zu große Nase wurde durch eine Goldrandbrille verziert. Ein gepflegter Dreitagebart im wettergegerbten Gesicht unterstrich den Eindruck, dass ein zufriedener Pensionär Haus und Hof bestellte.

»Sind Sie Pastor Hansen?«, sprach ihn der Fremde an, der an den schmiedeeisernen Gartenzaun getreten war.

Frode Hansen sah auf und blinzelte gegen die Sonne.

»Hansen! Einfach nur Hansen«, entgegnete er. »Ich bin seit vier Jahren im Ruhestand.«

Er lächelte den Besucher freundlich an und zeigte dabei eine Reihe weißer Zähne, die so ebenmäßig waren, dass sie auf den ersten Blick das Etikett »die Dritten« verdienten.

»Was kann ich für Sie tun?«

Der Fremde warf einen kurzen Blick über die ruhige Straße am Ortsausgang Bredstedts, als wolle er sich vergewissern, ob er beobachtet würde.

»Kann ich mal 'n Moment mit Ihnen reden?«

Hansen betrachtete ihn. Sein Gegenüber mochte um die fünfzig sein. Der runde Kopf mit dem schütter werdenden Haar saß auf einem zu kurzen Hals. Der Mann neigte zu Übergewicht, ohne korpulent zu sein. Unruhig bewegte er seine Hände, während um seine Augenwinkel ein nervöses Zucken spielte.

»Gern«, erwiderte Hansen.

Erneut blickte sich der Fremde um, bevor er fragte: »Kann ich unter vier Augen mit Ihnen sprechen?«

»Wir sind hier ungestört. Niemand hört uns.«

Der Mann schüttelte den Kopf. »Es ist etwas Wichtiges. Sehr Bedeutsames. Ich … ich möchte beichten.«

Pastor Hansen wirkte jetzt etwas irritiert. Er ließ die Hand mit der Rosenschere herabsinken.

»Kommen Sie herein«, forderte er den Besucher auf und zeigte auf die Gartenpforte. Doch der Mann auf der anderen Seite des Zauns schüttelte erneut den Kopf.

»Kann ich das nicht in der Kirche machen? Im Beichtstuhl?«

Hansen machte einen Schritt vorwärts. Im selben Moment wich der Unbekannte zurück.

»Das ist nicht so einfach«, versuchte der Pastor zu erklären. »Ich bin … war … evangelischer Geistlicher. Bei uns Protestanten gibt es keinen Beichtstuhl. Das ist eine Institution der katholischen Kirche. Wenn Sie lieber mit meinem katholischen Amtsbruder sprechen möchten – ich kann Ihnen die Adresse geben und auch den Kontakt vermitteln.«

Unruhig sah sich der Fremde auf der Straße um und murmelte halblaut vor sich hin: »Ach so, das habe ich nicht gewusst. Dann kann ich also gar nicht bei Ihnen beichten?«

Hansen machte noch zwei Schritte auf den Mann zu, erreichte die schmiedeeiserne Pforte und öffnete sie. Einladend zeigte er mit der anderen Hand in Richtung Haus und bemerkte erst nach einem ängstlichen Blick des anderen, dass er immer noch die Rosenschere in der Hand hielt.

»Kommen Sie erst einmal von der Straße. Im Haus lässt es sich leichter reden«, lud er den Fremden ein.

Der Mann folgte Hansen zögernd, als der auf die Haustür zuging. Der Pastor führte seinen Besucher in das Arbeitszimmer, das mit seinen voll gestopften Regalwänden eher einer Bibliothek glich.

Er zeigte auf einen lederbezogenen Stuhl und nahm selbst hinter dem Schreibtisch Platz. Erst jetzt wurde er sich bewusst, dass er mit seiner Freizeitkleidung und den schmutzigen Gartenhänden keinen würdigen Eindruck vermittelte.

»Ich bin seit vier Jahren nicht mehr im Dienst«, erklärte er noch einmal, »das soll mich aber nicht daran hindern, Ihnen Gehör zu schenken.«

Der Unbekannte rutschte unruhig auf der Stuhlkante hin und her und besah sich seine Hände, mit denen er nervös spielte. Ohne Hansen anzusehen, begann er leise zu sprechen: »Das ist nett von Ihnen. Ich habe ein großes Problem.«

Hansen ließ ihm Zeit. Der Mann sah kurz auf, wich aber dem Blick des Pastors sofort wieder aus.

»Ich … ich weiß nicht so recht, wie ich beginnen soll«, stammelte er.

»Sind Sie in einer Notsituation?«, versuchte ihm Hansen eine Brücke zu bauen.

Der andere nickte. »Ja! Das kann man sagen.« Dann schwieg er.

»Haben Sie Kummer? Eine Erkrankung?«

Kopfschütteln.

»Wollen wir ein Gebet sprechen? Oder soll ich Ihnen den Segen erteilen?«

Der Fremde fuhr mit einem Ruck in die Höhe und nahm eine abwehrende Haltung ein. »Bloß das nicht. Dafür bin ich nicht der Richtige. Das hilft mir nicht weiter.«

»Wo liegt dann Ihr Problem? Eine Notlage? Wirtschaftlich?«

»Nein! Das heißt – ja. Eine beschissene – oh, Verzeihung –, eine richtig dumme Situation. Aber nicht finanziell. Jedenfalls nicht jetzt.«

»Eheprobleme? Ist etwas mit den Angehörigen?«, bohrte Hansen vorsichtig, nachdem sein Gegenüber wieder ins Schweigen verfallen war.

»Nein«, wehrte der Fremde ab, »ich bin nicht verheiratet. Nicht mehr. Seit langem geschieden. Und zu den erwachsenen Kindern habe ich kaum Kontakt. Das ist es nicht. Ich habe ein viel größeres Problem.«

»Da Sie mich aufgesucht haben, nehme ich an, Sie möchten es mir erzählen – Ihr Problem. Ich kann Ihnen versichern, dass alles, was Sie mir anvertrauen, genauso der Schweigepflicht unterliegt, als würden Sie es einem katholischen Priester im Beichtstuhl offenbaren.«

Geistesabwesend nickte der Mann. »Ja, ja«, sagte er. Dann straffte sich sein Oberkörper, als wäre ein innerer Ruck durch ihn gefahren. »Ich weiß nicht so recht, wie ich anfangen soll.« Er ließ seinen Blick an Hansen vorbei zur Bücherwand gleiten. Seine Augen wanderten über die Buchrücken, als suche er etwas.

»Wir sind hier unter uns«, ermunterte ihn der Pastor. »Sprechen Sie frei von der Leber weg.«

Der Mann sah auf seine Hände, die sich intensiv miteinander beschäftigten. Dann blickte er auf. Seine Augen suchten den direkten Kontakt zu Hansen, musterten die Brillengläser des Pastors und fixierten dann dessen Pupillen, als wollte er den Geistlichen hypnotisieren.

Es fiel Hansen schwer, diesem langen, intensiven Blick standzuhalten. Er zwang sich dazu, versuchte krampfhaft den Lidschlag zu vermeiden. Es war ein Messen der Willenskräfte zwischen den beiden Männern. Die Zeit erschien dem Pastor ewig.

Plötzlich entspannten sich die verkrampften Gesichtszüge des Fremden. Er holte tief Luft und sagte dann unvermittelt mit kaum wahrnehmbarer Stimme: »Ich hab einen umgebracht!«

Dann sackte er im Stuhl in sich zusammen, so, als hätte jemand ein Ventil geöffnet und das, was diesem Menschen Stabilität verliehen hatte, wäre urplötzlich entwichen.

Hansen schwieg. Es war eher die Sprachlosigkeit über das Geständnis des Unbekannten als wohlüberlegte Absicht. Er brauchte eine Weile, bis er sich gefasst hatte.

»Ist das Ihr Ernst?«, fragte er, ärgerte sich aber im selben Moment über diese der Situation nicht angemessene Frage. Etwas Besseres war ihm nicht eingefallen.

Nahezu empört sah ihn sein Gegenüber an. »Glaub'n Sie, ich scherz mit solchen Sachen?«

»Nein«, versuchte ihn der Pastor zu beschwichtigen. »Verstehen Sie mich bitte richtig, aber ... das kam überraschend. Auch als Geistlicher wird man nicht jeden Tag mit einer solchen Situation konfrontiert.«

Der Unbekannte lachte gekünstelt auf. »Glauben Sie, ich bring regelmäßig jemanden um?« Er wischte sich mit dem Ärmel über die schweißnasse Stirn. »Für mich war es auch das erste Mal.«

Dann trat eine Pause ein.

Hansen wollte ihn nicht unterbrechen. Er spürte, dass sein Besucher das Geständnis fortsetzen würde.

»Es ... es war grauenvoll«, stieß der Mann hervor. Ein leichtes Beben durchfuhr ihn bei der Erinnerung an das Erlebte. Er fuhr sich mit Daumen und Zeigefinger über die Mundwinkel. »Ich hab so was noch nie gemacht, bin sonst kein gewalttätiger Mensch. Aber ... irgendwie ... ich weiß gar nicht, wie das geschehen konnte. Keine Ahnung«, schob er nach und zuckte hilflos mit den Schultern.

»Kann ich Ihnen etwas anbieten?«, fragte Hansen. »Einen Kaffee? Tee? Ein Glas Wasser?«

Der Fremde schüttelte geistesabwesend den Kopf. »Nee, danke!«, gab er zurück. Dann spielte er wieder mit seinen Fingern.

Es entstand eine lange Pause. Zu lange. Hansen schien es, als wäre der mühsam geknüpfte Vertrauensfaden zwischen ihnen gerissen.

»Wer war der Mensch, den Sie getötet haben?«, versuchte der Pastor nach einer Weile vorsichtig das Gespräch wieder aufzunehmen.

»Das will ich Ihnen erklären«, setzte der Besucher an und lehnte sich auf seinem Stuhl zurück, als würde er sich in einer entspannteren Sitzhaltung besser an das Erlebte erinnern können. »Ich muss dazu ein wenig ausholen, damit Sie alles verstehen.«

»Lassen Sie sich nicht unter Druck setzen. Ich habe Zeit«, ermunterte ihn Hansen.

Der Mann holte erneut tief Luft und begann mit stockenden Worten seine Erklärung.

»Wie ich schon sagte, bin ich seit langem geschieden. Zu meinen erwachsenen Kindern habe ich nur wenig Kontakt. Ich führe ein relativ zurückgezogenes Leben, ohne Eremit zu sein. Ich werde Ihnen gleich mehr über meinen Alltag berichten, wo und wie ich wohne. Doch zunächst muss ich etwas über meinen Beruf erzählen. Die Zeiten haben sich gewandelt. Nichts ist mehr so, wie es einst war. Vielen Menschen bläst der Wind heute direkt ins Gesicht. Davon bin auch ich betroffen, weil ... aber, vielleicht sollte ich der Reihe nach erzählen.« Er sah Hansen an. »Macht es Ihnen viel aus, wenn ich jetzt doch um ein Glas Wasser bitten würde?«

»Selbstverständlich nicht«, erwiderte der Pastor, stand auf und wandte sich zur Tür. »Wenn Sie mich einen Moment entschuldigen? Ich hole es schnell aus der Küche.« Damit verließ er das Arbeitszimmer, ließ die Tür zum Flur aber offen.

In diesem Augenblick drang das Geräusch eines sich in der Haustür drehenden Schlüssels durch die Stille des Hauses. Die Tür schwang auf, schlug mit einem dröhnenden Laut gegen die Wand und pendelte leicht zurück. Schlurfende Schritte mischten sich mit dem Klirren von Gläsern, die gegeneinander stießen, und eine Frauenstimme hallte durch den Flur.

»Hallo, Liebling, bist du im Haus? Ich bin zurück. Mit vollen Taschen. Vom Einkaufen. Kannst du mir mal behilflich sein?«

Erschrocken sah der Besucher über die Schulter und gewahrte durch die offene Tür eine blonde Frau mit einer etwas zur Rundlichkeit neigenden Figur, die im selben Moment den Besucher sah und freundlich in das Zimmer hineinrief: »Oh! Hallo! Moin! Ich hatte nicht gesehen, dass wir Besuch haben.«

Sie stellte ihre Einkauftaschen im Hausflur ab und wollte mit ausgestreckter Hand den Gast begrüßen. Der sprang urplötzlich von seinem Stuhl hoch, stieß das Sitzmöbel nach hinten und zwängte sich hastig, ohne ein Wort zu verlieren, an Rubina Hansen vorbei in Richtung der immer noch offenen Haustür.

Irritiert sah die Frau des Pastors dem Mann nach. »Komisch«, murmelte sie vor sich hin.

»Was ist komisch?«, fragte ihr Mann, der mit einem gefüllten Wasserglas aus der Küche zurückkam, sich zu seiner Frau, die ihm nur bis zu den Schultern ragte, herabbeugte und ihr einen Kuss auf die Wange hauchte.

»Na, der da.« Rubina Hansen zeigte mit ausgestrecktem Finger in Richtung Straße. »Der Typ, der wie von der Tarantel gestochen aus deinem Arbeitszimmer gerannt kam und wortlos verschwand.«

»Was? Der ist weg?«

»Was ist mit dem?«

Doch der Pastor schüttelte nur den Kopf. »Das würde ich auch gern wissen«, sagte er.

*

Die Geräusche des Straßenverkehrs wurden kurzfristig durch das Dröhnen der anfahrenden Diesellokomotive vom gegenüberliegenden Bahnhof übertönt, bildeten dann aber wieder die einzige Untermalung zur stillen Betriebsamkeit, die im Büro der drei Kriminalbeamten herrschte.

Die Kriminalpolizeistelle Husum war im Gebäude der Polizeiinspektion in der Poggenburgstraße untergebracht. Als das Telefon schrillte, nahm Christoph den Hörer ab. »Johannes«, meldete er sich.

»Moin, Herr Hauptkommissar«, kam eine Stimme über die Leitung, die Christoph bekannt vorkam, die er im Augenblick aber nicht zuordnen konnte.

»Moin. Mit wem spreche ich?«, wollte er wissen.

»Entschuldigung, Herr Hauptkommissar. Hansen. Aus Bredstedt.«

Christoph lachte kurz auf. Sicher. Jetzt erinnerte er sich an Frode Hansen, den pensionierten Geistlichen. Er war ihm vor einiger Zeit bei den Ermittlungen zu einem mysteriösen Mordfall begegnet. Hansen hatte in diesem Zusammenhang eine recht unglückliche Rolle gespielt.

»Lassen Sie den Hauptkommissar. Ich nenne Sie ja auch nicht Herr Pastor.«

»Gut, Herr Johannes. Ich bin mir nicht sicher, ob Sie mir weiterhelfen können. Aber ich habe mit meiner Frau gesprochen, und wir sind beide der Auffassung, dass es gut wäre, Sie um Ihren Rat zu fragen.«

Christoph sah vor seinem geistigen Auge das Ehepaar Hansen. Er, der groß gewachsene, hagere Mann mit dem kleinen Pferdeschwanz; sie, die kleine rundliche Rechtsanwältin, gut zwanzig Jahre jünger als ihr Mann.

»Dann schießen Sie mal los«, forderte Christoph den Anrufer auf.

»Ich kann Ihnen die Geschichte nur erzählen, wenn Sie mir zuvor versichern, keine offiziellen Ermittlungen einzuleiten und das, was ich Ihnen berichte, nicht formell zur Kenntnis zu nehmen. Ich unterliege in diesem Fall nämlich der Schweigepflicht meines Amtes.«

»Da kann ich Ihnen keine Versprechungen machen«, erwiderte

Christoph. »Wenn ich von einem Vorgang Kenntnis erhalte, dem eine Straftat zugrunde liegt, bin ich gezwungen, von Amts wegen Ermittlungen einzuleiten. Das sollten Sie bedenken, bevor Sie mir etwas anvertrauen.«

»Das wäre nicht in meinem Sinne. Ich fürchte, wir müssen unser Gespräch unter diesen Umständen abbrechen.«

»Das vermute ich auch. Aber warten Sie. Ich hätte da noch eine Idee. Mein Kollege, Oberkommissar Große Jäger, ist katholisch und hat zum Beichtgeheimnis eine andere Beziehung als ich. Wäre Ihnen damit geholfen, wenn Sie mit ihm einen – sagen wir einmal – rein theoretischen Fall erörtern würden?«

Christoph hörte förmlich das breite Grinsen, das sich über dem Gesicht des Pastors ausbreitete.

»Ja, sicher doch. Und – vielen Dank auch, Herr Johannes.«

Am anderen Ende des Raumes standen sich zwei Schreibtische als Block gegenüber. An einem saß der Oberkommissar. Er hatte eine Schreibtischschublade herausgezogen und parkte seine Füße darauf. Das ungekämmte dunkle Haar mit den grauen Strähnen glänzte ein wenig und hatte sich mangels Waschen und Kämmen in der jüngsten Zeit selbstständig gemacht. Die Bartstoppeln im unrasierten Gesicht schimmerten grau und verstärkten den düsteren Eindruck, den Große Jäger auf Fremde machte. Das rot karierte Holzfällerhemd wurde durch die offen stehende Lederweste mit den Flecken, die schon so lange darauf wohnten, dass sie fast ein Stück seiner Persönlichkeit geworden waren, nur unzureichend verdeckt und verbarg auch nicht den Schmerbauch, der so weit über den Gürtel hinaushing, dass er die Schnalle unsichtbar werden ließ.

»Wer will was von mir?«, grummelte der Oberkommissar und griff zu dem Kaffeebecher mit den Spuren lang währenden Gebrauchs. In aller Seelenruhe zündete er sich eine Zigarette an, blies geräuschvoll den Rauch in die Luft und nahm erst dann das Gespräch entgegen, das Christoph auf seinen Apparat durchgestellt hatte.

Frode Hansen schilderte Große Jäger den Besuch des Fremden.

»Wie sah Ihr Besucher aus? Können Sie ihn beschreiben?«, wollte der Oberkommissar vom Pastor wissen.

In diesem Punkt verweigerte Hansen aber die Antwort. »Ich habe mein Gewissen schon arg genug strapaziert, indem ich Ihnen von diesem Gespräch berichtet habe. Es ist mir aber unter Hinweis auf das Vertrauen, das Menschen in Notlagen von uns Geistlichen einfordern können, nicht möglich, Ihnen weiter gehende Informationen zu vermitteln.«

»Von mir aus«, knurrte Große Jäger, »obwohl eine Personenbeschreibung uns auch nicht weitergebracht hätte. Die Polizei ist ja eh doof. Und die Kripo in Husum ganz besonders, meint jedenfalls unser genialer Chef in Flensburg.«

»Ich war mir meiner Sache nicht sicher«, rechtfertigte sich Pastor Hansen. »Schließlich hat mein unbekannter Besucher vorgegeben, ein Mörder zu sein.«

»Und Sie kannten den Mann nicht? Nie gesehen?«

»Nein! Er war mir völlig fremd. Ich glaube, viele der rund fünftausend Bredstedter zu kennen, wenn auch nicht alle mit Namen. Diesem Mann bin ich aber noch nie begegnet. Ich kann mich jedenfalls nicht daran erinnern.«

»Es soll ja auch pensionierte Pastoren geben, die im Alter unter dem Phänomen der Vergesslichkeit leiden«, murmelte Große Jäger undeutlich in den Hörer, was seinen Gesprächspartner am anderen Ende zu der Frage »Was haben Sie eben gesagt?« veranlasste.

»Nicht nur vergesslich, auch noch schwerhörig, die Ollen«, schob der Oberkommissar hinterher. »Wir haben nur ein kleines Problem«, gab er stattdessen verständlich zur Antwort.

»Und das wäre?«

»Es liegt derzeit keine Leiche auf unserem Fundbüro, zu der wir jemand suchen, der Besitzansprüche stellen könnte. Mit anderen Worten: Im braven Nordfriesland ist kein einziger Mord begangen worden.«

»Da kann ich Ihnen auch nicht weiterhelfen«, antwortete Hansen pikiert. »Ich habe nur geglaubt, der Polizei einen interessanten Hinweis geben zu können. Schließlich steht nicht jeden Tag ein Mensch vor meiner Haustür und behauptet von sich, ein Mörder zu sein.«

»Ist schon in Ordnung. Vielen Dank für den Hinweis. Wir werden überlegen, ob wir mit Ihrer Information etwas anfangen können.«

Große Jäger bohrte mit dem Zeigefinger im Ohr, besah sich wie immer nach einer solchen Aktion intensiv das Ergebnis und berichtete dann Christoph und seinem anderen Kollegen im Raum von seinem Telefonat.

Harm Mommsen, der junge Kriminalkommissar mit der sportlich-durchtrainierten Figur, dem braunen Teint und insgesamt einem Erscheinungsbild, das Frauenherzen höher schlagen ließ, legte den Vorgang, an dem er gerade saß, zur Seite und lauschte den Ausführungen seines Gegenübers.

»Was sollen wir nun anfangen?«, fragte Christoph in den Raum hinein.

»Tja«, gab der Oberkommissar mit spitzem Mund zurück, »darüber muss *ich* mir keine Gedanken machen. Dafür haben wir einen Dienststellenleiter, unseren leibhaftigen Hauptkommissar. Mit seiner übermäßig großen kriminalistischen Erfahrung …«

Er sah dabei Christoph an, der vor einem Jahr nach Husum versetzt worden war. In der Tat fehlte ihm damals die Erfahrung in der Arbeit vor Ort, nachdem er die letzten zehn Jahre im Verwaltungsdienst in Kiel zugebracht hatte. Auch war er nicht freiwillig an die Westküste gekommen.

»Du wirst ein Provinzkommissar«, hatten seine Kollegen in der Landeshauptstadt damals gelästert. Inzwischen hatte er sich nicht nur hervorragend in das neue Aufgabengebiet eingearbeitet, sondern auch seine Sympathie für die aufstrebende kleine Stadt entwickelt, für die unbeschreiblich schöne Landschaft und vor allem für die Menschen hinterm Deich. Es war nicht einfach, als Zugereister Anschluss zu gewinnen. Manche blieben über Generationen die Fremden, wer aber die Einheimischen und ihre nach außen hin bedächtig wirkende Lebensweise verstand, wollte nur ungern wieder fort. So war es auch ihm ergangen, auch wenn seine Ehefrau immer noch am Familienwohnsitz in Kiel lebte und dort als Rechtsanwältin praktizierte. Selbst wenn die Arbeitsmöglichkeiten hier in Husum nicht immer optimal waren – insbesondere fehlte es aus Geldmangel an moderner Technik und an ausreichenden Sachmitteln –, wog die hervorragende Zusammenarbeit im Team viele Probleme des Polizeialltags auf.

Und an all dies hatte ihn der Oberkommissar mit einer einzigen spitzen Bemerkung erinnert.

»Ein Dienststellenleiter hat das Privileg, seine besten Mitarbeiter um ihre Meinung zu fragen. Unter Abwägung aller Interessen entscheidet er dann genau entgegen dem Rat seines dienstältesten Oberkommissars«, gab Christoph lachend zurück.

Große Jäger nahm den Ball auf. »Unter diesen Umständen schlage ich vor, dass wir uns nicht weiter um die Sache kümmern, schon gar nicht nachfragen, ob in irgendeinem amtlichen Kühlschrank eine Leiche ohne Heimatanschrift liegt.«

»Unter Berücksichtigung meiner zuvor gemachten Äußerungen schlage ich deshalb vor, dass …«

»Okay! Okay!«, fiel ihm Harm Mommsen ins Wort, sich ebenfalls dem Grinsen seiner beiden Kollegen anschließend. »Ich bin schon dabei, entsprechende Erkundigungen einzuziehen.«

Dann griff der junge Kommissar zum Telefon.

»Moment«, unterbrach ihn Christoph. »Wenn wir eine offizielle Anfrage starten, wecken wir schlafende Hunde.«

»Du meinst eher, einen schlafenden Kriminaloberrat in Flensburg«, warf Große Jäger ein. Gemeint war Kriminaloberrat Dr. Starke, der Leiter der Bezirkskriminalinspektion in Flensburg.

»Richtig. Wenn wir den oder das K1, die Mordkommission, informieren, müssen wir uns wieder dafür rechtfertigen, dass wir ungefragt in fremden Gewässern angeln und darüber unsere eigentliche Arbeit vernachlässigen. Ihr wisst, diese Vorwürfe sind das Lieblingsthema unseres verehrten Vorgesetzten, der davon überzeugt ist, die Husumer wären die miserabelste Dienststelle in ganz Schleswig-Holstein.«

»Hör mir mit dem Scheiß-Starke auf«, war der einzige Kommentar des Oberkommissars zu Christophs Einwand.

»Ich habe eine andere Idee«, sagte Christoph laut und griff selbst zum Telefonhörer. Er lauschte eine Weile dem Freizeichen, bis am anderen Ende abgenommen wurde. Statt einer Meldung vernahm er ein Niesen und Husten. Das bestätigte ihm, dass er den richtigen Teilnehmer am anderen Ende der Leitung hatte.

»Hallo Klaus«, begrüßte er Hauptkommissar Jürgensen, den Leiter des K6, Kriminaltechnik und Erkennungsdienst. »Hier ist Christoph, Kripo Husum.«

»Ach du Schreck. Nun sag mir nicht, ihr habt wieder einmal eine Leiche gefunden. Davon will ich nichts wissen. Eure Toten liegen entweder in winterlichen Gräben, fallen vom Himmel oder weisen sonstige Merkwürdigkeiten auf. Wir nehmen nur noch Todesopfer entgegen, die in sauberem Zustand, gewaschen und gebügelt, in einem warmen und klinisch sauberen Raum liegen und während der normalen Dienstzeit an Werktagen gefunden werden. Aber das begreift ihr Schlickrutscher von der Westküste ja nie.«

Diese Art des Dialoges gehörte zum Ritual. Daran hatte sich Christoph gewöhnt. Dafür konnte man sich in der Sache hundertprozentig auf den kleinen, fast glatzköpfigen Mann und sein Spezialistenteam verlassen.

»Einverstanden!«, sagte Christoph. »Unter diesen Umständen werden wir unsere Leichen künftig nach Berlin schicken. Die haben schon genug im Keller. Da fällt eine mehr oder weniger nicht auf. Nun aber im Ernst. Wir haben einen dezenten Hinweis auf einen Mord bekommen, den ein Unbekannter begangen haben will. Leider ist alles sehr vage, sodass wir nicht wissen, ob sich jemand einen üblen Scherz erlaubt hat. Bevor wir den offiziellen Dienstweg beschreiten, möchte ich wissen, ob du von einem ungeklärten Todesfall weißt.«

»Nein«, antwortete Jürgensen spontan. »Da muss ich dich enttäuschen. Hier, bei uns im Norden, haben wir derzeit keinen offenen Fall. Mir ist auch kein anderer bekannt, der den Kollegen vor Ort Rätsel aufgibt. Aus dem Informationsdienst weiß ich von einem Mord aus dem Hamburger Umland, an dem die Kollegen aus Itzehoe von der Inspektion West aber schon arbeiten und eine heiße Spur verfolgen. Tut mir Leid, dass ich dir nicht helfen kann.«

Christoph bedankte sich beim Flensburger Kollegen und informierte kurz die beiden anderen Beamten.

»Das wird ganz schön mühselig«, meinte Große Jäger, »in der Weite der Marsch und im Nationalpark vor dem Deich nach einem unbekannten Toten zu suchen. Trotzdem …«

Christoph sah den Oberkommissar nachdenklich über den Brillenrand an. Die äußerlich ungepflegt wirkende Erscheinung passte überhaupt nicht zum Engagement, mit dem dieser von seinen Vorgesetzten missverstandene Polizist seinem Beruf nachging. Auch wenn er sich eine etwas eigenwillige Auslegung von Polizeiarbeit zu eigen machte, verfügte er über das Gespür, in kritischen Situationen instinktiv das Richtige zu tun. »Unser Schnüffelschwein« hatte Christoph ihn einmal genannt und dabei offen gelassen, ob er damit die Spürnase des Oberkommissars oder den von ihm ausgehenden, nicht immer angenehmen Körpergeruch meinte.

»Wir können unmöglich offizielle Ermittlungen einleiten. Wonach sollten wir fahnden? Nach einer Leiche, die noch keiner entdeckt hat? Nach einem Phantom? Und irgendwo sitzt ein Spaßvogel und lacht sich ins Fäustchen über die dumme Polizei, die Gespenster sucht.«

»Trotzdem! So wie Pastor Hansen seinen Besucher und die Begegnung mit ihm geschildert hat, würde ich das Ganze nicht als Hirngespinst abtun«, blieb Große Jäger hartnäckig. »Aber eine Idee, wie wir uns schlauer machen könnten, habe ich auch nicht.«

ZWEI

Es war ein herrlicher Oktobertag. Ein strahlend blauer Himmel hatte den ganzen Tag das helle Licht des Nordens gezeigt, das immer wieder die Maler faszinierte und in die Region lockte. Die Temperaturen waren auch jetzt, zwei Stunden nach Mitternacht, noch angenehm, sodass die zwei Nachtschwärmer die klare Luft hätten genießen können, wären sie nicht zu sehr mit sich selbst beschäftigt gewesen.

Mit unsicheren Schritten wankten sie die »Neustadt«, eine Straße mit gemütlichen kleinen Geschäften, die ins Zentrum der Stadt führte, in Richtung »Hohle Gasse« entlang und nahmen dabei den überwiegenden Teil der Fußgängerzone für sich in Anspruch.

»He, wart mal, Malte«, gab der Größere, Thorben Neuhof, von sich, blieb stehen und fingerte mit fahrigen Bewegungen eine Zigarette aus einer Packung.

»Gib mir auch eine«, bat Malte Abt und revanchierte sich, indem er Feuer gab. Dann wankten die beiden weiter und setzten ihre Unterhaltung fort.

Kurz bevor sie an der Großstraße in Richtung Marktplatz einbiegen wollten, machte Thorben kurz »Huups«, blieb stehen und kramte in den Taschen seiner gefleckten Armeehose.

»Was is?«, wollte Malte wissen.

»Mein Handy. Ich glaub, meine Alte. Was will die denn um diese Zeit von mir?«

»Lass doch. Komm schon. Is noch 'n weiter Weg – die ganze Flensburger längs.«

»Dauert nich lang«, ließ sich Thorben nicht irritieren und steuerte den Schatten des Eingangsbereichs vom Palmengarten, einem Einkaufsparadies, an, um ungestört telefonieren zu können.

»Ich geh mal 'ne Runde pinkeln«, gab sein Kumpan von sich und verschwand in die Dunkelheit der Langenharmstraße, einer Seitenstraße, die zum Altstadtparkhaus und zu den benachbarten Parkplätzen führte. Doch er kam nicht weit. Kurz nachdem er in der kleinen Straße verschwunden war, hörte er hastige Schritte und die aufgeregte Stimme seines Begleiters, von dem jede alkoholbedingte Trägheit abgefallen schien. Überrascht drehte er sich um.

»Was'n los?«

»Da liegt einer. Mit ganz viel Blut um sich rum«, jappte Thorben. »Ich glaub, wir müssen die Bullen anrufen.«

»Hast wohl einen zu viel eingefüllt«, raunzte Malte, gab aber doch sein Vorhaben auf und folgte seinem Kameraden. Schon von weitem sahen sie die Gestalt, die zusammengesunken am Pfeiler des Eingangs zwischen Buchhandlung und dem Geschäft für Haushaltsaccessoires kauerte. Der Kopf des Mannes war auf die Brust gefallen, die Arme hingen seitlich auf den Boden herab. Der Oberkörper war zur Seite gerutscht und wurde nur durch die Glastür in einer halbwegs sitzenden Position gehalten. Das helle Licht des Einkaufparadieses beleuchtete die Szene.

An den grauen Quadersteinen der Hausfront war eine Blutspur zu erkennen, die etwa in Kopfhöhe begann und dann abwärts führte.

»Der ist hin«, sagte Thorben, »komm, wir verkrümeln uns.«

»Quatsch. Wir müssen Hilfe rufen. Gib mal dein Handy.«

Thorben gab Malte bereitwillig das Mobiltelefon. Mit zittrigen Fingern wählte der junge Mann die Notrufnummer. Als sich am anderen Ende eine Stimme mit »Polizei Husum« meldete, stammelte er: »Kommen Sie schnell. Da liegt einer im Eingang zum Palmengarten, vorn, bei der Buchhandlung. Ich glaube, der ist hin.«

*

Als Christoph am Tatort eintraf, wurde die Straßenkreuzung im Zentrum von zuckenden Blaulichtern erhellt. Wie Finger wischten die Strahlen der rotierenden Lampen über die Fassaden der nächtlichen Stadt. Neben zwei Einsatzfahrzeugen der Polizei stand ein Notarztwagen mitten auf der zum Marktplatz führenden Großstraße.

Noch bevor Christoph ausgestiegen war, kamen ihm Harm Mommsen und ein Schutzpolizist entgegen. Der uniformierte Kommissar mit der Lederjacke tippte kurz an seine Mütze und ließ im Chor mit Mommsen ein lang gezogenes »Moin« hören. Christoph hatte sich während seiner Zeit in Husum an diesen Gruß gewöhnt.

Zu jeder Tages- und Nachzeit begrüßte man sich mit einem »Moin«, das allerdings lang ausgesprochen wurde und eher wie ein »Moo-ien« klang. Er erwiderte den Gruß. Mit einem Blick registrierte er die Situation. Bevor er fragen konnte, begann Mommsen zu erläutern.

»Zwei junge Männer haben den Toten gefunden.«

Als Mommsen auf die Gestalt im Eingangsbereich zeigte, fragte Christoph: »Den Toten?«

»Der Notarzt hat den Tod festgestellt. Auf weitere Erklärungen wollte er sich nicht einlassen. Aber der Doc ist schon verständigt.«

Damit meinte Mommsen Dr. Hinrichsen, der in Husums Schlossgang eine Praxis betrieb und in der Region als Polizeiarzt tätig war. Dank seiner Erfahrung hatte er der Polizei in der Vergangenheit schon viele wertvolle Dienste geleistet.

»Gibt es Zeugen? Andere Hinweise?«

»Nein.« Mommsen sah zu den Schaulustigen hinüber, die sich trotz der nächtlichen Stunde eingefunden hatten. »Niemand. Thomas hat sie schon befragt.«

Jetzt mischte sich Thomas Friedrichsen, der Steifenbeamte, ein. »Keiner hat etwas gesehen oder gehört. Die beiden Kollegen aus dem zweiten Wagen suchen die nächste Umgebung ab, aber viel Hoffnungen haben wir nicht.«

Sie blickten auf, als sie das gequälte Aufheulen eines Motors hörten, dann sahen sie zwei eng beieinander stehende Scheinwerfer vom Binnenhafen die Hohle Gasse hochkommen. Mit quietschenden Reifen hielt der Smart vor der Fensterfront des benachbarten Shops eines Versandhauses. Aus dem Kleinwagen schälte sich Große Jäger heraus, ließ die Tür seines Autos offen und störte sich nicht an der aus den Lautsprechern in die stille Nacht hinausdröhnenden Hip-Hop-Musik.

Statt einer Begrüßung warf er einen Blick auf den Toten und brummte dann in seinen Dreitagebart: »So 'ne Scheiße. Mitten in der Nacht. Und wieder bei uns in Husum.« Dann fingerte er sich eine Zigarette aus einer zerknitterten Packung, die er aus einer der Taschen seiner fleckigen Lederweste hervorkramte, und zog sich ein Stück in die Großstraße zurück. Er war Profi genug, um im näheren Umkreis des Tatorts nicht zu rauchen.

»Mordkomm…?«, wollte Christoph fragen, aber Friedrichsen winkte ab.

»Das K1 ist schon verständigt. Ebenso der Erkennungsdienst. Es dauert eine Weile, bis die Kollegen aus Flensburg hier sind.«

Inzwischen war ein weiteres Fahrzeug eingetroffen. Dem Mercedes-Kombi entstieg Dr. Hinrichsen, ein Mittvierziger mit vollem Haar und grauen Schläfen. Er wurde von Mommsen kurz eingewiesen und wandte sich dann dem Arzt vom Rettungsdienst zu.

»Exitus«, hörte Christoph den Mann mit der signalroten Jacke und der reflektierenden Aufschrift »Notarzt« sagen.

»Haben Sie schon etwas feststellen können, Herr Kollege?«, fragte Dr. Hinrichsen.

Der Notarzt schüttelte den Kopf. »Nichts Aufschlussreiches. Vermutlich Schädelbruch. Es sieht aus, als wäre der Kopf des Toten mit großer Wucht gegen die Wand geschlagen worden. Dabei ist der Hinterkopf regelrecht aufgeplatzt. Näheres bleibt der Obduktion vorbehalten.«

Dr. Hinrichsen hatte sich Handschuhe übergestreift und besah sich den Toten aus der Distanz. Um keine Spuren zu verwischen, wollte er das Eintreffen der Spurensicherung abwarten, bevor er das Opfer näher untersuchte.

Große Jäger hatte in der Zwischenzeit mit den beiden jungen Männern gesprochen, die mit einem Schlag wieder halbwegs nüchtern schienen.

»Das ist der Obergefreite Neuhof. Ich bin Hauptgefreiter Abt«, stellte sich der Kleinere der beiden vor. Wir sind von der San-Staffel der Flugabwehrraketen-Gruppe. Wir waren in der ›Blockhütte‹. Nun wollten wir zurück zum Fliegerhorst, oben in der Flensburger.«

»Und da habt ihr ordentlich was getankt?«, fragte Große Jäger.

Jetzt griente Thorben Neuhof. »Da kannst du einen drauf lassen«, gab er mit unsicherer Stimme von sich, um ein leichtes Rülpsen folgen zu lassen. Schuldbewusst hielt er die Hand vor den Mund. »'tschuldige.«

Große Jäger nickte ihm zu. »Ist okay. Ich kenn das.«

Dann hatten die beiden von der Entdeckung des Toten berichtet.

»Habt ihr sonst irgendetwas bemerkt?«

»Nee«, antwortete jetzt Malte, der ein wenig nüchterner als sein Kamerad wirkte. »Nichts. Absolut null. Weit und breit kein Schwein zu sehen. Außer ihm da …« Er zeigte mit dem Finger in Richtung des Toten. »Sorry, wenn ich Schwein gesagt habe. Aber is doch 'n armes Schwein. Oder?«

Sie mussten etwa eine Viertelstunde warten, bis sie schon von weitem das rotierende Blaulicht aus Richtung Marktplatz wahrnahmen.

»Die Kollegen aus Flensburg«, merkte Mommsen an.

Kurz darauf hielt die kleine Wagenkolonne. Aus dem ersten Fahrzeug sprang ein kleiner, fast kahlköpfiger Mann und kam auf sie zu. Er hatte die Hände in den Jackentaschen vergraben und den Kopf tief zwischen den Schultern eingezogen. Es sah aus, als würde er jämmerlich frieren. Erst räusperte er sich vernehmlich, dann hustete er.

»Moin, Klaus«, begrüßte Christoph den Leiter der Kriminaltechnik, Hauptkommissar Jürgensen. Der quetschte irgendetwas Unverständliches zwischen den Lippen hervor, schüttelte sich einmal wie ein nasser Hund und warf einen Blick auf den Toten.

»Was ist das wieder für eine Ferkelei«, gab er dann von sich. »Wie unästhetisch. Wenn ihr uns schon mitten in der Nacht in diese unwirtliche Region lockt, kann man zumindest einen Giftmord erwarten. Oder einen sauberen Schuss. Von mir aus könnt ihr eure Leichen auch im Säurebad auflösen. Aber immer wenn ich zu euch komme, fließt Blut. Nicht einmal die Mörder sind bei euch an der Westküste kultiviert.«

»Wenn bei uns gemordet wird, was selten genug passiert, dann immer nur von importierten Tätern. Der Nordfriese neigt nicht zur Gewalttat«, erwiderte Christoph.

Doch Klaus Jürgensen schüttelte nur den Kopf. »Ich habe schon überlegt, ob ich mir nicht eine Monatskarte von Flensburg nach Husum kaufe. So oft, wie ich in letzter Zeit zu euch Schlickrutschern musste.«

Aus den anderen Fahrzeugen waren weitere Beamte ausgestiegen. Als Christoph einen Blick über die Schulter warf, gewahrte er eine Frau, die halb versetzt hinter ihm stand.

»Hallo«, begrüßte er die Leiterin der Mordkommission. Frauke Dobermann war er vor einem halben Jahr das erste Mal begegnet. Es war keine Sympathie, die beide miteinander verband. Die mittelgroße Brillenträgerin mit dem nackenlangen rötlichen Haar, der etwas zu spitzen Nase und dem forschen Auftreten, so hatte Christoph erfahren müssen, war nicht nur eine gute Polizistin, sondern machte auch ihrem Namen alle Ehre. Ihre Bissigkeit war in der gesamten Polizeidirektion gefürchtet.

»Guten Morgen«, grüßte sie zurück.

Christoph berichtete das wenige, was sie bisher in Erfahrung bringen konnten, und wurde dabei von Große Jäger unterbrochen, der sich ihnen näherte.

»Ach, die Doberfrau«, kommentierte der Oberkommissar schon aus der Entfernung. »Da freuen sich aber alle, dass Sie wieder einmal bei uns sind.«

Die Erste Hauptkommissarin warf Große Jäger einen Blick über den Brillenrand zu, ließ aber seinen Anwurf unerwidert.

»Sieht aus, als wäre das Opfer mit dem Kopf gegen die Wand geschlagen worden«, sagte sie.

»Das hat Dr. Hinrichsen auch vermutet. Näheres müssen wir der Obduktion und der Spurensicherung überlassen.«

»Das sehe ich auch so. Wir übernehmen jetzt die weitere Bearbeitung. Ich lasse Ihnen einen kurzen Bericht zukommen. Vielen Dank für Ihre Unterstützung.«

Christoph war ein wenig irritiert. So verbindlich hatte sie früher nie mit ihm kommuniziert. Er sah sich noch einmal um. Die eingespielte Truppe der Mordkommission hatte die Arbeit aufgenommen. Jeder Handgriff saß. Da konnten Christoph und seine Kollegen nicht behilflich sein. So wechselte er noch ein paar Worte mit Thomas Friedrichsen von der Streife und erfuhr, dass sich auch dort keine weiteren Neuigkeiten ergeben hatten.

Dann machten sich die drei Beamten auf den Weg zurück in ihre Wohnungen.

*

Gegen Morgen war es diesig geworden. Vom blauen Himmel der letzten Tage war nichts mehr zu sehen. Zwischen den Kronen der Bäume im Schlosspark hing ein dünner Nebel, der auch in Schwaden auf die Grünflächen herabgefallen war.

Christoph ging, wenn es sich einrichten ließ, gern zu Fuß zur Dienststelle. Von seiner Wohnung am Rande der Stadt kam er an der Kreisverwaltung vorbei und bog kurz darauf am Wasserturm in den Schlosspark ein. Dort genoss er die Ruhe, denn der Lärm des morgendlichen Berufsverkehrs drang kaum bis in die Grünanlage vor. Direkt an den Park schloss sich eine Fußgängerzone an, der Schlossgang, der im Herzen der Stadt am Markt endete. Von dort war es nicht mehr weit bis zum Polizeigebäude, ein kurzes Stück verkehrsarme Straße und dann wieder der Fußweg bis zum Bahnhof, der gegenüber vom Büro lag.

Sind sich die Husumer eigentlich bewusst, wie schön sie es hier haben?, überlegte Christoph. Welche vergleichbare Stadt bietet so ideale Möglichkeiten, fast alles bei kurzen Wegen zu Fuß erledigen zu können?

Mommsen war schon im Büro, als Christoph in der Dienststelle eintraf. Nachdem sie ein paar belanglose Worte gewechselt hatten, kamen sie auf die Ereignisse der letzten Nacht zu sprechen.

»Ein Mord – mitten in Husum – das wird für Aufregung sorgen«, sagte Mommsen.

»Wenn wir unterstellen, dass ein Verbrechen vorliegt. Es ist kaum anzunehmen, dass jemand zum Zwecke der Selbstverstümmelung so heftig, wie es hier den Anschein hat, mit dem Hinterkopf gegen die Hauswand schlägt.«

»Noch sprechen wir von Vermutungen. Aber gottlob liegt dieser Fall von Beginn an in der Verantwortung der Mordkommission. Uns bleiben genug andere Probleme.«

»Gibt es schon einen Bericht in der Zeitung?«, fragte Christoph.

»Ja. Ich war auch überrascht, dass die es noch in die heutige Ausgabe hineinbekommen haben. Aber das sind eben die Vorzüge der Ortsnähe einer guten regionalen Zeitung. Hier.« Mommsen reichte Christoph die »Husumer Nachrichten«. »Außerdem habe ich heute im Radio eine kurze Meldung dazu gehört.«

»Ich glaube, ich muss mir auch angewöhnen, morgens Welle Nord oder RSH zu hören«, meinte Christoph. Dann überflog er den kurzen Text im Lokalteil und sah auf die Abbildung, die den zusammengekrümmten Toten zeigte. Es war ein sachlicher Artikel, ohne Spekulationen, der im Wesentlichen nur kurz die bisher bekannten Tatsachen berichtete. »Ist schon etwas über die Identität des Mannes bekannt?«

Mommsen schüttelte den Kopf. »Ich habe keine Informationen. Allerdings habe ich mich auch nicht weiter darum gekümmert.«

In diesem Moment klingelte das Telefon auf Christophs Schreibtisch.

»Hansen, Bredstedt«, meldete sich der Anrufer. »Haben Sie schon in die Zeitung gesehen?«

»Nur oberflächlich. Was meinen Sie?«

»Der Tote, den man heute Nacht in Husum gefunden hat.«

»Was ist mit dem?«

»Das ist er. Der Mann, der mich gestern aufgesucht hat und behauptete, er hätte einen Menschen umgebracht. Nun ist er selbst tot.«

»Sind Sie sich absolut sicher?« Christoph hörte, wie Pastor Hansen am anderen Ende der Leitung aufstöhnte.

»Soweit die Qualität des Pressefotos es zulässt – ja. Wenn Sie möchten, wäre ich auch zu einer Identifikation des Toten bereit. Kennen Sie inzwischen seinen Namen?«

»Nein«, gab Christoph zu, »uns in Husum ist er nicht bekannt. Aber der Vorgang wird von unseren Flensburger Kollegen bearbeitet.«

»Heißt das, ich soll mich mit denen in Verbindung setzen?«, fragte Hansen.

»Das übernehmen wir. Haben Sie erst einmal vielen Dank. Sie haben uns mit Ihrer schnellen Reaktion geholfen.«

Christoph hatte gerade den Telefonhörer aufgelegt, als Große Jäger ins Büro stolperte. Er wäre fast über eine Leine gefallen, an der er einen Hund führte.

»Was ist das denn?«, fragten Christoph und Mommsen wie im Chor.

Der Oberkommissar ließ ein breites Grinsen sehen.

»Das ist ein Hund«, erklärte er. »So weit zur Erleuchtung all derer, die das nicht selbst erkennen können.«

»Und was sucht der Hund bei uns im Büro?«, wollte Christoph wissen.

Große Jäger hatte sich auf seinen Bürosessel fallen lassen und die Leine vom Halsband des Tieres gelöst. Dann versuchte er dem Hund klar zu machen, dass er Platz nehmen sollte. Doch das Tier schien nicht im Geringsten hören zu wollen. Es stand da, ließ den Kopf kreisen und sah die Anwesenden an.

»Das ist mein Hund«, sagte der Oberkommissar. »Soll ich ihn

den ganzen Tag allein in der Wohnung lassen? Ich denke, er stört hier keinen.«

»Wo hast du den her?« Auch Mommsen zeigte Interesse für das Tier.

Große Jäger lehnte sich zurück, zündete sich die obligatorische Zigarette an, parkte seine Füße auf der ausgezogenen Schreibtischschublade und erklärte kategorisch: »Gekauft. Ein Mann braucht einen Hund. Wer freut sich darüber, wenn ihr abends heimkommt? Niemand. Da ist keiner, der mit dem Schwanz wackelt.« Dabei sah er Mommsen an.

Der Hund begann sich unterdessen für das Büro zu interessieren. Bedächtig schlich er von einem Einrichtungsgegenstand zum nächsten und beschnupperte ihn.

»Das geht aber nicht, dass du einen Hund mit zum Dienst bringst«, wies Christoph ihn an. Doch Große Jäger rührte sich nicht.

»Der Hund eines Jägers ist ein Jagdhund, der des Schiffers ein Schiffshund. Und was ist der Hund eines Polizisten?« Er wartete einen kurzen Moment ab und sah seine beiden Kollegen an, bevor er fortsetzte: »Siehste. Und damit ist er auch ein Diensthund.«

Inzwischen hatte es sich der Hund unter Mommsens Schreibtisch bequem gemacht.

»Was ist das überhaupt für eine Rasse? Sieht aus wie ein Dackel, dem man hohe Beine angezüchtet hat, damit sein Bauch nicht übers Pflaster schleift«, kommentierte Mommsen.

Große Jäger sah seinen Kollegen mit einem Hauch Verachtung an. »Das ist eine Dachsbracke, die kleinste der Schweißhunderassen. Agil, kräftige Erscheinung mit starken Knochen und guter Muskulatur. Das hirschdunkelrote Fell zeugt von seiner Rasse.« Mitten in seiner Erklärung stockte er und rümpfte die Nase. Die beiden anderen taten es ihm gleich. Unter Mommsens Schreibtisch drang eine Wolke üblen Geruchs hervor.

»Scheint so, als müsstest du dich noch einmal genauer über die Ernährungsgewohnheiten deines Hundes informieren, um seine Verdauungsprobleme in den Griff zu bekommen«, sagte Christoph und öffnete weit das Fenster. »Wie heißt der Köter überhaupt?«

Große Jäger zuckte die Schultern. »Darüber habe ich noch nicht nachgedacht.«

»Jedenfalls ist er ein ganz schöner Blödmann.«

Jetzt strahlte der Oberkommissar. »Genau, das ist es. Ich werde ihn ›Blödmann‹ nennen.«

»Damit genug. Bei der nächsten Gelegenheit bringst du ihn heim. Punktum.« Christophs Befehl wollte Große Jäger wohl nicht widersprechen. »Und nun zurück zur Arbeit. Hatte Pastor Hansens Besucher eine Vorahnung? Hat er seinen eigenen Tod gemeint? Kaum. Und da er jetzt selbst Opfer ist, müssen wir davon ausgehen, dass er die Wahrheit erzählt hat, als er Hansen aufsuchte. Die traurige Wahrheit. Aber verdammt noch mal, wo ist die zweite Leiche? Ich werde jetzt die Mordkommission informieren.«

Christoph versuchte, Frauke Dobermann zu erreichen. Die Leiterin der Mordkommission war allerdings nicht in ihrem Büro. So rief er Dr. Starke an. Der Kriminaloberrat war der direkte Vorgesetzte der Husumer Kripo. Während Christoph auf die Verbindung wartete, sah er den Mittdreißiger vor seinem geistigen Auge. Braun gebrannt, nach der neuesten Mode gekleidet, durchgestylt. Niemand hätte hinter dieser Fassade den ehrgeizigen Polizisten vermutet, der vielen als Überflieger galt und nach eigener Aussage die Position in Flensburg nur als Zwischenstufe auf der Kieler Karriereleiter sah. Auf menschlicher Ebene hatten die drei Husumer nie Zugang zu ihrem Vorgesetzten gefunden.

Christoph informierte den Kriminaloberrat über die Ereignisse der vergangenen Nacht sowie den Anruf von Frode Hansen, ebenso ließ er den gestrigen Besuch des Toten beim Bredstedter Pastor nicht unerwähnt.

»Wie sind Sie derzeit ausgelastet?«, wollte Dr. Starke wissen.

»Mehr als genug. Wir haben hier jede Menge der üblichen Routinefälle zu erledigen. Darüber hinaus bereitet uns ein Täter Sorgen, der als ›Schubser‹ in den Medien Einzug gehalten hat. Wie Ihnen bekannt ist, sind wir immer noch unterbesetzt.«

»Sie sollten nicht immer das Hohe Lied der Klage anstimmen, sondern konstruktive Überlegungen anstellen, wie das Arbeitspensum mit dem gegebenen Rahmen an Personal und Sachmitteln zu bewältigen ist«, belehrte ihn der Kriminaloberrat, der seit dem ersten Tag, an dem Christoph den Dienst an der Westküste aufgenommen hatte, an den Fähigkeiten der Husumer Dienststelle herummäkelte. »Wir kennen immer noch nicht die Identität des Toten. Er hatte keine Papiere bei sich. In unseren zentralen Dateien wird er auch nicht geführt. Ich beauftrage Sie deshalb, dem K1 Unterstützung zu leisten und Namen sowie Herkunft des Mannes aufzuklären. So schwer kann das ja nicht sein. Schließlich scheint das Opfer aus der Gegend zu stammen. Und die ist dünn besiedelt. Der Landkreis hat nicht mehr Einwohner als ein Stadtbezirk einer Großstadt.«

»Unser Kreis ist nur unwesentlich kleiner als das Saarland, hat dafür aber eins Komma drei Millionen Gäste pro Jahr«, hielt Christoph entgegen.

Dr. Starke lachte auf. »Wie so oft bringen Sie unsachliche Argumente ein. Wir können doch ausschließen, dass ein Tourist als Täter infrage kommt. Oder wollen Sie – gerade Sie in Husum – sich womöglich noch zu der Vermutung hinreißen lassen, bei Ihnen würde ein bezahlter Auftragskiller aus Osteuropa sein Unwesen treiben?«

Es war müßig, mit Dr. Starke zu diskutieren. Deshalb verzichtete Christoph auf eine Erwiderung. Stattdessen fragte er: »Und wer kümmert sich um die Behauptung des Opfers, es sei selbst ein Mörder?«

»Dafür gibt es keine Anhaltspunkte. Wir haben nirgendwo unbekannte Mordopfer. Ich halte diese Behauptung für falsch. Vielleicht hat der Tote sich selbst gemeint?«

Gern hätte Christoph dem Kriminaloberrat geantwortet, dass er Zynismus in diesem Fall für wenig angebracht hielt.

»Aber wenn es Sie beruhigt«, ergänzte Dr. Starke, »dann übertrage ich Ihnen auch die Nachforschungen zu dieser Frage. Es würde mich wundern, wenn Sie einen weiteren Toten finden würden. Im Übrigen werden Sie Verstärkung bekommen. Ich habe dafür gesorgt, dass eine Kollegin aus Schleswig zu Ihnen versetzt wird. Frau Hauck wird sich in den nächsten Tagen bei Ihnen melden.«

Nachdem er aufgelegt hatte, informierte Christoph seine beiden Kollegen über den Inhalt seines Telefonats mit dem Vorgesetzten. »Und du, Wilderich, kannst dir deinen üblichen Kommentar ersparen, wenn wir über unseren Chef sprechen«, meinte er an Große Jäger gewandt.

Doch der Oberkommissar lachte nur kurz auf. »Trotzdem«, meinte er, zeigte zwei Reihen gelber Zähne und zischte: »Scheiß-Starke.«

Christoph warf Große Jäger einen missbilligenden Blick zu, ließ die Äußerung aber unkommentiert.

Mommsen durchforstete alle Dateien, die ihnen Aufschluss über die Identität des Unbekannten hätten geben können. Es lag weder eine Vermisstenmeldung vor, die auf den Mann gepasst hätte, noch gab es irgendeinen Hinweis auf ein weiteres Tötungsdelikt, dessen sich der Tote gegenüber Pastor Hansen bezichtigt hatte.

Christoph rief Hauptkommissar Jürgensen von der Kriminaltechnik an.

»Die Leiche ist noch in der Nacht zur Obduktion nach Kiel gebracht worden. Ein Ergebnis liegt uns noch nicht vor. Nach allem, was wir bisher wissen, ist der Kopf des Mannes mit großer Wucht gegen die Mauer geschlagen worden. Dafür sprechen auch die Druckstellen im Gesicht, unterhalb der Ohren. Ferner haben wir Abdrücke an der Stirn festgestellt. Meine Vermutung geht dahin, dass der Tote im Eingang zu diesem Dingsbums …«

»Palmengarten«, warf Christoph ein.

»… also zu diesem Garten mit dem Rücken zur Mauer stand. Dann hat ihn der Täter bedrängt, mit der flachen Hand heftig gegen die Stirn geschlagen. Das Opfer muss durch den Stoß gegen die Mauer benommen gewesen sein. Das hat der Mörder ausgenutzt, den Kopf des Mannes zwischen seine Hände genommen und mehrfach – vielleicht fünf bis sechs Mal – gegen die Wand geschlagen. Weitere Spuren haben wir nicht entdeckt.«

»Habt ihr beim Opfer etwas gefunden, was Rückschlüsse auf seine Identität zulassen würde?«

Der kleine Kriminaltechniker hustete ins Telefon, bevor er antwortete. »Nein. Er war Raucher. Zumindest haben wir eine angebrochene Zigarettenpackung und ein billiges Einwegfeuerzeug bei ihm gefunden, benutzte Papiertaschentücher sowie eine angefangene Packung, den Einkaufszettel eines Supermarktes aus Leck über ein paar Lebensmittel und ein Schlüsselbund. Für euch könnte es interessant sein, dass sich daran ein Autoschlüssel der Marke Audi befand. Wir haben auch seine Fingerabdrücke geprüft. Bei uns ist er nicht erfasst.«

»Das ist ein Anhaltspunkt. Wenn der Mann nicht aus Husum stammt, muss er irgendwie hergekommen sein. Wir werden unser

Augenmerk auf Audis richten, die hier in der Stadt abgestellt sind. Und der Einkaufszettel könnte auch ein Hinweis sein. Üblicherweise kauft man Lebensmittel in der Nähe seines Wohnortes ein.«

»Da wäre noch etwas. Gleich neben der Mauer, an der wir den Toten gefunden haben, ist die Glasfront der Eingangstür zur Buchhandlung. Dort haben wir mehrere verwischte Fingerabdrücke gefunden, die nicht vom Opfer stammen. Es sieht so aus, als hätte sich dort jemand abgestützt und wäre dann abgerutscht.«

»Konntet ihr die schon identifizieren?«

»Nein, aber wir arbeiten daran.«

»Danke, Klaus.«

Die Verabschiedung des Flensburger Kollegen ging in einem heftigen Niesen unter.

Christoph kannte Leck, die kleine betriebsame Stadt nördlich Husums, fast an der dänischen Grenze. Es war einen Versuch wert, zu recherchieren, welche Audis in Leck zugelassen waren.

Kurz darauf fand Christoph in seiner Mail eine Abbildung des Einkaufsbons. Darauf war die Adresse des Supermarkts vermerkt.

Mommsen wollte sich mit einer Fotografie des Toten auf den Weg nach Leck machen, um im Geschäft und dessen Umfeld Erkundigungen nach dem Unbekannten einzuholen. Große Jäger sollte ihn begleiten, das Meldeamt der Stadt aufsuchen, um dort nach dem Toten zu forschen.

»Kannst du inzwischen auf ›Blödmann‹ aufpassen?«, fragte der Oberkommissar Christoph.

Der tippte sich nur gegen die Stirn. »Du bist wohl nicht mehr bei Sinnen. Bring deinen Hund nach Hause.«

Christoph suchte Polizeidirektor Grothe auf und bat um die Unterstützung der Streife bei der Suche nach Audis, die möglicherweise irgendwo in Husum geparkt waren und nicht bewegt wurden.

Dann rief er die Praxis von Dr. Hinrichsen an, um zu fragen, ob sich bei der ersten Untersuchung am Tatort noch verwertbare Spuren ergeben haben. Es dauerte eine Weile, bis am anderen Ende abgenommen wurde.

»Praxis Dr. Hinrichsen, Bergmann«, meldete sich eine wohl akzentuierte Frauenstimme.

»Hallo, Anna, hier ist Christoph.«

»Wie ich höre, treibst du dich wieder einmal nächtens in Husums Straßen herum.«

»Notgedrungen. Ist dein Chef zu sprechen?«

»Das ist im Augenblick ungünstig. Er ist mitten in einer Ultraschalluntersuchung. Dabei mag er nicht gestört werden. Außerdem ist hier der Teufel los. Ganz Husum scheint sich heute in unserer Praxis versammelt zu haben. Wenn es dir recht ist, werde ich ihn fragen. Was hältst du davon, wenn wir uns in der Mittagpause treffen. Im ›Jacqueline‹?«

Christoph stimmte zu. Trotz aller Diskretion war es weder Dr. Hinrichsen noch Christophs Kollegen verborgen geblieben, dass er mehrfach mit der gut einen Kopf größeren Arzthelferin ausgegangen war. Selbst die Tatsache, dass er nicht jede Nacht in seinem spärlichen möblierten Appartement zubrachte, war kein Geheimnis mehr. Der Flurfunk auf der Dienststelle und die offenen Augen, die in einer Kleinstadt hinter jeder Gardine lauerten, machten es schwer, das Privatleben geheim zu halten.

Christoph hatte sich fast zwei Stunden mit der Bearbeitung eines anderen Falls auseinander gesetzt, als Thomas Friedrichsen, der Streifenpolizist, sein Büro betrat.

»Wir haben drei Fahrzeuge entdeckt, auf die die Beschreibung passen könnte«, erklärte er und nahm ungefragt auf dem Besucherstuhl Platz. »Es ist ein neuer Audi A8 mit einem Kölner Kennzeichen, der unseren Kollegen bereits gestern aufgefallen ist, weil er den Verkehr an der Kreuzung Volquart-Pauls-Straße/Jebensweg unter Umständen behindern könnte, falls dort ein größerer Lkw mit Hänger einbiegen sollte. Der zweite Audi steht in der Flensburger Chaussee, kurz vor der Kaserne. Es ist ein blauer A3, allerdings auch mit auswärtigem Kennzeichen. Er ist in Münster zugelassen und gehört einem Wehrpflichtigen vom Fliegerhorst. Das dritte Fahrzeug haben wir an der Schiffbrücke, direkt am Binnenhafen, gefunden. Es ist ein älterer A4 mit einheimischem Kennzeichen. Weil der Wagen bereits heute Morgen dort stand und kein Parkschein hinterlegt ist, steckt eine gebührenpflichtige Verwarnung hinter dem Scheibenwischer.«

»Das könnte der Wagen sein, den wir suchen. Haben Sie das Kennzeichen?«

Friedrichsen nickte. »Natürlich. NF. Der Wagen ist hier im Landkreis zugelassen. Ich habe bereits eine Halterfeststellung durchgeführt. Der Audi ist auf einen Frank Reiche aus Leck zugelassen.«

»Mensch, Friedrichsen, scheint so, als hätten Sie ins Schwarze getroffen. Die Sache sehen wir uns genauer an.«

Sie fuhren mit dem Streifenwagen das kurze Stück zum zentralen Platz am Binnenhafen. Dort stand ein dunkelgrüner, ungewaschener Audi A4 älterer Bauart. Äußerlich wies das Fahrzeug keine Besonderheiten auf. Christoph warf vorsichtig einen Blick durch die Scheibe, ohne etwas zu berühren. Im Wageninneren waren ein paar Musikkassetten in der Mittelkonsole zu erkennen, auf dem Beifahrersitz lag ein aufgeklappter Straßenatlas. Bis auf einen überquellenden Aschenbecher war nichts weiter zu sehen. Jürgensen hatte gesagt, der Tote sei Raucher gewesen. Der Parkplatz, auf dem das Auto stand, war nur wenige Schritte vom Tatort entfernt.

»Wir brauchen jetzt den Erkennungsdienst«, sagte Christoph zu dem jungen Polizeikommissar, der sich daraufhin über Funk mit der Zentrale verständigte, während sein Kollege aus dem Streifenwagen damit beschäftigt war, neugierige Passanten zum Weitergehen aufzufordern.

Christoph griff zum Handy und wollte Große Jäger anrufen, musste sich aber zuvor eines älteren Mannes erwehren, der ihm hartnäckig auf den Fersen blieb und mit offenem Mund versuchte, möglichst viel von dem nicht alltäglichen Geschehen zu erheischen.

Schließlich meldete sich der Oberkommissar. Bevor Christoph etwas erzählen konnte, begann Große Jäger: »Wir wissen, wer der Tote ist.«

»Frank Reiche aus Leck«, antwortete Christoph.

Einen Augenblick war es ruhig in der Leitung, bis Große Jäger fragte: »Woher weißt du das?«

»Ich bin bei der Kripo. Da ermittelt man manchmal etwas.«

»Und dann jagst du Mommsen und mich durch den ganzen Landkreis«, gab Große Jäger mit gespielter Entrüstung zurück. »Ich war auf dem Einwohnermeldeamt. Die Mädchen haben zwar gewaltig geschimpft, als wir das Melderegister abgeglichen haben. Aber schließlich sind wir fündig geworden. Hilfreich war dabei, dass sich eine der Angestellten vage an den Mann erinnern konnte.«

»Dann können wir Mommsen informieren.«

»Mit dem habe ich gerade telefoniert. Der hat den Namen des Toten auch herausgefunden. Im Supermarkt war der Mann nur vom Ansehen bekannt. Mit den üblichen Einschränkungen: könnte sein ... glaube, schon einmal gesehen zu haben ... bin mir nicht ganz sicher ... Aber eine Kundin an der Kasse, eine ältere Frau, hatte sich eingemischt und ihn als einen Mitbewohner des Nachbarhauses identifiziert. Harm war auch schon dort und hat bei der Adresse geklingelt, aber niemand öffnete. Im Augenblick befragt er die Nachbarn.«

»Gut. Wir sind uns fast sicher, dass Frank Reiche unser Mann ist. Wartet bitte vor Ort. Ich informiere jetzt Klaus Jürgensen und schicke euch die Spurensicherung. Und die Mordkommission benachrichtige ich auch.«

Dann rief Christoph in Flensburg an und erzählte dem Leiter der Kriminaltechnik von der Wohnung und dem Fahrzeug.

»Wie sollen wir denn zwei Fundorte gleichzeitig abdecken?«, maulte Jürgensen. »Glaubst du, das K6 wäre die Dienststelle mit der üppigsten Besetzung in der Landespolizei? Wenn du wieder einmal in Kiel oder auf Nordstrand bist, solltest mit Peter Harry sprechen und ihm erklären, welche Auswirkung die ewigen Stellenstreichungen haben.«

»Ich habe mir deine ewige Meckerei über schlechtes Wetter an der Westküste, über blutverschmierte Leichen und Tote in kalten Wassergräben zu Gemüte geführt, lieber Klaus, und wollte dir jetzt zwei saubere Orte, die es zu untersuchen gilt, präsentieren. Und das ist dir auch nicht recht.«

»Ach, du verdammter Schlickrutscher.« Jürgensen ließ ein kurzes Lachen hören, das aber sofort in ein Räuspern überging, mit dem er seine Stimmbänder von einem Frosch befreien wollte. »Wir kümmern uns darum«, schloss er das Gespräch ab.

Um alles Weitere würde sich die Kriminaltechnik kümmern. Christoph sah auf die Uhr. Mit Schrecken stellte er fest, dass es bereits eine Viertelstunde zu spät für seine Verabredung mit Anna Bergmann war.

*

Ein grauer Wolkenhimmel hing über Nordfriesland. Es war auch abgekühlt. Große Jäger und Mommsen hockten vor der Wohnung Frank Reiches in ihrem Dienstwagen, einem arg mitgenommenen Ford-Kombi. In der Vergangenheit waren die Husumer Beamten schon öfter gezwungen gewesen, dienstliche Fahrten mit ihren privaten Fahrzeugen zu erledigen. Das hatte jedes Mal zu heftigen Auseinandersetzungen mit Dr. Starke geführt, der sich hartnäckig weigerte, die Kilometerabrechnungen zu genehmigen.

Der Mercedes Vito der Spurensicherung hielt direkt hinter ihnen. Neben Hauptkommissar Jürgensen entstiegen ihm zwei weitere, den beiden vom Ansehen her bekannte Kollegen.

»Wieso sitzt ihr hier herum?«, wollte der Leiter der Kriminaltechnik wissen. »Ihr hättet doch schon in der Wohnung aufräumen und staubsaugen können.«

»Dabei hätten wir auch die Fenster zum Lüften öffnen müssen«, entgegnete Große Jäger. »Dann wäre die Wohnung womöglich ausgekühlt, und du hättest dir eine Erkältung zugezogen.«

Wie zur Bestätigung nieste Jürgensen und zog sich fröstelnd in seinem Pullover zusammen.

Sie mussten nicht klingeln. Ein neugieriger Mitbewohner hatte bereitwillig die Haustür geöffnet und ihnen Einlass verschafft. Er folgte der kleinen Truppe bis zum Treppenabsatz vor Reiches Wohnungstür. Erst als Große Jäger sich umdrehte und mit beiden Händen eine abwinkende Handbewegung machte und dabei »Husch, nun aber ab durch die Mitte« von sich gab, verschwand der Mann hinter einer der Türen.

Im Handumdrehen hatte einer von Jürgensens Männern die Wohnungstür geöffnet. Vor ihnen lag ein kleiner Flur. Der Kriminaltechniker streckte seine Nase in die Luft und nahm Witterung wie ein Jagdhund auf. »Das riecht hier aber komisch.«

Auch Große Jäger sog die abgestandene Luft ein. »Ich merke nichts.«

»Wundert mich nicht«, gab Jürgensen zurück. »Bei dir stinkt alles nach deinem Tabakqualm. Da wird jedes Parfüm erschlagen.« Dann sah er einen seiner Mitarbeiter an. »Geronnenes Blut?«

Der hoch gewachsene junge Beamte mit der Halbglatze nickte. »Könnte sein«, meinte er.

Das Wohnzimmer ging links vom kleinen Flur ab. Dort stand an der Wand ein Sofa mit einem düster wirkenden dunkelgrünen Stoffbezug. Gegenüber war eine Schrankwand aus Teakholz aufgebaut. Sie wies Gebrauchsspuren auf und war sicher schon vor vielen Jahren erworben worden. Der einzeln stehende Sessel war verrutscht. Er stand halb mit der Lehne zum Tisch hin gewandt und berührte mit seiner Sitzkante die Gardine. In dieser Position hätte sich niemand auf den Stuhl setzen können.

In der Mitte des Raumes stand ein mit beigefarbenen Keramikfliesen dekorierter Tisch, der im Holz nicht zur Schrankwand passte. Er war ebenfalls verschoben und stand direkt vor der Couch, sodass auch dort niemand mehr hätte sitzen können.

Der mit Laminat ausgelegte Fußboden war in der Mitte des Raumes mit einem Wollteppich bedeckt. Und den zierte ein großer dunkelbrauner Fleck. Ferner lagen auf dem Teppich die zerbrochenen Überreste einer größeren Keramikfigur, die vermutlich einmal eine stilisierte nackte Frau dargestellt hatte.

»Du wirst nicht behaupten wollen, wir würden euch für nichts und wieder nichts aus Flensburg weglocken«, sagte Große Jäger zu Jürgensen. Der zog nur die Nase kraus.

»Wenn ich es jemals erlebe, von euch Krabbenpulern an einen gepflegten, septisch reinen Tatort gerufen zu werden, dann …« Der kleine Kriminaltechniker ließ offen, was dann wäre. »Sieht aus, als hätte hier ein Kampf stattgefunden, bei dem jemand viel Blut verloren hat.«

»Dann bringt die Spuren zum Reden«, antwortete Große Jäger.

»Darauf kannst du dich verlassen. Jeder einzelne Bluttropfen wird uns eine ganze Story erzählen.«

Die anderen Räume wiesen keine Besonderheiten auf. Im Schlafzimmer stand ein Schrank, der aus einem Katalog hätte stammen können. Anstelle eines Doppelbetts war der Raum nur mit einem an der Wand stehenden Einzelbett ausgestattet, das flüchtig gemacht war. Auch der Inhalt der Schränke wies keine Besonderheiten auf. Es befanden sich die Kleidungsstücke darin, die man bei einem fast Fünfzigjährigen erwarten konnte.

Der dritte Raum schien als Büro genutzt worden zu sein. In den Wandregalen aus dem Programm eines schwedischen Möbelhauses standen reihenweise Ordner mit Rückenbeschriftungen, die darauf schließen ließen, dass Reiche als Vertreter arbeitete. Der Schreibtisch war ebenfalls mit geschäftlicher Post bedeckt, die auf den ersten Blick keine Besonderheit aufwies. Die Festplatte des Computers, der unter dem Schreibtisch stand, würden die Techniker später im Labor analysieren.

Nachdem die Spurensicherung das Umfeld gründlich untersucht hatte, drückte Große Jäger auf die Wahlwiederholungstaste des Telefons und schaltete den Lautsprecher ein, damit Mommsen mithören konnte. Es meldete sich eine Frauenstimme, die Dänisch sprach. Schnell übernahm Mommsen den Hörer. Große Jäger konnte dem Dialog nur bruchstückhaft folgen. Die paar Brocken Dänisch, die er in den Jahren gelernt hatte, reichten für das Verstehen des ganzen Gesprächs nicht aus.

Mommsen beendete das Telefonat mit einem »Farvel« und wandte sich dann Große Jäger zu.

»Das war ein Unternehmen aus dem dänischen Brande, das Heimtextilien fertigt und sie auch nach Deutschland verkauft. Reiche war bis vor kurzem als Handelsvertreter für die Dänen tätig. Ihm wurde aber wegen Erfolglosigkeit gekündigt.«

»Das klingt interessant, dürfte aber nur indirekt mit unserem Fall zu tun haben.«

»Glaubst du wirklich, dass wir im Telefonspeicher eine Nummer finden, unter der sich beim Rückruf jemand meldet und gesteht: ›Ja. Ich habe Frank Reiche ermordet‹?«

»Hat es alles schon gegeben«, brummte Große Jäger und sah aus dem Fenster. »Ich glaube, wir können hier nicht mehr behilflich sein. Dafür sollten wir dem Mann auf der anderen Straßenseite ein paar Fragen stellen. Er beobachtet gezielt die Fenster dieser Wohnung.«

Als sie auf die Straße traten, war niemand mehr zu sehen.

Dann befragten sie die Nachbarn. Einer glaubte, ein Rumpeln aus der Wohnung Reiches gehört zu haben, konnte sich aber nicht mehr an den Zeitpunkt erinnern. Sonst war nichts aufgefallen. Auch hatte niemand Besucher in der Wohnung gesehen.

»Was hältst du davon, wenn wir etwas zu Mittag essen?«

»Nicht schon wieder Pommes und Currywurst«, maulte Mommsen, schloss sich aber dem Oberkommissar an.

*

Christoph war von der Schiffbrücke durch die Krämerstraße, eine kleine Fußgängerzone, die den Binnenhafen mit dem Marktplatz verband, gegangen. Er überquerte den zentralen Platz vor der Kirche und bog durch das Tor am Rathaus ab. Von hier waren es nur noch wenige Schritte durch den Schlossgang. Dort, am »Alten Brauereiplatz«, lag etwas nach hinten versetzt das Café Jacqueline.

Es war, wie immer, gut besucht. Die kleinen runden Tische, die um einen begehbaren, reich verzierten Kachelofen standen, waren alle besetzt. Die burgunderrot glänzenden Wände trugen zur gemütlichen Atmosphäre bei.

Gleich neben dem Tresen saß Anna Bergmann.

Christoph ging auf sie zu und hauchte ihr einen Kuss auf die Wange.

»Du bist spät dran. Ich habe nur eine kurze Mittagpause. Du glaubst nicht, was heute in der Praxis los ist.«

Christoph hängte seine Jacke über die Stuhllehne und nahm Platz. »Da trifft es sich gut, dass wenigstens ich nicht unter Überbeschäftigung leide.«

Sie legte vorsichtig ihre Hand auf seine. »Bist du muksch?«

»Warum glaubt alle Welt, dass wir bei der Polizei nichts zu tun haben?« Er berichtete kurz, dass er noch am Binnenhafen aufgehalten wurde.

»Ist ja gut«, beruhigte sie ihn. »Fällt dir etwas auf?«

Er sah sie an, schüttelte dann den Kopf. »Nein, nichts.«

»Wirklich nicht?«

»Nein. Was soll sein?«

Sie lachte. »Typisch Mann. Ich war gestern beim Friseur.«

Jetzt bemerkte er, dass ihr rötliches Haar brünett gefärbt war.

»Steht dir gut.«

»Das klingt nicht begeistert.«

Er winkte ab und sah auf ihren Teller. Dort lag ein großes Stück Torte, die Anna von der Spitze her bearbeitet hatte.

»Was hast du dir bestellt?«

»Eierlikörtorte. Hier gibt es die Beste der ganzen Westküste.«

»Wer sagt das?«

»Ingo.«

Misstrauisch sah er auf. »Wer ist Ingo?«

Jetzt lachte sie. Dabei zeigten ihre Wangen zwei kleine Grübchen.

»Bist du eifersüchtig? Ingo ist mein Friseur.«

Die Bedienung war an den Tisch herangetreten und nahm Christophs Bestellung auf. Er hatte sich für eine Gulaschsuppe und ein Mineralwasser entschieden. Dann wandte er sich wieder Anna zu.

»So 'n Quatsch. Warum sollte ich eifersüchtig sein? Schließlich bin ich verheiratet. Und das nicht mit dir.«

Sie stützte die Ellenbogen auf den Tisch, legte ihr Kinn auf die zusammengefalteten Hände und sah ihn nachdenklich an. Dabei zeigte die Spitze ihrer Kuchengabel auf Christoph.

»Das vergisst du aber regelmäßig, wenn du bei mir übernachtest.«

Christoph lehnte sich zurück und sah zum Nachbartisch, ob man dort ihrer Unterhaltung folgte. »Wir müssen uns in Zukunft nicht mehr treffen.«

Anna legte die Kuchengabel neben ihren Teller und ergriff erneut Christophs Hand. Widerstrebend ließ er es zu. Sie beugte sich zu ihm hinüber und flüsterte fast: »Lass den Blödsinn. Mir ist klar, dass du in Kiel eine Familie hast. Und was zwei erwachsene Menschen hier in Husum miteinander haben, geht außer uns niemanden etwas an. Ich finde, es sollte so bleiben, wie es ist. Wie war das Wochenende in Kiel?«

Christoph trank einen Schluck Mineralwasser, bevor er antwortete. »Merkwürdig. Als ich am Freitagabend zu Hause eintraf, war meine Frau gerade damit beschäftigt, ihr kleines Reisegepäck ins Auto zu laden. Sie hat sich dann sehr unterkühlt von mir verabschiedet und gemeint, sie müsse übers Wochenende zu einem Seminar. Das schien mir sehr überraschend gekommen zu sein.«

Anna schüttelte den Kopf. »Dummer Kerl. Bist du wirklich so naiv und glaubst, dass deine Ehefrau nicht merkt, was hier in Husum vor sich geht? Nun aber: Themenwechsel. Ich habe kurz mit meinem Chef gesprochen. Der Doc meint, der Tote hat einen Schädelbasisbruch erlitten. Der muss nicht tödlich sein. Durch die Schläge gegen die Wand sind aber wahrscheinlich Gefäße im Gehirn geplatzt. Das führte dann zum Exitus.« Anna sah auf die Uhr. »Oh, schon so spät. Ich muss wieder zurück in die Praxis.« Sie stand auf und suchte nach ihrem Portemonnaie.

»Ich bezahle«, sagte Christoph.

Sie beugte sich zu ihm herab, gab ihm einen Kuss auf den Mund und sagte: »Danke. Sehen wir uns heute Abend?«

»Lass uns später miteinander telefonieren. Ich kann nicht absehen, was mich heute noch erwartet.«

Sie winkte ihm noch einmal über die Schulter zu und verließ Jacquelines Café.

DREI

Die Stadt war in ein düsteres Grau gehüllt. Der leichte Nieselregen ließ Christoph die Nase kraus ziehen. Natürlich hatte er keinen Regenschirm dabei, als er zurück ins Büro eilte. Unwirsch warf er die feuchte Jacke über den Garderobenhaken und registrierte, dass die Teekanne leer war, verzichtete aber darauf, neuen Tee zu kochen. Es war für ihn schon zur Selbstverständlichkeit geworden, dass Mommsen stets für frisch gebrühten Tee sorgte.

Bist du wirklich mit deinem Leben zufrieden?, fragte er sich selbst. Seit einem Jahr bist du jetzt in Husum. Wie bequem war es in Kiel gewesen. Der Acht-Stunden-Job in der Verwaltung, garantiert freie Wochenenden. Es gab keine Berührungspunkte mit den Schattenseiten des Polizeialltags, keine Diebe, Betrüger, vor allem aber keine Gewalttäter oder gar Mörder.

Aber würde man ihm ernsthaft die Frage stellen, ob er wieder an seinen alten Schreibtisch zurückkehren wollte, würde er doch Zweifel hegen. Wenn er ehrlich zu sich selbst war, musste er sich eingestehen, dass er freiwillig nicht mehr aus Husum fortwollte.

Er sah auf die Uhr. Es war früher Nachmittag, als Große Jäger und Mommsen zurückkehrten.

Sie berichteten von ihrem Einsatz in Leck.

»Jetzt haben wir einen Toten, der vor seinem Ableben behauptete, selbst ein Mörder zu sein.«

»Manchmal ist es ganz schön vertrackt. Wo ist diese verdammte Leiche abgeblieben? Harm, hast du schon Kaffee gekocht?«, fasste Große Jäger alle Probleme in einem Satz zusammen, die ihn derzeit beschäftigten.

Aus dem Hintergrund des Raumes meldete sich Mommsen. »Ist in Arbeit. Und der Tee ist auch gleich fertig.«

»Es hat den Anschein, als ob in Reiches Wohnung ein Kampf stattgefunden hätte. Der Blutfleck auf dem Teppich und die zerbrochene Keramikskulptur könnten Anzeichen dafür sein, dass er tödlich endete. Unter diesen Umständen hätte Reiche die Wahrheit gesagt, als er bei Pastor Hansen auftauchte. Aber wer ist ermordet worden? Und warum? Und wie stehen diese beiden Taten in Zusammenhang?« Christoph blickte in die Runde.

»Ich versuche, etwas über Frank Reiche in Erfahrung zu bringen«, sagte Große Jäger. »Bisher wissen wir nur, dass er tot ist und offenbar als Vertreter gearbeitet hat.«

Christoph nickte und nahm den Telefonhörer ab. Im Display hatte er gesehen, dass das Landeskriminalamt am anderen Ende war. Eine Frauenstimme meldete sich, die betont langsam sprach.

Christoph atmete tief durch. »Hallo, Frau Dr. Braun.« Er kannte die Eigenheit der Mitarbeiterin aus dem naturwissenschaftlichen Bereich der zentralen Kriminaltechnik und Spurensicherung der Landespolizei, die Sachverhalte langatmig und mehr als ausführlich vorzutragen.

»Es geht um den Mord von heute Nacht in der Husumer Innenstadt«, begann sie. »Der Tote ist noch in den frühen Morgenstunden zur Pathologie nach Kiel überstellt worden. Die Kollegen haben sich sofort des Falls angenommen, obwohl sie …«

»Frau Dr. Braun«, unterbrach Christoph. »Wir sind Ihnen sehr dankbar für Ihre Bemühungen. Es reicht mir aber zum Ersten, wenn Sie mir nur kurz die wesentlichen Eckpunkte nennen. Alles Weitere kann ich Ihrem – wie immer – ausführlichen und fundierten Bericht entnehmen.«

Ihre Stimme klang eine Spur pikiert, als sie antwortete: »Durch die Schläge gegen die Wand hat das Opfer einen Schädelbasisbruch erlitten. Das hatte der Kollege vor Ort auch festgestellt, wie ich dem Bericht entnehmen kann. Tüchtiger Mann«, schob sie ein. »Das Brillenhämatom, das ist …«

»Danke, Frau Dr. Braun, ich weiß Bescheid, der Bluterguss unter den Augen. Es sieht aus, als würde das Opfer eine Brille tragen. Es war rot, als die Leiche gefunden wurde. Daraus sind Rückschlüsse auf die Tatzeit zu ziehen, da sich das Brillenhämatom erst nach zwei bis drei Stunden violett verfärbt.«

»Dann kann ich ja mit meiner Erklärung aufhören«, kam es beleidigt über die Leitung.

»Liebe Frau Dr. Braun, ich wollte Ihre Zeit nicht über Gebühr in Anspruch nehmen.«

Es entstand eine kurze Pause, bevor die Wissenschaftlerin aus Kiel weitersprach. »Typisch für den Schädelbasisbruch sind auch die Rinnsale aus Ohr und Nase. Das Blut ist hellrot wässrig, weil es mit dem Liquor cerebrospinalis, das ist das Hirnwasser, vermischt ist. Der Liquor, wie man vereinfacht sagt, wird auch für die Diagnostik bei …«

»Das klingt hochinteressant. Können Sie mir das ein anderes Mal ausführlich erklären? Heute möchte ich nur wissen, was die Todesursache war.«

»Wir haben ein Druckmal an der Stirn festgestellt. Das lässt vermuten, dass der Täter mit dem Handballen kräftig gegen die Stirn des Opfers geschlagen hat, oben am Haaransatz. Durch die starke Querbeschleunigung beim Aufkommen an der Wand sind Gefäße im Gehirn gerissen. Das führt zu Einblutungen. Das Gehirn schwillt an und drückt auf das Atemzentrum. Der Tod tritt im Prinzip durch Ersticken ein. Der Laie muss sich vorstellen, dass das Ganze wie ein Schlaganfall wirkt. Das ist im Prinzip ja auch eine Einblutung ins Gehirn. Nur, in diesem Fall, hat der Täter den Kopf des Opfers mehrfach mit brutaler Gewalt gegen die Mauer geschlagen. Das war kein Stoß im Affekt, sondern eine Hinrichtung.«

»Und dabei ist der Schädel zertrümmert worden?«

Es klang, als würde Frau Dr. Braun spöttisch lächeln. »Wo denken Sie hin? Eine laienhafte Vorstellung. So schnell bekommen Sie die Schädeldecke nicht kaputt. Trotz allem: Es war kein schöner Tod, den das Opfer gestorben ist.«

»Ermordet zu werden ist nie schön, Frau Dr. Braun.«

Es war unüberhörbar, dass die Dame eingeschnappt war. Sie beendete mit frostiger Stimme das Gespräch.

Dann rief Christoph Jürgensen an. Anstelle des kleinen Kriminaltechnikers meldete sich ein Kollege und bat Christoph um ein wenig Geduld. Es dauerte eine ganze Weile, bis er die vertraute, ewig verschnupft klingende Stimme hörte.

»Es gibt eine Unmenge von Neuigkeiten«, sprudelte es aus Jürgensen heraus. »Beginnen wir mit dem Audi des Opfers. Am und im Wagen haben wir nichts Bedeutsames gefunden. Dafür war der Kofferraum umso interessanter. Der war über und über mit Blut besudelt. Wenn euer Opfer darin nicht die Strecke einer großen Jagdgesellschaft ins Gourmetrestaurant transportiert hat, dann hat dort drinnen ein Mensch gelegen. Ob es eine Leiche war, lässt sich noch nicht mit Bestimmtheit sagen. Auch steht noch nicht fest, ob es das Blut desselben Menschen ist, das wir auf dem Teppich in Reiches Wohnzimmer gefunden haben.«

Endlich war es so weit: Jürgensen nieste. »Ich ahne schon die morgige Schlagzeile in jener Zeitung, in der kein solider Kripobeamter seine Fälle aufgemacht sehen will: Toter fährt Leiche im Kofferraum spazieren. Etwas kleiner: Kripo in der Provinz tappt im Dunkeln. Und am Ende des Artikels ist zu lesen: Kriminalrat meint: Wie immer.«

»Aha«, sagte Christoph nur, während Große Jäger sich lautstark an seinem Telefon mit einem unsichtbaren Gegner auseinander setzte.

»Das ist aber noch lange nicht alles«, fuhr Jürgensen fort. »Auf dem Teppich haben wir einen handschriftlichen Zettel gefunden, mit dem wir noch nicht viel anfangen konnten. Es sind sieben Zeilen, die nur aus Ziffern bestehen. Auf dem ersten Blick ergibt die Notiz keinen Sinn. Wenn es sich um einen Code handelt, der sich dahinter verbirgt, so haben wir ihn noch nicht geknackt.«

»Könnten es Telefonnummern sein?«, fragte Christoph.

»Nein. Wie Telefonnummern sehen die Zahlenreihen nicht aus. Vielleicht müssen die Werte spalten- und nicht zeilenweise gelesen werden. Wie gesagt, daran arbeiten wir noch. Wenn du möchtest, sende ich dir eine Ablichtung per Mail zu.«

»Gern. Habt ihr noch mehr in der Wundertüte?«

»Sicher. Auf dem Zettel fanden sich Fingerabdrücke. Die gleichen haben wir auch an der zerbrochenen Skulptur gefunden, die übrigens die Tatwaffe zu sein scheint. Zumindest sind Spuren des Blutes daran, das auch im Teppich und im Kofferraum gefunden wurde. Und Haare sowie Hautspuren. Es hat offensichtlich ein Kampf stattgefunden, in dessen Verlauf Reiche den Unbekannten niedergestreckt hat. Doch zurück zu den Fingerabdrücken. Die erzählen eine interessante Geschichte.«

»Ihr habt sie zuordnen können?«

»Nun wart's doch ab. Du erinnerst dich, dass wir an der Glastür des Palmengartens auch verwischte Abdrücke gefunden haben, die nicht von Reiche stammen.«

»Die können unmöglich mit denen in Reiches Wohnung identisch sein. Sonst würde es ja heißen, dass sich Reiche und sein Mörder gegenseitig umgebracht haben. Und das zu verschiedenen Zeitpunkten.«

»Haha. Wie lustig. Trotzdem gibt es einen Zusammenhang. Beide, die aus Reiches Wohnung und die vom Palmengarten, tauchen ein einziges Mal in unserer Datensammlung auf.«

»Wenn du mir jetzt noch verrätst, zu wem sie gehören, ist der Fall fast gelöst.«

»Und genau an dieser Stelle haben wir ein kleines Problem. Beide Fingerabdrücke wurden bei einem Banküberfall hinterlassen. Die zwei Männer, zu denen die Abdrücke gehören, haben 1996 in der Nähe von Frankfurt eine Bank überfallen. Einzelheiten dazu müsstet ihr bei der örtlichen Polizei anfordern. Die liegen uns nicht vor.«

»Also bei den Frankfurter Kollegen.«

Christoph hörte Papier rascheln. »Nein, das war im Frankfurter Umland. In Bad Vilbel.«

Christoph bedankte sich bei Jürgensen. Dann suchte er die Telefonnummer der Polizei in der Kleinstadt, die nördlich von Frankfurt in der Wetterau liegt, heraus.

Es meldete sich eine Frau mit »Polizei Bad Vilbel«, die ihn mit dem Wachhabenden verband, der ihm erklärte, dafür sei die Kripo in der Kreisstadt zuständig.

»Und wie heißt Ihre Kreisstadt?«, wollte Christoph wissen.

Sein Gesprächspartner ließ ein kräftiges Schnauben hören.

»Das wissen Sie nicht? Ein wenig Kenntnis in Geographie sollte man schon haben, selbst in Schleswig-Holstein. Das ist Friedberg in Hessen.«

»Kennen Sie denn Husum?«

»Selbstverständlich«, antwortete der Mann in Bad Vilbel. »Das ist ein Seebad, liegt da irgendwo bei Lübeck. Kurz hinter Hamburg. Freunde von uns haben da mal Urlaub gemacht. Aber auf der anderen Seite. Auf Wyk.«

Christoph ließ die Ausführungen des Mannes unkommentiert. Es war ein bekanntes Phänomen, dass viele Deutsche das nördlichste Bundesland schlichtweg vergaßen und keine Vorstellungen von dessen Größe hatten. Für sie lag Hamburg fast an der dänischen Grenze, dazwischen allenthalben ein schmaler grüner Streifen, in dem eine Hand voll Kühe weidete. Dabei war Schleswig-Holstein das »schönste Bundesland der Welt«, wie der Slogan des ersten deutschen privaten Rundfunksenders bis heute lautet.

Christophs Versuch, die Kripo in Friedberg zu erreichen, war ein Geduldsspiel. Er wurde ebenso häufig weiter verbunden wie zuvor in Bad Vilbel.

»Erfolglos zu versuchen, eine Verbindung herzustellen, scheint eine hessische Spezialität zu sein«, meinte Christoph, als sich jemand am anderen Ende der Leitung meldete.

»Häschler.«

Christoph hatte den Namen undeutlich verstanden. »Würden Sie Ihren Namen bitte buchstabieren.«

»Joi, gärn. H-E-S-S-L-E-R.«

»Herr Hessler.«

»Joi, sagsch doch. Häschler.«

Christoph stellte sich vor und schilderte die Ereignisse der letzten Stunden sowie die Spur, die jetzt nach Hessen führte.

Der Kollege in Friedberg, dessen breites Hessisch nur mit Mühe zu verstehen war, dachte einen Moment nach.

»Ich erinnere mich. Ich war damals Mitglied in der Kommission, die den Fall bearbeitet hat. Irgendwann wurden die Ermittlungen eingestellt, weil wir zu keinen verwertbaren Ergebnissen gekommen sind. Die Tat hat damals für viel Wirbel gesorgt. Die Täter, drei waren es, sind mit brutaler Härte vorgegangen und haben einen unanzbeteiligten Bankkunden, einen jungen Familienvater, angeschossen. Die Kugel ist in der Wirbelsäule stecken geblieben. Der Mann sitzt seitdem im Rollstuhl. Wenn Sie Einzelheiten interessieren, müsste ich die Akte aus dem Archiv ziehen.«

»Die Details wären für uns von Bedeutung.«

»Das kann aber ein wenig dauern. Soll ich Ihnen die Akte zur Einsichtnahme schicken?«

»Wie lange würde das dauern?«

Der Hesse überlegte einen Moment. »Mit Glück könnten Sie die Unterlagen morgen haben.«

Während seines Telefonats mit dem schwer verständlichen Polizisten aus der hessischen Provinz hatte im Büro ein überhöhter Geräuschpegel geherrscht, da Große Jäger parallel ebenfalls lautstark Erkundigungen eingezogen hatte.

»Ich bin ein wenig weitergekommen«, berichtete der Oberkommissar. »Frank Reiche ist seit ein paar Jahren geschieden. Aus der Ehe sind zwei Töchter hervorgegangen. Beide sind volljährig. Eine lebt mit der wiederverheirateten Mutter in Lüneburg, die zweite wohnt in Darmstadt. Ich habe veranlasst, dass die Angehörigen informiert werden. Polizeilich ist Reiche noch nicht in Erscheinung getreten. Nicht einmal wegen Geschwindigkeitsübertretung. Mommsen und ich haben heute Vormittag Nachbarn befragt. Dabei wurde uns versichert, dass der Mann ein unauffälliges und zurückgezogenes Leben geführt hat. Er ist nie aufgefallen, sondern galt als ruhiger und bescheidener Mitbürger. Niemand hat etwas über Alkohol oder Drogenmissbrauch geäußert, selbst Frauenbekanntschaften schien er keine gehabt zu haben. Das gibt uns natürlich noch mehr Rätsel auf. Warum erschlägt ein braver Mann Ende vierzig einen Besucher, transportiert die Leiche in seinem Kofferraum zu einem unbekannten Ort und wird kurz darauf selbst ermordet? Ich gehe davon aus, dass die beiden Taten in einem unmittelbaren Zusammenhang stehen.«

Große Jäger sah kurz auf die Notizen, die er sich angefertigt hatte. »Da ist noch etwas. Reiche schien es in der letzten Zeit wirtschaftlich nicht gut gegangen zu sein. Noch ziert sich seine Bank mit der Auskunft, aber ich bin am Ball. Außerdem erwarte ich eine Schufa-Auskunft, die ich über Flensburg initiiert habe. Dabei war ich überrascht, dass der Scheiß-Starke sich diesmal nicht geziert hat. Normalerweise tut er sich ja schwer bei solchen Wünschen.« Große Jäger sah erst auf den Wandkalender, dann auf die Uhr. »Heute ist Donnerstag. Da haben die Banken bis sechs auf. Wenn ich jetzt nach Leck fahre, könnte ich noch ein paar Erkundigungen über die wirtschaftliche Lage Reiches einholen.«

»Das ist eine gute Idee. Ich will noch nach Hattstedt und anschließend nach Schobüll.«

»Was willst du dort?«

»In Hattstedt hat ein Rentner seinen Nachbarn mit einer Zaunlatte verprügelt, weil der seiner Frau schöne Augen gemacht hat. Und in Schobüll sind sich zwei Nachbarn in die Haare gekommen, weil einer seinen Hund immer vor das Grundstück des anderen zum Gassigehen ausgeführt hat. Der zweite hat sich revanchiert, indem er den Hundekot aufgesammelt und dem Hundehalter in den Türschlitz geschoben hat. Danach ist es zu einer Prügelei gekommen.«

»Richtig. Hund. Das ist das Stichwort. Jetzt muss ich wieder Überstunden machen, und keiner kümmert sich um ›Blödmann‹. Ich denke, ich werde den Hund mitnehmen.«

»Das ist nicht dein Ernst?«

Aber Große Jäger war nicht davon abzubringen gewesen, den »Polizeihund« mit nach Leck zu nehmen. Weil er mit ihrem Dienstwagen unterwegs war, hatte er Christoph vor dessen Haustür abgesetzt, da dieser morgens zu Fuß zur Dienststelle gekommen war. Dort stand immer noch Christophs eigener Pkw, mit dem er die Fahrt fortsetzte.

Von unterwegs rief Christoph Anna Bergmann an.

»Was gibt's?«, stöhnte die Arzthelferin. »Das Wartezimmer ist voll, und das Telefon steht nicht still. Ganz Husum scheint erkältet zu sein.«

»Dann sollten wir uns heute nicht mehr sehen.«

Sie atmete hörbar durch. »Doch, aber es wird eher acht Uhr werden. Du kannst ja ein paar Sachen zum Abendessen einkaufen. Denk dir was aus. Und – noch etwas. Schalt bitte dein Handy ab, wenn du bei mir bist.«

Er versprach es und fuhr weiter Richtung Norden.

*

Der Oktober besaß in Husum besonderen klimatischen Reiz. Die See war durch den Sommer erwärmt und wirkte so als Wärmespeicher für die Luft. Ein mäßig wehender Wind sorgte für den Luftaustausch und ließ die goldene Pracht der Laubbäume sanft rascheln. Auch der Nieselregen hatte aufgehört, und in der Abenddämmerung zeigte sich stellenweise wieder das verblassende Blau des scheidenden Tages.

Rieke Christensen liebte den Herbst. Ihren Freundinnen erzählte sie, dass sie eine besonders intensive Beziehung zu dieser Jahreszeit entwickelt hätte, weil sie selbst auch den Herbst des Lebens erreicht hatte. Sie empfand das Älterwerden nicht als Last, obwohl manche Dinge des Alltags beschwerlicher geworden waren. Dazu gehörte das Einkaufen.

Heute schleppte sie sich mit zwei Tragetaschen ab, in denen sich nichts weiter als jene kleinen Sachen befanden, die in einem Einpersonenhaushalt benötigt wurden.

Jetzt, kurz vor sechs Uhr abends, war der Tag in die lange Dämmerung eingemündet. In nicht ganz zwei Wochen, wenn die Sommerzeit endete, würde es um diese Zeit bereits dunkel sein.

Sie ging langsam die Nordbahnhofstraße entlang, durch die heute der Verkehr floss, den man aus dem Stadtzentrum verbannt hatte. Es waren nur noch wenige Schritte, dann würde sie in den Totengang abbiegen, einen Fußweg, der zum Altstadtfriedhof führt. Sie mied die für sie schwer begehbaren Holpersteine und hielt sich in der Mitte des Weges auf dem roten Pflaster.

In den geklinkerten Neubauten zur linken Hand sah sie, dass hinter mehreren Fenstern bereits Licht brannte. Der kleine Sandplatz mit den wenigen Spielgeräten war um diese Zeit verwaist. Jetzt war es nicht mehr weit bis zu ihrer Wohnung. Die Rückseite des Hauses in der Gurlittstraße konnte sie schon erkennen. Am Ende des Totengangs begann die Straße »Hinter der Neustadt«, die keine Gehwege, aber ein fürchterliches Kopfsteinpflaster aufwies. Deshalb wich sie auf den parallel zur Straße liegenden Friedhof aus und ging hinter der kleinen Felssteinmauer, die das Gelände zur Straße hin trennte, auf dem ebenen Weg zwischen den Grabreihen entlang. Furcht hatte sie keine. Zum einen benutzte sie schon seit ewigen Zeiten diesen Weg, zum anderen war Husum keine Stadt, in der man sich fürchten musste.

Sie blieb kurz stehen, holte tief Luft und wechselte die Seiten, um nun die ungleich schwerere Tasche mit der rechten Hand zu tragen. In dem Augenblick, als sie sich wieder aufrichtete, erhielt sie von hinten einen Stoß, stolperte und fiel vornüber auf die Betonplatten des Fußweges. Der Schreck nahm ihr den Atem, bevor eine Welle des Schmerzes ihren ganzen Körper durchfuhr. Nur im Unterbewusstsein registrierte sie, wie eine Gestalt von hinten nach ihrer Handtasche griff, die sie sich über die Schulter gehängt hatte. Der Unbekannte zerrte an der Tasche, riss dabei brutal ihren Arm nach hinten und entfernte sich dann auf leisen Sohlen in die Richtung, aus der Rieke Christensen gekommen war.

*

Von den fünf Werktagen der Woche hatte der Freitag für viele Menschen eine herausragende Stellung. Es war nicht nur das bevorstehende Wochenende oder der für viele Berufstätige nur halbe Arbeitstag, nein, es war etwas anderes, Unbestimmbares.

Christoph hatte seinen Wagen hinter dem Polizeigebäude geparkt und erklomm im lichtdurchfluteten Treppenhaus die Stufen nach oben, als er hinter sich Frau Fehlings Stimme hörte.

»Moin, Herr Johannes. Schön, dass ich Sie sehe. Der Chef wartet dringend auf Sie.«

Christoph machte auf dem Absatz kehrt und folgte der Sekretärin des Polizeidirektors. Sie meldete ihn an und zeigte dann auf die Tür.

»Bitte.«

Grothe saß wie immer an seinem Schreibtisch und paffte an seiner Zigarre. Sein Zimmer wies viel Ähnlichkeit mit den Morgennebeln auf, die um diese Jahreszeit über den feuchten Wiesen in den Kögen und Marschen hingen. Nur der Duft war ein anderer.

»Haben Sie schon gehört?«

»Nein, ich bin gerade erst gekommen.«

»Der ›Schubser‹ hat wieder zugeschlagen.« Dann berichtete der Leiter der Polizeiinspektion im Telegrammstil vom Überfall des Vorabends. »Die Überfallene wurde erst eine Stunde nach dem Überfall gefunden. Durch Zufall. Zu dem Zeitpunkt war es schon dunkel auf dem Friedhof. Sie liegt im Kreiskrankenhaus. Außer einem Schock, den sie erlitten hat, hat sie sich den Arm sowie zwei Rippen gebrochen. Der Täter, der schon länger sein Unwesen treibt, wird immer dreister. Und brutaler. Das Ganze für eine Beute von fünfzehn Euro, die Frau Christensen noch bei sich hatte. Die Handtasche ist heute Morgen zwischen einem Stapel gelber Säcke gefunden worden, die am Straßenrand der Klaus-Groth-Straße zur Abholung bereitstanden. Offenbar ist außer dem Bargeld nichts weiter entwendet worden.«

»Ist die Handtasche schon zur Spurensicherung?«

»Alles in die Wege geleitet. Mommsen hat sich darum gekümmert, nachdem Sie gestern nicht erreichbar waren.«

Stimmt, dachte Christoph, er hatte das Handy abgeschaltet, als er bei Anna Bergmann zum Abendessen war.

»Das sollte nicht oft vorkommen, mein Junge«, mahnte Grothe.

»Ein Polizist in Ihrer Position ist immer im Dienst. Wie soll es nun weitergehen? Die Presse stellt mittlerweile kritische Fragen in Richtung Polizei.«

»Wir haben bisher keine Anhaltspunkte. Es gibt nicht eine verwertbare Spur, die auf den ›Schubser‹ weist.«

»Sehen Sie zu, dass der Fall gelöst wird. Die Leute hier werden unruhig. Das mag ich nicht haben in meinem Amtsbereich.«

Damit war Christoph entlassen.

»Wo kommst du jetzt her? Es ist schon halb neun«, empfing ihn Große Jäger im Büro.

»Das musst du gerade sagen. Üblicherweise bist du der Letzte, der hier morgens erscheint.« Christoph war missmutig über die Begrüßung. Vorhin, als er von Annas zu seiner Wohnung zurückkehrte, um die Wäsche zu wechseln, war er seiner Vermieterin auf der Treppe begegnet.

»Herr Johannes. Waren Sie die ganze Nacht unterwegs?«

Nachdem er wortlos genickt hatte, war ihm die alte Dame auf der steilen Holztreppe nachgestiegen. »Sie sollten sich etwas mehr Erholung gönnen. Auch ein Polizist kann nicht ununterbrochen Tag und Nacht im Einsatz sein. Und wenn Sie eine schwere Nachtschicht hinter sich haben, muss man Ihnen doch den Tag zur Regeneration lassen. Ich verstehe ja, dass überall Personalmangel herrscht. Man liest das immer in der Zeitung. Ich kann nicht ver…« Der Rest des Wortschwalls war untergegangen, als Christoph die Tür zu seinem Appartement mit einem unfreundlichen »Ja« hinter sich geschlossen hatte.

Jetzt machte ihm der Oberkommissar Vorhaltungen.

»Während du Happy Hour gemacht hast, war hier Aufruhr«, fuhr Große Jäger mit seinen Anwürfen fort.

Christoph winkte ab. »Alter Hut. Ich weiß schon Bescheid. Was macht dein Köter?«

»Mit dem war ich schon in aller Frühe unterwegs. So ein Hund hält jung. Man gewinnt einen anderen Lebensrhythmus. Du solltest dir auch einen anschaffen. Das ist gut gegen die Einsamkeit am Abend«, stichelte der Oberkommissar weiter. Dann zündete er sich eine Zigarette an, schlürfte laut seinen Kaffee und begann zu berichten: »Ich war gestern noch bei Reiches Bank in Leck. Nachdem man sich dort erst ein wenig geziert hat, waren die Leute schließlich doch kooperativ.« Große Jäger nahm einen weiteren Schluck Kaffee aus seinem Becher. »Reiche war pleite.«

Christoph und Mommsen sahen den Oberkommissar an.

»Dem Mann waren die Konten gesperrt worden, die Kreditkarte ist eingezogen. Das geht aber schon länger so. Die Geschäfte, von denen er in bescheidenem Rahmen leben konnte, sind in den letzten Monaten schlecht gelaufen. Er hat wenig bis gar keinen Umsatz mehr erzielt, obwohl man ihm seitens der Bank das Bemühen nicht absprechen wollte. Daraufhin hat ihm auch der dänische Hersteller von Haushaltstextilien, für den er hauptsächlich tätig war, die Vertretung entzogen. Überdies lief gegen ihn eine Räumungsklage, weil er erhebliche Mietrückstände aufzuweisen hatte.«

»Das deckt sich mit der Schufa-Auskunft, die uns vorliegt«, mischte sich Mommsen ein. »Es liegen gegen ihn Mahnbescheide wegen nicht getilgter Kredite vor. Dem Mann stand finanziell das Wasser bis zum Hals. Und das nicht etwa, weil er einen unsoliden Lebenswandel geführt hat. Er ist anscheinend in einen Strudel hineingeraten, der durch die allgemeine wirtschaftliche Lage ausgelöst wurde.«

»Trotzdem sehe ich noch nicht, in welchem Zusammenhang das mit seinem Tod stehen könnte«, überlegte Christoph. »Gibt es sonst noch etwas?«

Große Jäger nickte. »Ach ja, falls sich jemand aus der Bank über mich beschweren sollte. Das ist alles nicht wahr.«

»Hast du deinen persönlichen *Freundeskreis* jetzt auch bis nach Leck ausgedehnt?«, erwiderte Christoph.

Dann meldete sich Klaus Jürgensen aus Flensburg. »Es gibt weitere Neuigkeiten. Das Blut auf dem Teppich ist identisch mit dem im Kofferraum des Audis.«

»Das heißt«, fuhr Christoph fort, »dass Reiche erst jemanden in seiner Wohnung umgebracht und dann die Leiche mit seinem Auto abtransportiert hat.«

»So würde ich es auch sehen. Dabei ist ziemlich viel Blut geflossen. Der Medizinmann geht davon aus, dass das Opfer nicht überlebt hat. Wir können definitiv von zwei Toten sprechen.«

»Aber wo ist die zweite Leiche?«

»Das kann ich dir nicht sagen. Einfach wird es bestimmt nicht, einen Toten, von dem man nicht weiß, wer es ist, in unserem schönen Land zu finden. Hast du schon in deine E-Mails gesehen? Ich habe dir eine Ablichtung des Zettels mit den Zahlenkombinationen geschickt. Die Notiz muss dem unbekannten Toten beim Kampf in Reiches Wohnung aus der Tasche gefallen sein, da wir Reiches Fingerabdrücke nicht darauf gefunden haben. Hier, bei uns in Flensburg, hat noch keiner eine Idee, was sich hinter den Zahlenkombinationen verbergen könnte.«

Christoph sah in seinen Computer und druckte sich die Nachricht aus. Dann stierte er auf die Zahlenreihen, die mit einer flüssig wirkenden Handschrift niedergeschrieben waren.

6046266987
020653475'
0838618987
1486414898
8512660198
5973912698
6706767509

Was mochten diese Zahlenkombinationen bedeuten? Und wie wurden sie gelesen? Waagerecht? Senkrecht? Auffällig war, dass die zweite Zeile nur neun Ziffern hatte und mit einem Auslassungszeichen endete, während alle anderen zehn Ziffern aufwiesen.

Er übertrug die Matrix in ein Excel-Spreadsheet und stellte die verschiedensten Berechnungen an, führte Additionen durch, bildete Quersummen, nahm nur jede zweite Ziffer und setzte Buchstaben ein.

Er wurde in seinen Überlegungen durch den Boten eines Expressdienstes unterbrochen, der einen dicken Umschlag für ihn abgab. Es war die versprochene Akte aus Friedberg in Hessen.

Christoph überflog den Inhalt, bevor er sich in die Zusammenfassung vertiefte. Er benötigte fast eine Stunde, bis er die Papiere beiseite schob und seine beiden Kollegen ansah.

»Das sind wir auf einen dicken Fisch gestoßen. 1996 ist im Zentrum von Bad Vilbel, das ist eine Kleinstadt nördlich von Frankfurt, eine Bank überfallen worden. Beteiligt waren drei Täter. Sie sind nicht nur brutal, sondern auch sorglos vorgegangen. Zwei von ihnen haben keine Handschuhe getragen. Die Fingerabdrücke eines Bankräubers sind identisch mit denen auf der zerbrochenen Skulptur in Reiches Wohnung. Wir nehmen an, dass es die Mordwaffe war. Offenbar hat nicht nur Reiche, sondern auch sein Opfer die Skulptur angefasst. Das bedeutet, einer der bis heute unbekannten Bankräuber ist in Reiches Wohnung ermordet worden. Beim Überfall in Hessen sind die Täter eiskalt vorgegangen. Um ihren Forderungen Nachdruck zu verleihen, haben sie auf einen unbeteiligten Bankkunden geschossen. Einen junger Familienvater. Die Kugel verletzte die Wirbelsäule, sodass der Mann heute querschnittgelähmt ist. Gesprochen wurde während des Überfalls nicht. Die Täter haben ihre Forderungen durch Handzeichen deutlich gemacht. Vielleicht können die Gangster kein Deutsch. Am Überfall war ein dritter Täter beteiligt, der aber Handschuhe trug und sich im Hintergrund hielt. Im Unterschied zu den beiden ›Haupttätern‹, wenn wir sie einmal so bezeichnen wollen, wirkte der dritte nach Zeugenaussagen übernervös.«

»Wir suchen also die verschwundene Leiche eines Bankräubers? Eventuell ein Ausländer?«, fragte Mommsen.

»Ja.«

»Und wenn wir der Phantasie freien Raum lassen, müsste man untersuchen, ob Reiche an diesem Überfall beteiligt war. War er der nervöse Mann im Hintergrund?«

»Dazu müssten wir in Reiches Vergangenheit abtauchen. Übernimmst du das, Harm?«

Mommsen nickte.

»Ich werde die Kollegen von der Mordkommission informieren und versuchen, über Flensburg oder Kiel bei Interpol nachzufragen, ob man dort etwas mit den Fingerabdrücken anfangen kann.«

Dann setzte sich Christoph wieder über das Zahlenrätsel, wie er den handgeschriebenen Zettel nannte, den die Spurensicherung am Tatort in Leck gefunden hatte. Erneut stellte er alle möglichen Kombinationen auf, konnte sich aber keinen Reim darauf machen. Aber er kannte jemanden, der ihm eventuell weiterhelfen konnte. Professor Michaelis war nicht nur Hochschulpräsident in Hamburg, sondern auch ein begnadeter Wissenschaftler, zudem Mathematiker. Christoph hatte den Professor und dessen Frau im Urlaub beim Golfspielen kennen gelernt. Man war ins Gespräch gekommen und hatte sich gelegentlich an Alster oder Förde zu einem zwanglosen Abend zusammengefunden, meistens um ein neu entdecktes Restaurant auszuprobieren, da das Ehepaar Michaelis begeisterte Feinschmecker waren.

Christoph suchte in seinem Organizer die Telefonnummer. Er wurde vom Vorzimmer zum Hochschulpräsidenten durchgestellt.

»Michaelis«, meldete sich die sonore Stimme.

»Hallo, Gerhard, hier ist Christoph Johannes.«

»Mensch, das ist aber eine Überraschung. Wie geht's? Was macht Dagmar?«

Christoph verspürte keine große Lust, mit Michaelis über die aktuellen Probleme seiner Ehe zu sprechen. »Danke, gut. Und euch?«, wich er deshalb aus.

»Viel zu tun. Dazwischen findet sich aber immer eine Gelegenheit, den Gaumen zu kitzeln. Wir waren vor kurzem in der Bretagne. Herrlich, kann ich dir sagen. Fisch und Meeresfrüchte. Was verschafft mir die Ehre deines Anrufs?«

Christoph berichtete von seinem Problem mit dem Zahlenrätsel.

»Schreib mir am besten eine E-Mail. Ich sehe es mir einmal an.«

Mommsen saß am Computer. Christoph war immer wieder erstaunt, mit welcher Fingerfertigkeit der junge Kommissar die Tastatur bearbeitete. Christoph selbst schrieb mit vier Fingern, die allenfalls »halbblind« über das Buchstabenfeld huschten. Große Jäger hätte alle Geschwindigkeitswettbewerbe in dieser Disziplin verloren. Für den Oberkommissar schien jeder Anschlag ein Erfolgserlebnis zu sein, verbunden mit der großen Freude darüber, nach mühsamem Suchen des Buchstabens und kraftvollem Abtauchen des einzelnen Fingers das Zeichen tatsächlich auf dem Display erscheinen zu sehen.

Auf Mommsens Bildschirm erschien die Meldung, dass eine neue Mail eingetroffen war. Mommsens Finger verharrten einen Moment über dem Tastenfeld. Er beugte seinen Oberkörper ein wenig vor und las die Nachricht. Dann nahm er Blickkontakt zu Christoph auf.

»Die Antwort aus Kiel zu unserer Interpolanfrage.«

Große Jäger schien über die willkommene Unterbrechung froh,

die ihm als Vorwand diente, die ungeliebte Papierarbeit an die Seite zu legen.

»Welche Anfrage?«

»Wir wollten wissen, ob die Fingerabdrücke des Toten aus Reiches Wohnung sowie die von der Glastür am Palmengarten in Brüssel bekannt sind.«

»Und?«

Mommsen bildete mit dem linken Zeigefinger und dem Daumen ein Kreis. »Sie sind Interpol bekannt.«

»Bingo. Dann haben wir die Identität des Mordopfers sowie des mutmaßlichen Mörders.«

Jetzt fuhr sich Mommsen mit der Hand über den Mund. »Leider nicht. Beide Fingerabdrücke tauchen jeweils einmal auf. Reiches Opfer hat seine Abdrücke bei einem Banküberfall in Hjørring hinterlassen.«

»Wo ist das?«, fragte Große Jäger.

»Das ist im Norden Dänemarks«, mischte sich Christoph ein. »Eine Kleinstadt unweit vom Fährhafen Hanstholm, nördlich Ålborgs.«

»Kenn ich. Kommt leckerer Aquavit her«, sagte Große Jäger und winkte nur ab, als Christoph ihm entgegnete:

»Deine geographischen Kenntnisse orientieren sich auch nur an alkoholischen Spezialitäten.«

»Der Bankraub in Dänemark war 1999 und wurde nie aufgeklärt. Interpol konnte die Fingerabdrücke niemandem zuordnen. Man vermutete damals, dass die Tat von Ausländern begangen wurde.«

»Wie viele Leute waren beteiligt?«

»Moment.« Mommsen las weiter, bevor er antwortete: »Zwei. Ob noch ein weiterer vor der Tür Schmiere stand oder in einem Fluchtauto saß, wird nicht erwähnt.«

»Bankraub scheint ein Hobby unseres unbekannten Toten gewesen zu sein. Erst der Überfall in Bad Vilbel, drei Jahre später bei den Nachbarn. Und was ist mit den anderen Fingerabdrücken?«

Mommsen beugte sich erneut über seinen Bildschirm, bevor er antwortete: »Die Fingerabdrücke tauchten 2001 auf. In Lille. Das ist in Nordfrankreich«, erklärte er und blickte dabei Große Jäger an.

»Natürlich weiß ich das«, brummte der zurück.

»Da wurde 2001 ein Kunsthändler erschossen. Ein Deutscher. Auch in diesem Fall konnten die Ermittlungen nicht abgeschlossen werden.«

»Also ist Reiches Mörder mit ziemlicher Sicherheit jetzt ein Doppelmörder«, sagte Christoph. »Wobei wir nicht wissen, ob er nicht noch mehr Taten begangen hat. Die Täter sind in allen Fällen nicht nur brutal, sondern auch unbekümmert vorgegangen. Sonst hätten sie nicht leichtfertig ihre Fingerabdrücke hinterlassen. Sie scheinen sicher zu sein, dass sie nicht zu identifizieren sind. Handelt es sich möglicherweise um Nicht-Europäer? Oder Osteuropäer?«

»Diese Vermutung findet sich auch im Bericht aus Kiel. Interpol hat ähnliche Gedanken geäußert. Aber auch Rückfragen in den osteuropäischen Ländern waren erfolglos«, schloss Mommsen seine Erklärungen ab.

»Können wir sicher sein, dass alle Staaten im Osten präzise Auskunft erteilt haben?«, fragte Große Jäger.

»Um das beurteilen zu können, fehlt uns sicher die Erfahrung«, gab Christoph zu bedenken. »Auf die neuen Mitglieder der Europäischen Union ist sicher Verlass. Aber ob alle ehemaligen GUS-Staaten eine perfekt durchorganisierte Polizei haben, ist eher fraglich.«

»Die haben ihr ganzes Know-how in den Geheimdienst gesteckt.« Christoph sah Große Jäger an. »Der Gedanke ist nicht schlecht. Die Täter machen nicht den Eindruck, als wären sie Amateure. Sie gehen professionell und skrupellos vor. Und wenn es sich um ehemalige Geheimdienstaktivisten handelt, die sich auf die kriminelle Schiene begeben haben? Könnte sein, dass die Sache ein wenig zu groß wird für uns hier in Husum.«

Große Jäger klatschte in die Hände. »Klasse, endlich mal Action in Nordfriesland. Kameraden, das wird spannend.« Es gab keinen Zweifel: Der Jagdinstinkt des Oberkommissars war geweckt.

*

Das weiß gestrichene Haus machte einen hellen und freundlichen Eindruck und passte sich damit der Umgebung an. In diesem Teil

Lüneburgs wohnte der gut situierte Mittelstand. Das Baugebiet war in den Achtzigern erschlossen worden, sodass die Gärten hinter den Hecken und der üppigen Vegetation den Blicken der Passanten entzogen waren.

Achim Delmbüttel gehörte nicht zur Spitzengruppe des Mittelstandes, die hier beheimatet war. Es bestand kein Anlass zur Klage: Er hatte eine Familie, die von schlimmen Ereignissen verschont geblieben war, und zwei Enkel, die sein ganzer Stolz waren. In einem Jahr würde er pensioniert werden. Dann würde er sich noch mehr seinem Hobby, dem Garten, widmen können. Bis dahin würde er noch seinem ruhiger gewordenen Dienst nachgehen. Über dreißig Jahre war er im Polizeidienst, hatte sich vom gelernten Bäcker bis zum Kriminalhauptmeister emporgearbeitet. Leider hatte er die Altersgrenze überschritten, als vor einigen Jahren den Beamten des mittleren Dienstes der Aufstieg in die nächste Dienstgradgruppe angeboten wurde. Sonst wäre er jetzt Kommissar, vielleicht gar Oberkommissar. Das hätte sich positiv auf seine Pension ausgewirkt. Sein Ego war deshalb aber nicht angekratzt. So erledigte er jetzt Sonderaufgaben, wie die Anfrage aus Husum.

Er stieg aus seinem Passat. Die aparte Frau mit dem gesträhnten blonden Wuschelkopf blickte auf.

»Frau Cornelsen?«

Sie ließ die verblühten Herbstblumen, die sie geschnitten hatte, in einen Eimer fallen und richtete sich auf. Dann fuhr ihre linke Hand ins Kreuz.

»Ja?«

»Delmbüttel, Kripo Lüneburg. Darf ich Ihnen ein paar Fragen stellen? Es geht um Ihren geschiedenen Mann, Frank Reiche.«

Sie bat ihn ins Haus und bot ihm in der geräumigen Küche Platz an.

»Sie wissen, dass Frank Reiche ermordet wurde?«

Sie nickte. »Das hat mir meine Tochter berichtet. Sie wurde von der Husumer Polizei benachrichtigt.«

»Sie sind schon länger geschieden?«

»Seit vier Jahren. Ich habe ein Jahr darauf wieder geheiratet.«

»Das heißt, zwischen 1996 und 1999 haben Sie noch mit Frank Reiche zusammengelebt?«

»Ja, wenn man es so nennen kann. Frank war kein schlechter

Mensch. Wir waren uns auch nicht wirklich gram, sondern haben uns auseinander gelebt. Das mag auch an Franks Beruf gelegen haben. Ständig auf Achse.«

»Wissen Sie etwas von seinem Umgang, nachdem Sie sich getrennt haben?«

»Nein. Nicht viel. Es ist ihm wirtschaftlich zusehends schlechter gegangen. Aber weder unsere Töchter noch ich hatten groß Kontakt zu ihm. Da kann ich Ihnen nicht helfen.«

»Wie waren die Verhältnisse Ende der neunziger Jahre? Gab es da auch schon finanzielle Sorgen?«

»Wenn Sie als Vertreter arbeiten, haben Sie immer ein schwankendes Einkommen. Mal mussten wir mit dem Pfennig rechnen, dann liefen die Geschäfte wieder gut, und wir konnten uns manch kleines Extra erlauben.«

»Können Sie sich erinnern, ob Ihr Exmann 1996 oder 1999 plötzlich über mehr Geld als gewöhnlich verfügte?«

Die zwei Grübchen auf ihrer Wange sahen bezaubernd aus, als sie lächelte. »Das kann ich nicht sagen. Ich kann mich jedenfalls nicht an einen unverhofften Geldsegen erinnern. Weshalb fragen Sie?«

»Könnten Sie sich vorstellen, dass Frank Reiche an einem Banküberfall beteiligt war?«

Sie setzte sich mit einem Ruck gerade hin. »Das klingt absurd. Wir sind geschieden. Die Jahre mit Frank sind Vergangenheit. Aber das – nein! Beim besten Willen. Das traue ich ihm nicht zu. So viel Mut hätte er nie gehabt, eine Bank zu überfallen. Er war eher … wie soll ich das erklären? Nun, ein Hasenfuß.«

»Hatte er in den Jahren Bekanntschaften, die er Ihnen nicht vorgestellt hatte?«

»Sie meinen Frauen?«

»Eher Männer.«

»Sexuell?«

»Nein. Vielleicht so genannte Männerfreundschaften.«

»Das hätte ich bemerkt. Nein. Wir haben gemeinsame Bekannte gehabt. Darüber hinaus hatte er Kontakt zu Leuten, mit denen er beruflich verkehrte. Aber sonst?« Sie überlegte einen Moment und spitzte dabei die Lippen. Dann schüttelte sie den Kopf. »Nein. Ich glaube nicht.«

»Ist er denn gelegentlich verreist, ohne dass Sie davon wussten?«
Erneut lachte sie. »Machen Sie Witze? Frank war Vertreter. Der war ständig unterwegs.«

Achim Delmbüttel verabschiedete sich von der Frau. Für ihn waren Befragungen dieser Art Routine. Jetzt war es schon Mittag. Freitag. Zu dumm, dass er vor dem Wochenende noch den Bericht verfassen und nach Husum schicken musste. Sein Garten wartete schon auf ihn.

*

Zur selben Zeit kehrten Christoph und Mommsen ins Büro zurück, während Große Jäger noch kurz nach dem Hund sehen wollte. Er war in seine Wohnung, die am Weg zwischen dem Marktplatz und der Polizeiinspektion lag, gegangen, um mit »Blödmann« einen kurzen Spaziergang zu unternehmen.

»Das hat vorhin Überredungskunst gekostet, Wilderich mit ins Storm-Café zu schleppen. Wenn's nach ihm gegangen wäre, hätten wir wieder Currywurst und Pommes gegessen.«

»Dabei gibt es in Husum viele Alternativen«, pflichtete Christoph Mommsen bei und warf einen Blick auf die neuen Meldungen in seinem Mailsystem. »Die Spurensicherung hat erstmalig Fingerabdrücke vom ›Schubser‹ feststellen können. Er hat sie auf den Einkaufstüten hinterlassen, die er beim Überfall auf dem Friedhof angefasst hat. Doch auch in diesem Fall ist der Inhaber der Abdrücke nicht in unserer Datei. Mir macht diese Serie Sorgen. Die Presse berichtet darüber. Gottlob ohne Sensationsheischerei, aber eine gewisse Unruhe lässt sich in der Bevölkerung nicht vermeiden.«

»Die Kollegen von der Schutzpolizei achten besonders auf verdächtige Personen, die unserem Täter entsprechen könnten«, sagte Mommsen. »Leider gibt es nur einander widersprechende Beschreibungen. Der ›Schubser‹ ist ein Nordfriese arabischer Herkunft mit Schlitzaugen. Er ist gleichzeitig groß und klein, dick und dünn und trägt auf seiner Glatze langes blondes Haar, das tiefschwarz und ganz kurz geschnitten ist. Viel schlimmer ist aber, dass der Täter seine Bereitschaft zur Gewalt langsam steigert.«

Ihr Gespräch wurde durch einen Anruf des Kriminaloberrats unterbrochen.

»Sie haben eine Akte aus Hessen angefordert? Über einen Bankraub? Und Sie vermuten, dass einer der Täter in Leck ermordet worden ist?«

»Das ist nicht endgültig bestätigt.«

»Wieso liegt die Akte noch bei Ihnen? Weshalb haben Sie die Unterlagen nicht gleich zur Mordkommission nach Flensburg schicken lassen?« Dr. Starke sprach mit der gewohnten Schärfe in der Stimme.

»Ich kann keine Akte weiterleiten, von deren Inhalt ich keine Kenntnis habe«, erwiderte Christoph. »Das wäre unlogisch. Mittlerweile sind die Unterlagen aber auf dem Weg zum K1.«

»Wollen Sie mir eine Belehrung erteilen? Es hat den Anschein, als wären wir auf drei Täter gestoßen, die eine gemeinsame kriminelle Vergangenheit haben. Jetzt hat es Streit gegeben. Vermutlich geht es um Beuteanteile. Frau Dobermann und ihre Mannschaft werden diese Spur weiterverfolgen.«

»Dann geben wir den Fall ab?«, fragte Christoph.

»Ja. Das ist eine Nummer zu groß für Sie und Ihre Leute. Sie sollten weiter nach der verschwundenen Leiche suchen. Vielleicht finden Sie ja auch Hinweise, wo die Beute geblieben ist, um die sich die Täter gestritten haben. Verwenden Sie aber nicht Ihre ganze Kraft auf diesen einen Fall. So schwer kann die Aufklärung ja nicht sein. Und andere Taten warten auch auf die Bearbeitung.«

Christoph diskutierte mit Mommsen über den vom Kriminaloberrat geäußerten Verdacht, als Große Jäger ins Büro kam. Er führte »Blödmann« an der Leine.

»Ich hatte dir doch gesagt, der Hund gehört nicht auf die Dienststelle«, warf ihm Christoph an den Kopf und rollte ein wenig mit seinem Schreibtischstuhl zurück, weil der Hund vor ihm stehen blieb und die Zähne fletschte.

»Er hat mich so traurig angesehen, da konnte ich ihn nicht allein zurücklassen«, erwiderte Große Jäger und zündete sich ungerührt eine Zigarette an. »Ist der Kaffee schon fertig?«, fragte er dann Mommsen.

»Die Idee, dass die beiden Banküberfälle etwas mit unseren Morden zu tun haben, ist nicht von der Hand zu weisen. Aber warum ist Reiche pleite, wenn er im Besitz der Beute war?« Mommsen schüttelte den Kopf.

»Vielleicht wollten die beiden anderen ihm seinen Anteil vorenthalten?«, fragte Große Jäger. »Dann kam es zur Auseinandersetzung, in deren Verlauf Reiche den Unbekannten erschlug und fortschaffte.«

»Dagegen spricht das Persönlichkeitsbild, das wir von Reiche haben. Kein Zeuge traut ihm einen Bankraub zu …«

»… aber Mord. Das ich nicht lachen muss«, unterbrach Große Jäger.

»Das könnte aber auch eine Tat im Affekt gewesen sein. Vielleicht wurde Reiche zuerst angegriffen und hat sich nur gewehrt.«

»Das würde bedeuten, dass der Unbekannte hinter der Beute her war und Reiche sie versteckt hat.«

Christoph zog die Stirn kraus. »Das klingt fast logisch. Aber wenn wir eine gemeinsam begangene Tat unterstellen, so klingt es doch unwahrscheinlich, wenn die beiden anderen Täter, von deren Gewaltbereitschaft wir wissen, ausgerechnet dem schwachen Reiche die Beute anvertrauen. Nein, ich habe meine Zweifel. Wir können nicht rekonstruieren, wo sich Reiche zum Zeitpunkt der Banküberfälle in Bad Vilbel und Hjørring aufgehalten hat. Gut, er hat für ein dänisches Unternehmen gearbeitet und beherrschte vermutlich auch die Sprache. Insofern ist es fast nahe liegend, ihn mit der Tat im Königreich in Verbindung zu bringen. Und wenn es doch nur ein zufälliges Zusammentreffen ist?«

»Wir müssen nicht immer einer Meinung sein«, maulte Große Jäger. »Auch wenn ich den Scheiß-Starke für einen Trottel halte, könnte er diesmal Recht haben.« Dann wandte er sich Mommsen zu. »Wo bleibt denn nun der Kaffee!«

»Der steht schon auf der Fensterbank.« Mommsen wurde durch das Klingeln seines Telefonapparats unterbrochen. Er lauschte in den Hörer, sagte: »Moment« und rief Christoph zu: »Für dich, Herr Michaelis.«

»Eine interessante Denksportaufgabe für den Freitagnachmittag«, erklärte der Professor. »Ganz gelöst habe ich sie nicht. Auffällig ist, dass die Zahlenreihen stets mit einer abnehmenden Ziffernfolge enden, zum Beispiel die erste und die dritte Reihe jeweils mit 987, die vierte bis sechste Reihe mit 98 und die letzte Reihe mit 9. Wenn man unterstellt, dass die Zahlen, von denen ich überzeugt bin, dass sie waagerecht gelesen werden müssen, gar nicht einheitlich zehn Ziffern lang sind, so könnten die dranhängenden Ziffern nur Füllstoff sein. Aber bevor ich es dir erkläre, habe ich es dir per Mail geschickt. Viele Grüße an deine Frau und ein schönes Wochenende.«

Christoph musste ein paar Minuten warten, bis die Nachricht bei ihm eingegangen war.

6046266987
020653475'
0838618987
1486414898
8512660198
5973912698
6706767509

Jetzt sahen die Werte anders aus. Für Telefonnummern fehlten die Vorwahlen. Und in Husum gab es keine Rufnummern in dieser Länge.

Er beschäftigte sich den Rest des Nachmittags mit dem Zahlenrätsel, von dem er überzeugt war, dass es ein Schlüssel war. Doch alle seine Bemühungen führten zu keiner Lösung. Die Dämmerung hatte bereits eingesetzt, als er aufgab.

»Ich fahre jetzt ins Wochenende.«

»Nach Kiel?«, wollte Große Jäger wissen.

»Ja.«

»Hmmh!« Man hörte das Kratzen, als sich der Oberkommissar mit der Hand über die unrasierten Wangen fuhr. »Die Idee mit dem Feierabend ist wohl gut. Aber der Rest …«

*

Der Austieg ist ein beliebter Fußweg, der das Stadtzentrum mit dem Bahnhof verbindet. Er ist im Prinzip die Verlängerung der Roten Pforte, des ehemaligen Busbahnhofs der Stadt, die Fußgängern aus Richtung Süden den Zugang zum Markt ermöglicht.

Zu dieser frühen Stunde, es war kurz nach sechs Uhr und Sonnabend, war der Austieg allerdings verwaist. Bis auf Marie Grimm war weit und breit keine Menschenseele zu sehen. Die weißhaarige Frau mit dem leicht nach vorn geneigten Gang zog einen Gepäcktrolley hinter sich her, in dem sich Kleidung und Toilettenartikel befanden, die sie für einen kurzen Ausflug zu ihrer Nichte in Mainz gepackt hatte. Es kam nicht mehr oft vor, dass sie auf Reisen ging. Die Sorge, Anschlusszüge zu verpassen, den falschen Zug zu besteigen oder sich in der Hektik des Reiseverkehrs zu verheddern, konnte auch durch gutes Zureden nicht eliminiert werden. Doch nun war sie auf dem Weg Richtung Bahnhof unterwegs, nachdem sie in der vergangenen Nacht kaum ein Auge zugetan hatte. Mehrfach hatte sie ihr Reisegepäck auf Vollständigkeit kontrolliert. Fest presste sie die unmodern wirkende Handtasche unter ihren Arm, um nur nicht die Fahrkarte und ihre Ausweispapiere zu verlieren. Wenig Sorgen machte sie sich dabei um die zweitausend Euro, die sie als kleine Unterstützung für ihre Nichte gestern von der Bank abgehoben und ebenfalls in der Tasche verstaut hatte.

»Wollen Sie das Geld nicht lieber überweisen, anstatt es mit auf die Reise zu nehmen?«, hatte der freundliche junge Mann in der Stadtsparkasse gefragt. Aber sie hatte es abgelehnt. Die Freude der Beschenkten zu erleben, dabei zu sein, wenn die Glückliche die Geldscheine in Händen hielt, das wollte sie sich nicht nehmen lassen. Eine unpersönliche Überweisung aufs Konto – das hätte viel von dem Spaß, den auch sie bei dieser Schenkung hatte, genommen.

Sie hatte die Brücke über die Husumer Au, einen kleinen Bach, der im Binnenhafen mündete, überquert, und ein Lächeln überzog ihr faltiges Gesicht, als sie sich die strahlenden Augen von ihrer Nichte und deren Mann vorstellte. Die beiden hatten erst vor kurzem gebaut und konnten den kleinen Zuschuss gut gebrauchen.

Leise war es um diese Zeit. Nur das Rattern der Räder ihres Gepäcktrolleys durchdrang die morgendliche Stille. Die Büsche am Wegrand hatten zum Teil schon das Laub abgeworfen, sodass man rechts die jetzt dunkle Rückseite des lang gestreckten Gebäudes der Husumer Polizei erkennen konnte. Links, hinter einem Maschendraht versteckt, lagen die Gärten der Rückseite der Herzog-Adolf-Straße. Sie konnte nicht wissen, dass in einer der Wohnungen Große Jäger dem Wochenende entgegenschlief.

Kurz nachdem sie den halb zugewachsenen schmalen Durchgang zum Kreisgesundheitsamt passiert hatte, glaubte sie, aus dem dunklen Nebenweg ein Geräusch gehört zu haben. Noch ehe sie sich umdrehen konnte, wurde sie seitlich an der linken Schulter gepackt und mit einem kräftigen Stoß nach vorn geschubst. Hätte sie sich nicht krampfhaft an ihrem Gepäcktrolley festgehalten, wäre sie der Länge nach hingefallen. So aber konnte sie den Sturz vermeiden. Noch im Stolpern bemerkte sie, wie jemand von hinten an ihrer Handtasche zog. Sie verkrampfte ihren rechten Arm um die Tasche und hielt sie eisern fest, aber der andere war kräftiger. Sie wollte schreien, war aber im ersten Moment starr vor Entsetzen. Trotzdem umklammerte sie instinktiv ihre Handtasche. Erst als der Unbekannte ausholte und ihr ins Gesicht schlug, ließ sie die Tasche los, versuchte die Arme hochzureißen und sich vor weiteren Angriffen zu schützen. Die blieben aus. Stattdessen griff sich der Räuber die Handtasche und verschwand durch den zugewucherten Durchgang in Richtung des Gesundheitsamtes.

Marie Grimm spürte den salzigen Geschmack von Blut in ihrem Mund. Mit dem Handrücken fuhr sie sich durchs Gesicht und besah sich die Blutspuren. Dann sah sie sich um. Nirgendwo war ein Mensch zu sehen.

Mühsam schleppte sie sich weiter, eisern ihren Trolley hinter sich herziehend, um am Ende des Fußweges nach rechts in die Poggenburgstraße einzubiegen und nach wenigen Schritten bei der Polizei zu klingeln.

VIER

Das Wetter in Nordfriesland ist oft launisch wie eine Diva. Nur auf eines ist Verlass: Zum Wochenende regnet es. An beiden Tagen war es grau gewesen, und ein feiner Nieselregen hatte den Aufenthalt im Freien verleidet.

Von Mommsens Jacke tropfte es auf den Fußboden herab, und der zum Trocknen aufgeklappte Schirm war mit Wasserperlen übersät.

Auf der Fensterbank blubberte die Kaffeemaschine. Das sich im Raum verbreitende Aroma überdeckte den zarten Duft des Darjeelings, der auf einem Stövchen stand.

Die Tür wurde mit Schwung aufgerissen, und Große Jäger polterte herein. »Ah, der Kaffee wartet schon.«

»Kannst du nicht grüßen, wenn du am Montagmorgen ins Zimmer kommst?«, fragte Mommsen.

Der Oberkommissar sah ihn mit großen Augen an. »Wieso? Wir haben uns doch schon oft gesehen.«

Mommsen winkte ab. Umgangsformen würde man Große Jäger nicht mehr vermitteln können.

Der Oberkommissar sah in seinen Kaffeebecher, der ungespült seit Freitag auf dem Schreibtisch stand, schüttelte kurz den Kopf und schenkte sich neu ein. Dann setzte er sich an seinen Arbeitsplatz, parkte die Füße auf der herausgezogenen Schublade, zündete sich eine Zigarette an und fragte: »Was gibt es Neues?«

»Der ›Schubser‹ hat wieder zugeschlagen.«

»Ich weiß. Stand heute in den Husumer Nachrichten. Wir von der Polizei kommen dabei nicht gut weg und sind mal wieder die Deppen.«

»Was sollen wir machen? Die Schutzpolizei fährt vermehrt Streife. Aber es gibt kein Muster, nach dem der ›Schubser‹ vorgeht, mit Ausnahme der Tatsache, dass er wehrlose Opfer von hinten anfällt. Seine Taten begeht er im ganzen Stadtgebiet. Und auch die Abstände zwischen den einzelnen Überfällen ergeben kein Schema. Macht er das, weil er Geld benötigt? Oder hat er Spaß daran, ältere Bürger in Angst und Schrecken zu versetzen? Nur bei seiner letzten Tat, am vergangenen Sonnabend, hat er einen größeren Betrag erbeutet.«

»Wie geht es der Frau?«

»Bis auf ein paar Hautabschürfungen und eine Platzwunde im Mund ist sie glimpflich davongekommen. Viel schwerer wiegt der Schrecken. Und die Angst, die sie künftig begleitet, wenn sie bei Dunkelheit oder auf abseits gelegenen Wegen unterwegs sein wird. Das sind die schweren Folgen einer solchen Tat.«

Erneut öffnete sich die Tür, und Christoph kam ins Zimmer. Er murmelte etwas vor sich hin und eilte an seinen Schreibtisch.

»›Moin‹ heißt das, wenn man ins Büro kommt«, beschimpfte ihn Große Jäger. »Das ist Brauch in der Zivilisation. Nicht wahr, Harm?«

Mommsen zog es vor zu schweigen.

Christoph richtete sich kurz auf. »Moin. 'tschuldigung. Aber ich habe auf der Fahrt von Kiel nach Husum eine Idee gehabt.«

Ohne seine Jacke auszuziehen, setzte er sich an den Schreibtisch und holte die Unterlagen hervor, mit denen er sich am Freitag beschäftigt hatte. Er blickte angestrengt auf die Papiere und sagte schließlich: »Das könnte es sein.«

Seine beiden Kollegen waren neugierig geworden und hatten sich zu ihm an den Schreibtisch gestellt.

»Wenn Professor Michaelis Recht hat und wir die letzten Ziffern weglassen, haben wir unterschiedlich lange Zahlen. Weiterhin gehe ich davon aus, dass der Code hinter dieser Aufstellung simpel sein muss. Er muss ohne Hilfsmittel umgewandelt werden können.«

»Da stimme ich dir zu«, sagte Mommsen.

»Wenn ich die letzten Ziffern, wie Michaelis vorgeschlagen hat, abschneide und den Rest rückwärts lese, könnte das eine Telefonliste ergeben.«

Große Jäger fuhr mit dem Zeigefinger die Zahlenreihen ab. »Hast du die Nummern schon testweise angerufen?«

»Nein. Sie ergeben keinen Sinn, mit Ausnahme der letzten Nummer, die eine Null vorweg hat.«

Mommsen griff unaufgefordert zum Telefon und wählte. Er hatte noch nicht alle Ziffern eingetippt, da erscholl aus dem Lautsprecher schon die Frauenstimme: »Kein Anschluss unter dieser Nummer.«

»Von der Länge her könnten es Rufnummern in einer größeren Stadt sein. Hamburg zum Beispiel.«

»Und die Vorwahl?«

»Die hat man bei der Codierung fortgelassen«, überlegte Mommsen.

»Es gibt noch eine andere Variante. In der gesamten Region beginnen alle Ortsnummern mit 04. Wenn wir die davor setzen?«

Sie probierten es. Fast gleichzeitig zeigten Große Jäger und Christoph auf die vierte Zeile.

»04841 – das ist Husum.«

»Und die letzte Zeile ist Hamburg«, ergänzte Mommsen.

Christoph tippte die Ziffernfolge ein. Er hatte kaum die letzte Zahl eingegeben, als sich eine freundliche Frauenstimme meldete. »Lufthansa Citycenter Hamburg. Mein Name ist Marion Steinfeld. Was kann ich für Sie tun?«

Mit einer Ausrede entschuldigte Christoph sich.

»Das klingt wie die Organisation der Heimreise. Der unbekannte Tote hat mit dieser Verbindung seine Flucht – wenn wir es so nennen wollen – vorbereiten wollen. Aus Gewohnheit hat er die eigentlich harmlose Nummer der Lufthansa mit in sein Zahlenrätsel aufgenommen. Weiterhin verrät uns diese Telefonverbindung, dass er nach der Tat – welcher auch immer – fortwollte. Es bekräftigt unsere Vermutung, dass es sich um jemanden handelt, der nach der Tat ins Ausland flüchtet. Und er spricht Deutsch oder Englisch. Mit unserem Verdacht, es könnte ein Ausländer sein, liegen wir wahrscheinlich nicht verkehrt.«

»Ja, Sherlock«, grinste Große Jäger. »Und was ist mit der Husumer Nummer?«

Christoph wählte. Doch es meldete sich nur eine Computerstimme. »Dieser Anschluss ist vorübergehend nicht erreichbar.«

Mommsen starrte immer noch auf das Blatt mit dem Zahlenrätsel.

»Und welche Bedeutung hat der Haken in der zweiten Zeile? Könnte es bedeuten, dass eine Ziffer doppelt gewählt wird?«

Auch Christoph sah auf die Abweichung vom Schema. »Wenn du Recht hast, Harm, würde die Vorwahl 0045-74 … lauten. Das heißt …«

»... Dänemark!«, fiel ihm Mommsen ins Wort und nahm das Blatt an sich. »Ich versuche, Namen und Anschrift hinter den Telefonnummern herauszubekommen.« Dann zog er sich an seinen Arbeitsplatz zurück.

Christoph dreht sich zu Große Jäger um, der seine Füße wieder in der Schreibtischschublade geparkt hatte. »Was macht ›Blödmann‹?«

Der Oberkommissar winkte ab. »Arbeit« war sein ganzer Kommentar. »Und wie war dein Wochenende?«

Christoph imitierte die abwehrende Geste Große Jägers. »Wie, Wochenende?«

»Hmmh!«, brummte der Oberkommissar und schlug die Zeitung auf. »Mal sehn, wie der Husumer SV es wieder vergeigt hat.«

Christoph füllte einen Löffel Vanille-Sahne-Zucker in seine Tasse und goss Tee hinterher. Mit einem leisen Knacken verbanden sich Kandis und Flüssigkeit. Während er umrührte, beugte er seinen Kopf über die Tasse und genoss das zartblumige Aroma des Darjeelings aus der ersten Frühjahrspflückung. Vorsichtig nahm er einen Schluck des heißen Getränks. Mommsen ließ den Tee nur drei Minuten ziehen. Das bewahrte die Frische, obwohl sich die Geister an dieser Stelle schieden. Andere Teetrinker versicherten, der wahre Charakter des Blattgetränks würde sich erst nach fünf Minuten Brühzeit entfalten. Und dann müsse es auch ein Assam sein. Oder gar ein afrikanischer Tee. Tiefschwarz und bitter.

»Den kannst du auch zum Imprägnieren deines Gartenzauns verwenden«, hatte Christoph diese Geschmacksrichtung umschrieben und war froh, dass Mommsen ähnliche Vorlieben wie er selbst pflegte. Und als würde er unterstreichen wollen, dass es auch noch andere Ansichten gibt, war das laute Schlürfen von Große Jäger an seinem Kaffee hörbar.

»Jetzt habe ich alle Daten«, meldete sich Mommsen nach einer Weile. »Neben der Lufthansa gehören die Telefonnummern einem Ivo Dugovic aus Heide, Fabian Auhagen aus Husum, Georghe Smitkov aus Quickborn und Manfred Schöppe. Der wohnt in Schleswig. Die dänische Nummer gehört Anneliese Schmidt, die in Aabenraa beheimatet ist. Und nun kommt die größte Überraschung: Gleich die erste Nummer auf dem Zettel gehört Frank Reiche.«

»Fabian Auhagen. Das ist der mit dem gesperrten Anschluss. Wo wohnt der in Husum?«

»In der Adolf-Brütt-Straße. Das könnte eines der beiden Hochhäuser gleich hinter der Kreisverwaltung sein. Der junge Mann, er ist fünfundzwanzig, steht in unserer Kundendatei. Er ist zweimal wegen Diebstahl vorbestraft. Das erste Mal war eine Geldstrafe, beim zweiten Mal ist die Strafe zur Bewährung ausgesetzt worden. Das ist jetzt zwei Jahre her.«

»Und die anderen?«

»Augenblick.« Mommsen tippte etwas auf seiner Tastatur ein. »Hier haben wir es. Manfred Schöppe. Vorbestraft wegen Betrug. Derzeit läuft gegen ihn ein Ermittlungsverfahren wegen Insolvenzverschleppung und Abgabe einer falschen eidesstattlichen Versicherung.«

»Das klingt nicht so, als hätten wir es mit einer Bande gewalttätiger Krimineller zu tun. Sehen wir uns den Husumer einmal an«, sagte Christoph zu Große Jäger gewandt.

Der nahm noch einen Schluck Kaffee und stand ohne ein weiteres Wort auf.

Die Adolf-Brütt-Straße lag am nördlichen Stadtrand. Sie fuhren mit Christophs Volvo die Umgehungsstraße über die Klappbrücke, die den Binnen- vom Außenhafen trennte. An diesem Vormittag waren kaum Fahrzeuge unterwegs, sodass sie für die kurze Entfernung nur wenige Minuten benötigten.

»In einer Kritik zu einem Husumbuch hat sich ein Rezensent darüber ausgelassen, dass der Verfasser des Artikels Husum als Stadt der kurzen Wege beschrieben hat, dass hier alles fußläufig wäre. Das erschien dem Kritiker unglaubwürdig. Zu einer solchen Meinung kann auch nur jemand kommen, der selbst noch nie hier gewesen ist«, erzählte Christoph.

Große Jäger wollte nachfragen, um welches Werk es sich handelte, aber da hatten sie bereits ihr Ziel erreicht.

Der Nieselregen hatte eine kurze Pause eingelegt. Trotzdem wirkte alles wie in trübes Grau getaucht. Sie gingen den Fußweg zum etwas von der Straße zurückliegenden Hauseingang und mussten einem Mann ausweichen, der den Kragen seiner Jacke hochgeschlagen hatte und den Kopf abwandte.

»Irgendwie kam mir der Typ bekannt vor«, sagte Große Jäger. »Wenn ich nur wüsste, woher.«

Sie fanden den Klingelknopf mit der Aufschrift »Auhagen«. Auch nach weiteren Versuchen blieben Sprechanlage und Türsummer stumm. Dafür öffnete eine kleine rundliche Frau mit einem Kind auf dem Arm die Haustür.

»Kennen Sie Herrn Auhagen?«, fragte Christoph.

Die Frau sah ihn mit großen Augen an. »Auhagen? Soll der hier wohnen?«

Sie versuchten ihr Glück im Haus und klingelten an zwei anderen Wohnungstüren. Aber keiner konnte ihnen weiterhelfen.

»Ja, der Auhagen wohnt hier. Aber mehr weiß ich auch nicht«, fertigte sie ein älterer Mann ab, dem noch die Brotkrumen vom Frühstück im Bart hingen.

»Dann probieren wir es später noch einmal«, entschied Christoph. »Fahren wir nach Heide und sehen uns Ivo Dugovic an.«

»Ich komm nicht drauf, woher ich den Mann kenne, der uns vorhin begegnet ist«, ärgerte sich Große Jäger auf dem Beifahrersitz. Christoph war der Adolf-Brütt-Straße gefolgt und hatte auf diese Weise einen Bogen um die Innenstadt geschlagen. Dann fuhr er an den Mausebergen vorbei und fädelte sich kurz darauf auf die Umgehungsstraße Richtung Süden ein. Sie durchquerten die Köge, die das Landschaftsbild südlich Husums bestimmten. An der Abzweigung nach Friedrichstadt verlangsamte Christoph das Tempo und ordnete sich in die linke Abbiegespur ein.

»Über Tönning geht's schneller«, meinte Große Jäger.

»Mag sein, aber dieser Weg ist romantischer.«

»Hat dich der zweite Frühling erwischt?« Der Oberkommissar fingerte eine zerknitterte Zigarettenpackung aus seiner Hosentasche.

»Du wirst doch in meinem Wagen nicht rauchen wollen?«

Große Jäger steckte die Zigaretten wieder ein, unterließ es aber, zu antworten.

Das alte Holländerstädtchen Friedrichstadt mit seinem prachtvollen Marktplatz und den Grachten ließen sie links liegen. Dann überquerten sie auf der schmalen mit Nieten beschlagenen mattgrünen Eisenbrücke die Eider. Selbst bei dieser trüben Witterung konnte man unendlich weit über die Marsch gucken, die – wie manche kritisch befinden – durch die zahlreichen Windparks optisch an Reiz verloren hat.

»Ist dir bewusst, dass diese Region zu den am dünnsten besiedelten Deutschlands gehört?«, fragte Christoph.

»Das ist auch gut so. Stell dir vor, wenn es hier nur so von Menschen wimmeln würde. Dazu die ganzen Spitzbuben. Du glaubst doch nicht im Ernst, dass wir auch nur einen Mitarbeiter mehr für unsere Dienststelle bekämen, wenn hier doppelt so viele Leute leben würden. In ganz Nordfriesland gibt es nur circa zweihundertsechzig Polizisten. Eine Stadt wie Münster, nicht gerade als Hochburg des Verbrechens verschrien, hat das Fünffache an Polizisten bei gut anderthalbmal so vielen Einwohnern. Und dann jammert der Scheiß-Starke immer, wie wären nicht gut genug.«

Christoph musste die Geschwindigkeit reduzieren, weil sie durch Lunden fuhren. Der kleine Ort mit der Kirche im Zentrum war für ihn ein trauriges Beispiel dafür, dass die nicht im Mittelpunkt stehenden Gemeinden langsam starben. Nur noch wenige Geschäfte säumten die mitten durch den Ort führende Hauptstraße. An vielen Geschäftslokalen prangten Schilder »zu vermieten« oder »zu verkaufen«. Das setzte sich auch an der Landesstraße fort, die sie bis nach Heide führte. Ein Straßendorf nach dem anderen reihte sich hier aneinander. Es schien, als würde man durch ein nie enden wollendes Dorf fahren, dabei waren es lauter kleine Streusiedlungen, die jeweils nur aus der einen Häuserreihe entlang der Straße bestanden.

»Ich glaube, wir werden verfolgt«, sagte Christoph und warf einen Blick in den Rückspiegel. »Seitdem wir vor Friedrichstadt abgebogen sind, fährt ein dunkler BMW hinter uns her und hält einen konstanten Abstand.«

»Du siehst zu viele amerikanische Krimis. Üblicherweise verfolgt die Polizei jemanden und nicht umgekehrt«, meinte Große Jäger, klappte aber doch den Kosmetikspiegel herunter, um das rückwärtige Geschehen mit zu beobachten. »Wer auf dieser Straße unterwegs ist, fährt auch bis Heide durch. Was willst du unterwegs anfangen?«

Der BMW hielt den gleichen Abstand. Wenn Christoph beschleunigte, fiel er kurzfristig zurück, um kurze Zeit darauf wieder auf die gleiche Distanz zu gehen.

»Wollen wir uns den schnappen?«, fragte der Oberkommissar.

»Und dann? Was willst du einer Mutti, die auf dem Weg nach Heide zum Einkaufen ist, denn erzählen? Die erschrickt so, dass du für ihre Waisen aufkommen musst.«

»Kann man in Heide überhaupt einkaufen?«

»Es gibt eine kuschelige Fußgängerzone mit einer Reihe schöner Geschäfte. Schließlich ist die Stadt das Zentrum Dithmarschens.«

»Ich hätte immer geglaubt, das wäre Meldorf«, antwortete Große Jäger und zeigte mit dem Finger zur linken Seite. Dort lag das immer noch attraktive Gebäude der Polizeiinspektion Heide, direkt am Marktplatz, dem größten Deutschlands. Christoph bog links ab und fuhr parallel zur großen Fläche. Im Rückspiegel vergewisserte er sich, dass der dunkle BMW die grüne Ampelphase nicht geschafft hatte.

Rechts sahen sie die den Markt säumenden Giebelhäuser, die von einem dunklen Klotz überragt wurden. Es war das Gebäude der ehemaligen Westholsteinischen Bank, die von einem der großen Kreditinstitute einverleibt worden war. Es bedeutete keine Genugtuung, dass dieses selbst jetzt in italienische Hände gelangt war. Daneben stand das bei Einheimischen und Besuchern beliebte Kaufhaus mit der sich harmonisch der Umgebung anpassenden Fassade.

Christoph bog an der nächsten Möglichkeit nach links ab und ließ sich vom GPS-System zur Feldstedter Straße leiten. Die ruhige Nebenstraße war mit überwiegend älteren Siedlungshäuschen bebaut, an deren roter Klinkerverkleidung die raue Witterung ihre Spuren hinterlassen hatte. Akkurat gepflegte Vorgärten gaben Zeugnis davon, dass die Bewohner sich hier wohl fühlten und auf ihren Besitz achteten.

Das gesuchte Haus lag hinter einem Neunzig-Grad-Knick auf der rechten Seite. Das Satteldach wies mit dem Giebel zur Straße hin. Neben dem Gebäude führten zwei Reihen Betonplatten zum hinteren Grundstücksteil. Doch war die Sicht dorthin von einem geparkten Imbisswagen versperrt.

»Chicken? Nein! Hier essen!«, stand in roten Buchstaben auf der Rückseite. Darunter, etwas kleiner: »I. Dugovic, Heide, Partyservice«. Es folgte die ihnen bekannte Telefonnummer, die sie auf diese Spur gebracht hatte.

Als die beiden Beamten ausstiegen, wies Große Jäger auf eine sich bewegende Gardine im gegenüberliegenden Haus. »Wir werden beobachtet.«

Sie überquerten die Straße und näherten sich dem rollenden Verkaufsstand. Obwohl sie noch einige Meter Abstand hatten, nahmen beide den üblen Geruch wahr, der aus dem Fahrzeug herüberwehte. Unter dem Wagen hatte sich eine feuchte Lache gebildet, die um diese Jahreszeit, da sie auch noch im Schatten lag, nicht verdunsten konnte.

»Das stinkt ja bestialisch«, meinte Große Jäger. »Das riecht so, als wären in der Kiste ein halbes Dutzend Leichen verwest.«

Er erntete dafür von Christoph einen missbilligenden Blick und winkte ab. »Ist schon gut. Aber es ist wirklich eine Beleidigung für meine Nase.«

Sie umrundeten das Gefährt, probierten vorsichtig an den Türen, die aber alle vorschriftsmäßig verschlossen waren. Auch ein Blick ins Führerhaus brachte keine Erkenntnisse.

Große Jäger hatte an der Haustür geklingelt. Nichts rührte sich.

»Wollen Sie zu Dukoritsch?«, meldete sich ein Mann, dessen Füße in Filzpantoffeln steckten. Über den wohlgenährten Bauch spannte sich eine grobe Cordhose. Offen blieb die Frage, ob die Hosenträger, die er zum breiten Gürtel trug, eine weitere Absicherung darstellten. Die Strickjacke, der Hals mit dem Doppelkinn und das runde Gesicht mit buschigen Augenbrauen verrieten im Einklang mit den Falten im Gesicht, dass der Mann Rentner war.

»Dugovic«, korrigierte Christoph. »Wir wollen zu Herrn Dugovic.«

»Is nich so einfach mit die fremden Namen. Aber wenn Sie zu den woll'n, ha'm Sie Pech. Der is nich da.«

Dann hielt der Mann seine Nase in die Luft und schnupperte wie ein Walross, das Witterung aufgenommen hatte. »Stinkt ja gewaltig, ne? Was woll'n Sie denn von ihm?«

Christoph ließ die Frage unbeantwortet. »Wissen Sie, wo Ihr Nachbar sein könnte?«

»Nee, keine Ahnung. Der is letzt'n Mittwoch von seine Tour zurück. Früher als sonst. Hat seine Imbissbude abgestellt un sich gleich in sein Pkw geschmissen, ohne ins Haus rein. Nich mal umgezogen hat er sich. Is wie der geölte Blitz weg. Ab durch die Mitte.«

»Das haben Sie beobachtet?«

»Na ja, als Rentner kriegt man so was mit.«

»Ihnen entgeht wohl nichts?«, warf Große Jäger ein.

Der Mann musterte den Oberkommissar unter seinen buschigen Augenbrauen. »Was soll das denn heißen?«

»Mein Kollege meint nur, Sie wären ein guter Beobachter«, besänftigte Christoph Dugovics Nachbarn.

In diesem Moment näherte sich ein Streifenwagen dem Haus und hielt vor der Einfahrt an. Dem Wagen entstiegen eine hoch gewachsene Polizistin und ein kräftig aussehender Streifenbeamter. Auf der Schulter der gut aussehenden Frau mit den langen dunkelbraunen Haaren glitzerte ein silberner Stern. Eine Polizeikommissarin, während ihr älterer Kollege mit vier grünen Sternen herumlief. Ein Hauptwachtmeister.

Der auskunftsfreudige Nachbar eilte der Streifenwagenbesatzung entgegen, orientierte sich kurz und entschloss sich, dem männlichen Beamten seine Aufmerksamkeit zu schenken.

»Herr Wachtmeister«, dabei gestikulierte er furchterregend mit seinen Händen, »meine Frau hat sie angerufen, während ich die beiden in Schnack aufgehalt'n hab. Die sind hier so komisch um Wagen rumgeschlichen. Dabei hab ich …«

»Danke, ist schon gut«, wehrte der Polizist ab und kam auf Christoph und Große Jäger zu. Jetzt bemerkte er auch den üblen Geruch, der vom Imbisswagen ausging, rümpfte die Nase, unterließ aber einen Kommentar.

»Tach«, grüßte er und tippte sich dabei kurz an die Mütze. »Sind Sie hier zu Besuch? Oder gibt es einen anderen Grund für Ihr Interesse?« In seiner Stimme lag Bestimmtheit, obwohl er nicht unfreundlich klang.

»Wir sind Kollegen, aus Husum«, erklärte Christoph und wollte nach seinem Ausweis greifen. Automatisch ging ein Ruck durch den Polizisten. Es schien, als würde er noch ein paar Zentimeter größer werden. Doch er sagte nichts, sondern beobachtete Christoph, der mit spitzen Fingern den Dienstausweis aus dem Futter seiner Jacke angelte.

Der Polizist warf einen Blick darauf, verglich das Foto mit dem Antlitz seines Gegenübers. Dann entspannte sich seine Haltung wieder. Er nickte der im Hintergrund stehen gebliebenen Kommissarin zu und sagte: »Ist in Ordnung. Das sind Kollegen. Von der Kripo aus Husum. Von Wöhrden«, stellte er sich vor und deutete mit dem Kopf in Richtung der Beamtin. »Die Streifenführerin, Frau Neubert. Was riecht hier so?«

Dugovics Nachbar hatte den Dialog mit offenem Mund verfolgt. »Das kommt von Wagen«, erklärte er.

»Herr … äh«, wandte sich der Polizist an den Mann. »Wie ist Ihr Name?«

»Harry Fischkönig. Ich wohne dort drüben.«

»Sie sind wohl Mitglied im Angelverein?«

»Was haben Sie gesagt?« Fischkönig war der Einzige in der Runde, der Große Jägers Anmerkung nicht verstanden hatte.

Mit einem breiten Grienen um die Mundwinkel sagte der Streifenpolizist: »Vielen Dank, Herr Fischkönig. Wir brauchen Sie nicht mehr. Sie können heimgehen. Oder?« Die letzte Frage war an Christoph gerichtet.

Der schüttelte den Kopf. »Nein. Danke.«

Als die vier Beamten unter sich waren, erklärte Christoph kurz den Grund ihres Besuches.

»Uns ist nichts über den Mann bekannt. Natürlich kennen wir seinen Imbisswagen. Er steht sonnabends auf dem Wochenmarkt. Das ist vom Revier nur ein Katzensprung, sodass die Kollegen gelegentlich Kunden bei ihm waren. Ich auch. Aber sonst … haben Sie schon mit der Kripo gesprochen?«

Christoph verneinte.

Die Beamtin war dem Gespräch bisher stumm gefolgt. Jetzt ging sie ein paar Schritte zur Seite und sprach etwas in ihr Handfunkgerät. Einen Moment später quäkte es blechern aus dem Gerät zurück. Sie trat zu Christoph und den beiden anderen hinzu.

»Über Ivo Dugovic ist nichts bekannt. Es liegt auch nichts gegen ihn vor.«

»Danke, Frau Kollegin. Kümmern Sie sich um den Imbisswagen? Es muss ja eine Ursache haben, dass es so fürchterlich daraus riecht.«

»Wird gemacht«, antworte die Polizistin. »Ist Thomas noch bei euch in Husum? Thomas Friedrichsen?«

Große Jäger übernahm jetzt die Antwort. »Ja, der ist bei uns. Wieso?«

»Grüßen Sie ihn von mir, von Tanja aus Heide. Wir waren zusammen auf dem Kommissarlehrgang.«

Dann verabschiedeten sie sich von beiden Polizisten aus Heide.

Auf der Rückfahrt klappte Große Jäger den Kosmetikspiegel auf und sah nach hinten.

»Suchst du den dunklen BMW?«, fragte Christoph. »Der ist nicht wieder aufgetaucht.«

»Sagte ich doch. Das war eine Mutti, die zum Einkaufen gefahren ist. Die denkt gar nicht daran, wieder zurückzufahren, sondern sitzt jetzt mit einer Freundin im ersten Stock in der Friedrichstraße. Da gibt es ein urgemütliches, richtig plüschiges Café.«

»Ich denke, du kennst Heide nicht?«, warf Christoph ein.

»Natürlich kenne ich Heide. Und deshalb bin ich auch Oberkommissar.« Große Jäger klappte den Kosmetikspiegel zurück, kroch förmlich in den Sitz hinein, wandte das Gesicht Christoph zu und streckte ihm mit einem lauten »Bähh« die Zunge heraus. Wenn er vielleicht auch nicht so genial war, so hatte sein Anblick doch Ähnlichkeit mit dem Foto von Albert Einstein.

Es hatte aufgehört zu nieseln. Die vereinzelten Bäume am Straßenrand standen im bunten Herbstlaub. Die Wolken wiesen eine ganze Palette von Farbnuancen auf. Von schmutzigem Grau bis zu hellem Weiß war alles vertreten. Zwischendurch zeigten sich sogar Lücken, die wie Gucklöcher den Blick auf einen tiefblauen Himmel freigaben.

Es war später Vormittag, und Große Jäger hatte vorgeschlagen, irgendwo eine Kleinigkeit zu sich zu nehmen.

»Vielleicht treffen wir ja unterwegs einen Imbisswagen, der genauso riecht wie jener, den wir vorhin gesehen haben«, meinte Christoph, der damit auf Große Jägers Vorliebe für Fast Food jeglicher Art anspielte.

»Ich glaube, ich werde lieber auf einen Sprung in meine Wohnung gehen und mir eine Scheibe schmieren. Dann kann ich auch nach ›Blödmann‹ sehen.«

Dieses Vorhaben setzte der Oberkommissar auch um, als Christoph hinter dem Gebäude der Polizeiinspektion in Husums Poggenburgstraße parkte.

Mommsen saß an seinem Schreibtisch und sah nur kurz auf, als Christoph ins Büro kam.

»Nichts Neues«, murmelte er und widmete sich weiter seiner Arbeit.

Eine gute halbe Stunde später war auch Große Jäger zurück.

Die drei Beamten arbeiteten still vor sich hin, als es an der Bürotür klopfte.

»Herein«, rief Große Jäger.

Vorsichtig öffnete sich die Tür einen Spalt, und ein Kopf schob sich hindurch.

»Bin i hier richtig?«, fragte ein Mann mit unverkennbar bayerischem Akzent.

»Kommt drauf an, was Sie möchten.«

»I such wen.« Der Fremde öffnete die Tür ganz und trat ein. Er war mindestens zwei Meter groß. Der Dreitagebart machte im Unterschied zu Große Jägers Gesichtszierde einen gepflegten Eindruck. Hinter der Brille sahen sich zwei dunkle Augen suchend um. »Grüaß Gott.«

Christoph zeigte auf Große Jäger. »Moin. Der Kollege ist zuständig.« Etwas leiser fuhr er fort: »Für ›Grüß Gott‹. Schließlich ist er der Einzige in Husum, der katholisch ist.«

Der Besucher trat auf den Oberkommissar zu und deutete eine Verbeugung an. »Mein Name ist Walter Otto.«

»Nu seet di ersmol up din Mors«, sagte der Oberkommissar und zeigte auf den Besucherstuhl.

»Bitte?«

»Nehmen Sie Platz, Herr Otto.«

»Noi. Nich Otto. I hoeiß Walter Otto. Walter is mei Zunam.«

»Herrjemine. Mit dieser bayerischen Unart komm ich nie klar. Mein Name ist Große Jäger. Was können wir für Sie tun?«

Otto Walter bemühte sich fortan, Hochdeutsch zu sprechen. Doch mehr als ein ehrlicher Versuch kam dabei nicht zustande.

»Ich wohne in Penzberg. Das ist fünfzig Kilometer südlich von München. Wir haben zwei Töchter, die von Andrea, einem Au-pair-Mädchen, betreut werden. Sie stammt aus Ungarn. Vor etwa zwei Wochen hat sie einen jungen Mann kennen gelernt, der aus Husum kommt. Seit drei Tagen ist Andrea verschwunden. Meine Frau und ich vermuten, dass sie mit dem jungen Mann durchgebrannt ist. Und da wir doch die Verantwortung für das Mädchen haben … Also habe ich mich auf den Weg gemacht.«

»Kennen Sie den Namen des jungen Mannes?«

»Ja, warten Sie.« Otto Walter kramte in seiner Jackentasche und zog einen Zettel hervor. »Jasper Fogh Kragh. Aus Husum.«

»Der Name klingt aber dänisch.«

»Wir haben uns auch gewundert. Der Junge sprach so komisch. Das klang nicht richtig wie Deutsch.«

Große Jäger sah ihn an. »Sie meinen, sein Dialekt wich vom Hochdeutschen ab. Wie Ihrer.«

Der Mann zog die Augenbrauen hoch. »Wieso? Ich spreche doch richtig Deutsch. Im Unterschied zu Andreas Bekanntem. Das klang in meinen Ohren eigenartig. Eben wie hier.«

»Ich starte eine Anfrage beim Einwohnermeldeamt. Mal sehn, ob wir etwas in Erfahrung bringen können.«

Große Jäger griff zum Telefon, führte ein paar Telefonate und wandte sich dann wieder dem geduldig auf dem Besucherstuhl wartenden Mann zu. »Weder in Husum noch in den umliegenden Amtsverwaltungen ist ein Jasper Fogh Kragh gemeldet.«

Christoph räusperte sich. »Der Name klingt in der Tat sehr dänisch. Es gibt einen Ort Husum in der Nähe von Kopenhagen. Vielleicht kommt der junge Mann von da.«

Otto Walter hatte sich umgedreht und sah Christoph an.

»Das ist mein Kollege Johannes Christoph«, erklärte Große Jäger und war erstaunt, als der Bayer ohne zu zögern »Grüaß Gott, Herr Johannes« sagte.

Große Jäger begann wortlos die Papierstapel auf seinem Schreibtisch durcheinander zu wirbeln. Dabei fluchte er still vor sich hin, bis sich Mommsen aus dem Hintergrund meldete.

»Ich habe die Telefonnummer von Bjarne Thorbensen.«

Thorbensen war Polizeiinspektor in Ribe, der ältesten Stadt Dänemarks, und hatte schon öfter auf dem kurzen Dienstweg mit den Husumern zusammengearbeitet.

Große Jäger wählte die ellenlange Nummer, wartete eine Weile und hatte den Kollegen vom nördlichen Nachbarn schließlich am Apparat.

Nachdem er aufgelegt hatte, strahlte er Otto Walter an.

»Der junge Mann ist wirklich Däne und wohnt in Husum bei Kopenhagen. Vielleicht versuchen Sie es dort einmal. Viel Glück.«

»Jo, mei. Wi soll's dös wiss'n. Di Unterschied zwisch'n di Preiß'n un die Dän. Für mi san di Fischköpp do all gleich. Selbst sprech'n tun's ähnli.« Der große Mann stand auf und schüttelte dem Oberkommissar kräftig die Hand. »Dank auch, Herr Jäger.«

»Große Jäger.«

Otto Walter schaute von oben auf den Oberkommissar herab.

»Für mi siehst eh wie ä little Hunter aus.« Er drehte sich zur Tür um und verließ mit einem »Fürti« den Raum.

»Woher weißt du, dass es auf Sjælland einen Ort namens Husum gibt?«, fragte Große Jäger.

Christoph zuckte nur mit den Schultern. »Weil ich so etwas weiß, bin ich Hauptkommissar.«

Kurz darauf rief die Polizeikommissarin aus Heide an. Große Jäger war am Telefon.

»Wir haben einen Schlüsseldienst bestellt und den Wagen öffnen lassen.«

»Lass mich raten: Darin lagen ein Dutzend Leichen.«

Sie lachte. »Richtig.«

Jetzt war Große Jäger verblüfft. Damit hatte er nicht gerechnet. »Na, so was.«

Erneut lachte sie. »Aber Hühnerleichen. Der Wagen war noch halb voll mit Grillgut und anderen Lebensmitteln, die zur Ausstattung eines mobilen Imbisswagens gehören. Zwischen Mittwoch und heute – wir haben immerhin Montag – muss die Kühlung ausgefallen sein, und die Ware ist vergammelt. Daher rührte der bestialische Gestank.«

»Also kein Fall für die Mordkommission.«

»Nein, wohl eher für die Gewerbeaufsicht, das Veterinäramt oder die Lebensmittelkontrolle. Ivo Dugovic hat eine Freundin. Sie leben aber nicht zusammen. Wir sind bei der Frau vorbeigefahren. Sie weiß auch nicht, wo Dugovic geblieben ist. Er hat sich bei ihr seit Mittwoch nicht mehr gemeldet.«

»Und nun?«

»Für uns ist der Fall damit erledigt.«

Große Jäger holte tief Luft. »Sag mal, hast du nach Dienstschluss mal Zeit für mich?«

»Bist du der mit der Brille oder der Dicke?«, fragte sie zurück.

Der Oberkommissar holte tief Luft. »Der Größere«, antwortete er schließlich.

»Nein, tut mir Leid.«

»Hättest du denn Zeit für mich gehabt, wenn ich der andere gewesen wäre?«

Erneut war ihr sympathisches Lachen zu hören. »Nein, Kollege, auch dann nicht. Ich habe einen lieben Freund. Und der reicht mir völlig.«

»Dann alles Gute. Tschüss.«

»Euch auch. Tschüss.«

Große Jäger berichtete den beiden anderen vom Inhalt des Gesprächs.

»Das ist merkwürdig. Warum ist der Mann geflüchtet? Zumindest sieht sein überhasteter Aufbruch nach einer Flucht aus. Das war am Mittwoch. Harm«, wandte sich Christoph an Mommsen, »kannst du bitte feststellen, ob in der ersten Hälfte der letzten Woche ein Überfall oder ein anderes außergewöhnliches Verbrechen in Schleswig-Holstein stattgefunden hat? Vielleicht gibt es eine Verbindung zu den beiden unbekannten Bankräubern.«

Mommsen kümmerte sich darum und konnte kurz darauf feststellen: »Nichts. Kein Banküberfall, kein spektakulärer Raub. Überall nur das übliche Tagesgeschäft. Das einzig Herausragende in der letzten Woche – hier im Norden – waren wir mit unseren beiden Toten.«

»Die Sache wird immer verworrener. Wo ist Dugovic geblieben? Und welche Verbindung gibt es zu unseren anderen Fällen? Wir hatten Überlegungen angestellt, dass die Bankräuber, von denen wir wissen, dass einer in Reiches Wohnung ermordet wurde und der andere vermutlich Reiches Mörder ist, aus Osteuropa stammen könnten. Sollten wir nicht Dugovics Fingerabdrücke mit denen vom Palmengarten vergleichen?«

»Dann hätten wir unseren Mörder.«

»Ebenso müssten wir Dugovics Abdrücke mit denen aus Leck abgleichen. Vielleicht ist er ja das Opfer, die verschwundene Leiche.«

Christoph nahm Kontakt zur Kriminalpolizeistelle in Heide auf. Der zuständige Beamte versprach, sich umgehend darum zu kümmern. Währenddessen stand Große Jäger an der Tür.

»Komm«, sagte er zu Christoph. »Wir versuchen es noch einmal bei diesem Auhagen.«

Als sich auch nach mehrmaligem Klingeln an der Eingangstür zum Haus niemand meldete, versuchten sie es bei einem Nachbarn. Eine weibliche Stimme meldete sich über die Gegensprechanlage, erklärte knapp »Zweiter Stock« und betätigte den Türsummer, sodass sie ins Treppenhaus gelangten.

Am Treppenabsatz der Etage wurden sie bereits empfangen.

»Der Auhagen müsste da sein«, erklärte eine resolut aussehende ältere Frau und wischte sich die Hände an der Schürze ab. »Ich habe ihn heute Morgen noch gesehen. Dort drüben wohnt er.« Sie zeigte mit der ausgestreckten Hand auf eine gegenüberliegende Wohnungstür.

Christoph drückte auf den Knopf, doch es ertönte kein Signal.

»Der hat die Klingel abgestellt«, mutmaßte Große Jäger und klopfte kräftig gegen das Holz.

Es dauerte nicht lange, bis die Tür einen Spalt geöffnet wurde. Es erschien der Kopf eines jungen Mannes, dessen gegelte Haare wie bei einem Igel in die Höhe standen. Auffällig war das unnatürlich gelbe Blond.

»Ja?«, fragte er mit müder Stimme.

»Herr Auhagen? Fabian Auhagen?«

Er bestätigte es durch Kopfnicken.

Christoph sah sich um, ob die Nachbarin noch in ihrer Wohnungstür stand. Aber die resolute Frau hatte diese bereits wieder geschlossen.

»Wir sind von der Polizei. Haben Sie einen Moment Zeit für uns?«

Ein Aufflackern in seinen tief liegenden Augen zeigte an, dass er überrascht war. »Polizei? Was wollen Sie von mir? Was soll ich getan haben?«

»Können wir erst einmal hineinkommen? Es geht nur um eine Information, die wir von Ihnen haben möchten«, beruhigte Christoph den jungen Mann.

Auhagen öffnete die Tür ganz und ließ die beiden Beamten hinein. Er führte sie durch einen kurzen Flur, von dem zwei geschlossene Türen abgingen. An einem Wandhaken hing ein zerschlissener Blouson, dessen Aufdruck zwischen den Falten nicht erkennbar war. Christoph stolperte über ein paar Joggingschuhe, wie sie von jungen Leuten gern getragen werden. Sie waren achtlos mitten im

Flur abgestellt worden. Auhagen bemerkte es, kümmerte sich aber nicht weiter darum. Sie kamen an der offen stehenden Küchentür vorbei. Ein kurzer Blick in den kleinen Raum zeigte nichts Besonderes. Eine Küchenzeile mit Kunststoffmöbeln, Herd und Spüle. In der Ecke stand ein älterer Kühlschrank. Auf der Arbeitsfläche sah Christoph benutztes Geschirr.

Der junge Mann führte sie ins Wohnzimmer. Mitten im Raum standen ein Esstisch aus hellem Birkenholz, davor ein passender Holzstuhl und zwei weiße Klappstühle aus Kunststoff. Ein vom Design nicht zum Alter des Bewohners passender Schrank sowie ein Regal aus Metall vervollständigten die Einrichtung. Von der Mitte der Zimmerdecke führte eine Kabelschlaufe in die Zimmerecke zur Lampe, einem runden Papierballon. Einzig der große Fernsehapparat, der DVD-Player und fünf über den Raum verteilte Lautsprecherboxen erinnerten an die Einrichtung junger Leute.

Auf dem Esstisch standen eine Untertasse mit einer halb niedergebrannten Kerze, ein Aschenbecher und ein angeschlagener Keramikbecher, über dessen Rand die Pappe eines Teebeutels lugte.

Auhagen nahm auf dem Holzstuhl Platz. Die beiden Beamten setzten sich auf die beiden Plastikstühle, ohne dass der junge Mann sie aufgefordert hatte.

»Warum haben Sie die Klingel abgestellt?«, fragte Große Jäger.

»Ich? Das waren die Stadtwerke. Ich hab die Stromrechnung nicht bezahlt.«

Deshalb die Kerze, dachte sich Christoph.

»Und nun?«, hakte der Oberkommissar nach.

»Was weiß ich. Alles Scheiße.« Der junge Mann griff nach einem Päckchen Zigarettentabak zum Selbstdrehen. Christoph fiel auf, dass er sich dabei weiter als notwendig vorbeugte. Er hätte die Packung ohne Probleme mit ausgestrecktem Arm erreichen können. Auch Große Jäger hatte es bemerkt. Der Oberkommissar fingerte nach der zerknitterten Packung in seiner Jeans und bot Auhagen eine Zigarette an.

»Hier. Probier die mal.« Er hatte den Übergang zum unkonventionellen »Du« gewählt.

Auhagen griff zu und ließ sich auch Feuer geben. Dann inhalierte er tief den Rauch. Auch diesmal hielt er seinen Arm merkwürdig steif.

»Ist was mit deinem Arm?«, wollte Große Jäger wissen.

»Unfall. Sozius auf 'nem Motorrad. Schon 'n paar Jahre her. Seitdem krieg ich den Arm nicht mehr gerade.«

»Also schuldlos?«

»Die ganze Clique hatte vorher Party gemacht. Ich auch. Daher hab ich nix von der Versicherung gekriegt.«

»Und was ist sonst Scheiße?«

»Alles.«

»Nun rück mal raus mit der Sprache. Wo drückt der Schuh?«

»Keine Mäuse. Habt ihr schon mal was von Hartz IV gehört?«

Die beiden Beamten sahen sich an. »Ja«, fuhr Große Jäger fort. »Das beziehst du?«

»Ja. Aber davon kannst du nicht leben und nicht sterben.«

»Das müssen Millionen andere auch. Ganze Familien.«

»Familien ... Pahh! Meine Freundin ist mit dem Kleinen weg.«

»Du hast ein Kind?«

»Nee, ich nich. Meine Freundin. Hat sie mitgebracht. Aber dann, als mir alle an den Hacken waren, ist sie zu so 'n annern Typen gezogen. Nach Neumünster. ›Du hast keine Zukunft mehr‹, hat sie mir gesagt. Weg war sie. Na ja, vielleicht hatte sie so büschen Recht.«

»Was willst du damit sagen?«

»So 'n großer Held bin ich nie nich gewesen. Inne Schule nich. Zweimal backen geblieben. Ausse Achte ha'm sie mich entlassen. Damit kriegste keine Lehrstelle.«

»Das sollte aber noch kein Beinbruch sein.«

»Hab dann 'n büschen gejobbt. Mal hier was, mal da was. Bis die Sache mit 'n Arm passiert ist. Seitdem ist daddeldu.«

»Und warum hat man dir den Strom abgestellt?«

Fabian Auhagen schlug sich mit der flachen Hand gegen die Stirn. »Ich Rindvieh. Wollte auch so sein wie die annern. Handy, Auto. Schicke Wohnung. Hab alles auf Pump bezahlt. Is natürlich inne Büx gegangen. Nun sin alle hinter mir her und woll'n mir inne Hacken beißen.«

Er sah aus den tief liegenden dunklen Augen zuerst Große Jäger, dann Christoph an. »Alle woll'n sie dir nur ans Portemonnaie. Zweimal ha'm sie dies Jahr die Gaspreise erhöht. Wie solls' das noch bezahl'n?« Er spitzte mehrfach die Lippen, sodass der kleine schwarze Oberlippenbart fast an die Nasenspitze reichte. Dann griff er zum Teebecher, sah hinein und stellte fest, dass er leer war. Mit einem Achselzucken stellte er das Trinkgefäß wieder zurück. In Gedanken griff er zu seiner Tabakpackung.

Große Jäger schob die angebrochene Zigarettenpackung über den Tisch. »Nimm man von diesen.«

Auhagen zündete sich die Zigarette an. »Und was wollt ihr von mir?«

Der Oberkommissar zeigte ihm ein Bild von Frank Reiche. »Kennst du den?«

Der junge Mann musterte aufmerksam das Bild, bevor er es auf den Tisch zurücklegte. »Nee! Nie geseh'n. Was is mit dem?«

»Der ist tot. Ermordet. Stand in der Zeitung.«

Ein Erschrecken durchfuhr Auhagen. »Tot? Ich les keine Zeitung. Kann ich mir nich leisten. Wieso isser tot? Und was hab ich damit zu tun?«

Geduldig erklärte ihm Große Jäger, dass Reiche vor dem Palmengarten ermordet wurde und dass die Polizei in der Wohnung des Opfers einen Zettel gefunden hat, auf dem Auhagens Telefonnummer stand.

Der junge Mann machte eine resignierte Handbewegung. »Telefon … Ha'm sie mir auch abgeklemmt. Was war nun mit dem Typ? Ach ja, ob ich den kenn? Nee! Nie begegnet. Hab auch keine Ahnung, wie meine Telefonnummer auf dies'n Zettel gekomm' is. Kann ich euch echt nich weiterhelfen.«

Christoph mischte sich das erste Mal in das Gespräch ein. »Herr Auhagen! Wenn Ihnen noch etwas einfallen sollte, so rufen Sie uns bitte an.« Christoph legte eine Visitenkarte auf den Tisch.

Der junge Mann lachte bitter auf und schob die Karte in Christophs Richtung zurück. »Witzig. Wie soll ich denn telefonieren? Telefon abgeklemmt, Handy weg.«

Große Jäger erhob sich ein wenig von seinem Stuhl und zog eine zerfledderte Geldbörse aus der Gesäßtasche. Er kramte im Scheinfach herum und legte wortlos einen Zwanzig-Euro-Schein auf den Tisch.

»Was soll'n das?«

»Kauf dir was zum Beißen. Und 'ne Schachtel Zigaretten. Ich weiß, wie das ist, wenn du einen Schmachter hast.«

Auhagen ließ den Geldschein liegen, protestierte aber auch nicht. Er begleitete die beiden Beamten noch bis zur Wohnungstür und tauchte dann wieder in sein trostloses Dasein ab.

Auf dem kurzen Weg zur Dienststelle schwiegen die beiden Polizisten. Jeder hing seinen Gedanken nach, bis Große Jäger plötzlich sagte: »Nicht jeder kann ein Gewinner sein.«

»Wenn die Geschichte stimmt, die er uns erzählt hat, ist er ein armer Wicht. Ich fürchte, von diesen Schicksalen gibt es mehr in unserem Land, als wir beide es uns vorstellen können. Aber was verbindet Auhagen mit Reiche? Und mit Dugovic, der so plötzlich verschwunden ist?«

»Wenn wir das wüssten.«

Sie erreichten die Polizeiinspektion und gingen auf direktem Weg in ihr gemeinsames Büro. Mommsen erwartete sie schon.

»Ich habe die Zeit genutzt und ein paar Erkundigungen über einen weiteren Kandidaten von der Liste eingeholt. Manfred Schöppe aus Schleswig.«

»Von dem wissen wir, dass er wegen Betrugs vorbestraft ist.«

»Und im Augenblick wird gegen ihn wegen Insolvenzverschleppung und Abgabe einer falschen eidesstattlichen Erklärung ermittelt.«

Christoph fuhr sich mit der Hand durchs Gesicht. »Also kein Leichtgewicht wie unsere anderen Kandidaten. Wie sehen seine wirtschaftlichen Verhältnisse aus?«

»Nicht gut. Der hat durch die Pleite alles verloren.«

»Merkwürdig ist, dass alle Leute, die uns im Zusammenhang mit diesem Fall begegnet sind, finanziell am Ende sind. Ist das der gemeinsame Nenner? Dabei fällt mir ein: Haben wir zu diesem Punkt Informationen über Ivo Dugovic vorliegen?«

»Nein«, antwortete Mommsen. »Ich kümmere mich darum.«

Große Jäger nahm laut und vernehmlich einen Schluck aus seinem Kaffeebecher. »Was macht der Dingsbums ...«

»Schöppe?«

»Von mir aus Schöppe. Was war der von Beruf?«

»Der war Geschäftsführer einer Finanzberatung in Hamburg. Die ist Pleite gegangen.«

Große Jäger lachte auf. Es klang wie das Meckern einer Ziege. »Das klingt wie Hohn. Da hat er sich anscheinend selbst schlecht beraten.«

»Es könnte aber auch System dahinter stecken«, warf Christoph ein. »Da wird Menschen mit falschen Versprechungen das Geld abgeluchst. Dann verschwindet das Kapital in dunkle Kanäle. Und die Anleger gehen leer aus.«

»Das sind doch nur Rechtsanwälte und Ärzte, die ihr unversteuertes Geld dort verstecken wollen«, antwortete Große Jäger.

Christoph schüttelte den Kopf. »Nicht unbedingt. Zum einen ist es nicht illegitim, wenn Angehörige der freien Berufe lukrative Anlagemöglichkeiten für ihr hart erarbeitetes Geld suchen. Häufig werden aber auch kleine Sparer, die sich mühsam etwas für das Alter zurückgelegt haben, übervorteilt.«

»Ich wäre nie so dumm, mein Vermögen irgendwelchen Irrwischen anzuvertrauen. Dafür gibt es genug seriöse Anlagemöglichkeiten bei unseren Banken und Sparkassen. Abgesehen davon stehe ich vor keinem solchen Problem. Mein Konto ist notorisch überzogen.«

»Vielleicht hast du Recht, Wilderich. Aber selbst wenn Schöppe Geld auf unsaubere Weise beiseite geschafft haben sollte, sehe ich noch nicht den Zusammenhang mit den anderen. Reiche und Auhagen waren bestimmt keine Kunden bei einer Anlagegesellschaft.«

Der Oberkommissar nahm erneut einen Schluck Kaffee und sah anschließend eine Weile in seinen Becher, als würde er auf dem Grund das Geheimnis erkennen können. »Das ist das Spannende an unserem Beruf: Wenn du eine Idee in der linken Hirnhälfte hast, antwortet die rechte: Das war nix. Das ist unlogisch.«

»Es ging überraschend schnell und unkompliziert, etwas in Erfahrung zu bringen«, mischte sich Mommsen in das Gespräch ein. »Auch der Imbissbesitzer, Ivo Dugovic, hatte wirtschaftliche Probleme. Er konnte Kredite nicht mehr bedienen, und Lieferanten stellten die Ware nur gegen bar zur Verfügung. Sein Konto wird nur noch auf Guthabenbasis geführt. Und da er im Minus ist, lebt er nur von dem, was er in der Tasche hat.«

»Ich habe immer geglaubt, so ein Imbiss ist der Einstieg ins Millionärsdasein«, meinte Große Jäger.

»Das dürfte in der heutigen Zeit vorbei sein.«

»Vielleicht liegt es an den Papptellern, die heute benutzt werden. Hätte der Wurstmaxe noch richtiges Geschirr, das er hätte spülen müssen, wäre das doch die ideale Voraussetzung gewesen.«

»Du meinst vom Teller waschenden Imbissbudenbesitzer zum Millionär?«

Große Jäger ließ die Frage unbeantwortet.

»Ein weiterer Name auf unserer Liste der vom sozialen Abstieg Bedrohten«, stellte Christoph fest. »Aber was verbindet die Menschen? So langsam glaube ich nicht mehr an die Theorie vom gemeinsamen Banküberfall.«

»Da sind wir unterschiedlicher Auffassung«, widersprach der Oberkommissar. »Noch ist nicht bewiesen, dass es nicht doch über diese Schiene Gemeinsamkeiten gibt. Zumindest mit Reiche.«

»Wenn du Recht hast, ist die Mordkommission auf der richtigen Fährte. Die verfolgt schwerpunktmäßig diese Spur.«

»Auch wenn ich sie nicht leiden mag, aber die Dobermann und ihre Flensburger Truppe sind eine tüchtige Mannschaft. Nicht zuletzt dank solcher Experten werden in Deutschland siebenundneunzig Prozent aller Tötungsdelikte aufgeklärt.«

»Dann sei ein wenig stolz, mein lieber Wilderich, dass du dazugehören darfst.«

»Pahhh!«

»Ihr beiden Sabbeltaschen lasst einen nicht zu Wort kommen«, meldete sich erneut Mommsen aus dem Hintergrund.

Große Jäger wandte sich dem jungen Kollegen zu. »Hat unser Küken etwa noch eine Information?«

»Natürlich. Die Dithmarscher aus Heide sind tüchtig. Ivo Dugovic hat noch einen Spezi. Der ist Grieche, heißt Georgios Mitrolitis und betrieb einen Imbiss vor einem Verbrauchermarkt links von der Hamburger Straße.«

»Betrieb? Gibt es den nicht mehr?«

»Ja. Seit etwas über einer Woche ist der Imbiss geschlossen.«

»Was ist das für eine Seuche? Da scheint ein ganzer Berufsstand in Dithmarschen auszusterben. Das sollten wir uns ansehen, oder?« Große Jägers Frage war an Christoph gerichtet. Der stimmte zu.

Sie hatten für diesen Weg ihren Dienstwagen gewählt. Nach längerem Werkstattaufenthalt lief der Motor wieder einwandfrei.

Das ist aber nur eine Frage der Zeit, überlegte Christoph auf dem Beifahrersitz, bis der Wagen wieder zur Reparatur muss, wenn man ihn Große Jäger überließ. Der saß hinter dem Lenkrad, fluchte auf andere Verkehrsteilnehmer und verhielt sich so, als hätte er sein ganzes Vermögen investiert und die Straße für sich allein gekauft. Der Oberkommissar ließ kein Vorurteil aus. Den Einheimischen warf er vor, über keine Fahrpraxis zu verfügen. Die Touristen und Durchreisenden waren in seinen Augen Kleinkriminelle am Steuer, die Berechtigung zum Führen eines Lkw setzte seiner Auffassung nach voraus, dass man vorbestraft war, und als Christoph Große Jäger ablenken wollte und die großen Windmühlen erwähnte, die beidseits der Straße das Landschaftsbild bestimmten, schimpfte der Oberkommissar ansatzlos über die Strommafia. Christoph zog es fortan vor zu schweigen. Das hinderte seinen Kollegen nicht daran, sich weiter über irgendetwas aufzuregen. Von der Bundesliga über die Fleischpreise bis zu … Christoph hörte nicht mehr zu und vernahm zwischendurch auch gelegentlich ein »Scheiß-Starke«. Sicher, der Kriminaloberrat trug für alles die Verantwortung. Zumindest in diesem Augenblick.

Sie hatten inzwischen das Zentrum von Heide passiert und waren über die Brücke, die nördlich des Bahnhofs die Gleise überspannt, Richtung Rendsburg gefahren, als Christoph nach links zeigte. »Dort muss es sein.«

Direkt neben dem Eingangsbereich des Verbrauchermarktes stand der Imbisswagen, ein Anhänger, der zur Fortbewegung einen Zugwagen benötigte. Die Klappe war geschlossen. Daran war ein Schild befestigt: Wegen Krankheit vorübergehend geschlossen.

»Zumindest ist Mitrolitis nicht ohne Vorankündigung geflüchtet wie sein Freund Dugovic«, stellte Große Jäger fest und umkreiste wie ein schnuppernder Hund den Wagen. Ein Ehepaar, das mit einem voll beladenen Einkaufswagen den Markt verlassen hatte, blieb neugierig stehen und sah dem Oberkommissar zu. »Mir stinkt alles. Euch auch?«, fragte Große Jäger, worauf die Beiden wortlos abzogen. »Der Typ scheint seine Ware mitgenommen zu haben. Zumindest riecht es nicht so wie bei Dugovic.«

»Machen wir einen Krankenbesuch bei Georgios Mitrolitis«, schlug Christoph vor und wollte sich ans Steuer des Dienstwagens mogeln, aber Große Jäger winkte ab.

»Heute fahre ich!«

Sie nahmen Kontakt zu Mommsen in Husum auf, der ihnen kurz

darauf die Wohnanschrift des Griechen durchgab. Mitrolitis wohnte in Nordhastedt. Der kleine Ort lag wenige Kilometer südlich an der alten Bundesstraße Richtung Hamburg.

Die Wohnung lag in einem Anbau mit Flachdach, der sich an ein älteres Siedlungshäuschen anschloss. Ein schmaler Plattenweg führte durch einen Garten, der eher zweckdienlich als der Zierde dienend angelegt war. Ein kleines Mädchen, vielleicht gerade schulpflichtig, saß auf einer Schaukel, an der sich schon ihre Eltern erfreut hatten, und betrachtete neugierig die beiden Beamten.

»Wollt ihr zu Dschorschios?«, fragte sie. »Der ist krank.«

»Ist er zu Hause?«

»Ja, weil er krank ist«, gab sie mit kindlicher Logik zurück.

Sie klingelten. Es dauerte eine Ewigkeit, bis eine Sperrkette vorgelegt und die Tür einen Spalt breit geöffnet wurde.

»Herr Mitrolitis?«

Vom Wohnungsinhaber war nur eine Gesichtshälfte zu sehen. Er antwortete nicht.

»Wir sind von der Polizei und möchten mit Ihnen sprechen.«

»Ich aber nicht mit Ihnen.«

»Dann könnten wir Sie auch auffordern, Ihre Zeugenaussage auf dem Revier zu tätigen.«

»Zeugenaussage?« Es schien, als würde der Mann erschrecken. »Ich habe nichts auszusagen. Gehen Sie wieder.«

»Dann müssen wir …« Bevor Christoph zu Ende sprechen konnte, hatte ihn Große Jäger vorsichtig am Arm genommen und beiseite geschoben.

»Der hat Angst«, raunte er Christoph zu und richtete sich dann an den Mann hinter dem Türspalt. »Hör mal, Kumpel. Es geht um deinen Imbiss. Der steht dort ein bisschen im Wege.«

Ein Aufatmen ging durch Mitrolitis. »Ach so. Ist in Ordnung. Sobald ich kann, werde ich mich darum kümmern.«

»Das sollte spätestens morgen geschehen.«

Die Tür wurde einen Spalt geschlossen, dann hörten sie, wie die Sperrkette entfernt wurde. Anschließend öffnete der Grieche die Tür ganz und hielt den beiden Beamten einen Gipsarm hin.

»Das geht im Augenblick nicht. Ich bin verhindert. Außerdem habe ich derzeit keinen Wagen zum Ziehen.«

Der Mann vor ihnen mochte etwa Mitte dreißig sein, hatte dunkles, etwas längeres Haar, das mit einer Welle über die Ohren gelegt war und sich zu einem dichten schwarzen Bündel am Hinterkopf vereinigte. Die Wangenknochen waren hochgezogen, die Nase hatte ein fast klassisches hellenisches Profil. Dazu passten auch die dunklen Augen. Weniger dekorativ waren allerdings die zahlreichen blauen Flecken, die im ganzen Gesicht verteilt waren, und der große Bluterguss, der sich unter dem rechten Auge befand.

»Wie heißt denn diese Erkrankung?«, fragte Große Jäger.

Mitrolitis kniff die Lippen zu einem schmalen Spalt zusammen. Schließlich antwortete er doch. »Das war ein Unfall.«

»Verkehrsunfall?« Große Jäger sah sich um. Der unbefestigte Platz vor dem Anbau war leer. Ein Ölfleck verriet, dass dort üblicherweise ein Fahrzeug abgestellt wurde.

»Kein Verkehrsunfall.«

»Und wo ist Ihr Auto?«

»Verkauft.«

»Was war das für ein Unfall?«

»Meine Sache.«

»Sieht aus, als wäre es eine Schlägerei gewesen. Das ist ein Delikt, für das wir uns interessieren.«

Beide Polizisten sahen das Aufblitzen in Mitrolitis' Augen. »Keine Schlägerei. Ich war ganz allein, als das passiert ist.«

»Nun sagen Sie mir nicht, Sie wären die Kellertreppe heruntergefallen.«

»Kann schon sein.«

Die Beamten hatten festgestellt, dass der Anbau, in dem der Grieche wohnte, nicht unterkellert war.

»Das war aber nicht bei Ihnen.«

»Na und?«

»War es vielleicht der Keller im Hause Ihres Freundes Ivo Dugovic?«

Der Mann sah an den beiden Kripoleuten vorbei, als würde er die Gegend absuchen. Dann blickte er wieder Große Jäger an. »Ich habe genug gesagt. Und wo Ivo ist, weiß ich nicht.«

»Sie wissen also, dass Herr Dugovic Hals über Kopf abgehauen ist?«

»Keine Ahnung. Das reicht jetzt.«

Ohne weitere Erklärung hatte Mitrolitis die Tür geschlossen. Sie hörten, wie von der Innenseite die Sperrkette vorgelegt wurde.

Auf der Heimfahrt meinte der Oberkommissar: »Der sah übel aus. Den hat jemand kräftig in der Mangel gehabt.«

»Ein Linkshänder.«

»Wie kommst du darauf?«

»Weil sein rechtes Auge geschwollen war. Wenn sich zwei Kontrahenten gegenüber stehen und jemand mit der rechten Faust zuschlägt, trifft er das linke Auge seines Gegenübers. Ist aber das rechte Auge lädiert, liegt die Vermutung nahe, dass der Schläger Linkshänder ist.«

»Klingt gut.«

»Der Täter war besonders gründlich. Er hat seinem Opfer auch noch den Arm gebrochen.«

Große Jäger schien kurzfristig mit den Gedanken abwesend zu sein, doch dann antwortete er. »Wir haben es offenkundig mit Leuten zu tun, die ausgesprochen brutal vorgehen. Das hat uns auch der Mord an Reiche gezeigt.«

»Das war ein Rechtshänder, erklärte Christoph.

»Woher willst du das wissen?«

»Ganz einfach. Stell dir noch einmal den Eingangsbereich zum Palmengarten vor. Das ist die breite Eingangstür aus Glas. Links und rechts davon sind die Betonpfeiler. Am rechten wurde Reiche erschlagen. Wir wissen, dass der Täter ihn mehrfach mit der Hand gegen die Mauer gestoßen hat. Dabei ist er einmal abgerutscht und musste sich mit der linken Hand an der Glasscheibe der Tür abstützen. Es ist logisch, dass er das mit links tat, weil er rechts mit Reiches Kopf beschäftigt war.«

»Und woher willst du wissen, dass er mit der linken Hand die Glasscheibe berührte und die verwischten Abdrücke hinterließ?«

»Wenn du vor der Tür stehst, lagen vier Fingerabdrücke auf fast gleicher Höhe, während sich der fünfte etwas tiefer fand. Sieh dir deine Hand an. Der Daumen sitzt ein Stück unterhalb der anderen Finger. Wenn der tiefere Abdruck nun auf der rechten Seite liegt, muss es die linke Hand gewesen sein.«

Große Jäger schüttelte den Kopf. »Das ist wie beim alten Kinderreim. Links ist dort, wo der Daumen rechts ist.«

»Wie gut, dass du etwas aus Kindheitstagen mitgenommen hast.«

Der Oberkommissar warf Christoph einen Seitenblick zu. »Deine Überlegungen klingen plausibel. Wenn du so weitermachst, könnte aus dir irgendwann noch einmal ein Kriminalist werden.« Dann betätigte er zornig die Hupe. »Wenn diese verdammten Idioten da draußen genauso über links und rechts Bescheid wüssten wie du, wäre das Autofahren fast ein Vergnügen.«

Christoph unterließ es zu antworten und war froh, dass Große Jäger auf der Rückfahrt seine Monologe nur noch eingeschränkt fortsetzte.

*

Während der Rückfahrt standen nur noch vereinzelt ein paar Zirruswolken am Himmel. Die lange Dämmerung hatte inzwischen eingesetzt, und als sie das Büro betraten, hatte Mommsen bereits die Beleuchtung eingeschaltet.

Ihren Bericht aus Nordhastedt konnte Mommsen ergänzen.

»Es wird euch bestimmt nicht überraschen, wenn ich erzähle, dass auch Mitrolitis kein Großverdiener ist. Auch ihm geht es schlecht. Allerdings hat er in der letzten Woche sein Auto verkauft. Ein Landrover Freelander mit Zughaken, damit er seinen Imbiss durch die Lande ziehen konnte. Er hat nämlich nicht nur vor dem Verbrauchermarkt in Heide gestanden, sondern ist auch an den Wochenenden von Schützenfest zu Schützenfest gezogen.«

»Und weshalb verkauft der plötzlich sein Auto?«, fragte Christoph. »Wenn er wirtschaftlich nicht auf Rosen gebettet war, so wäre es doch logisch, wenn er den Wagen behalten würde. Ohne Zugfahrzeug hat er noch weniger Möglichkeiten, Geld zu verdienen. Und das scheint er nötig zu haben. Darauf sollten wir noch einen Gedanken verschwenden. Doch zuvor muss ich telefonieren.«

Er griff zum Hörer und wählte die Nummer der Praxis von Dr. Hinrichsen. Dann vernahm er die vertraute Stimme Anna Bergmanns.

»Hallo«, meldete er sich, ohne seinen Namen zu nennen.

»Hallo«, gab sie zurück. Es klang unterkühlt, beinahe abweisend.

»Ist irgendetwas?«

Sie schwieg einen Augenblick, bevor sie antwortete. »Wie war es in Kiel? Hattest du ein schönes Wochenende?«

»Was soll das? Bist du eifersüchtig?«

Erneut entstand eine Pause. »Quatsch! Warum sollte ich?«

»Wollen wir uns heute Abend treffen? Bei dir?«

»Nein«, wehrte sie ab. »Wir haben viel zu tun. Es wird später bei mir. Danach möchte ich gern meine Ruhe haben.«

»Wir hatten gerade Wochenende.«

»Und du bist ausgeruht? Trotz Kiel?«

Er sah ein, dass es nichts bringen würde, weiterzureden. »Ich glaube, wir sollten morgen noch einmal miteinander telefonieren.«

Sie sagte nur »Tschüss« und legte auf.

Große Jäger hielt einen Kugelschreiber in die Höhe. »Wem is er zu?«

Christoph sah auf, zuckte die Schultern und fragte: »Äh?«

Jetzt grinste Mommsen im Hintergrund. »Er spricht Westfälisch mit uns. Wir würden fragen: Wem sein is das?«

Auch Christoph lachte, wies mit der Hand auf sich und sagte zu Große Jäger: »Aha. Mein sein.«

Der warf den Kugelschreiber quer durch den Raum. »Tust du dafür ein aus?«

»Was heißt das nun wieder?«

»Schmeißt du 'ne Runde?«

»Willst du am Kiosk in der Bahnhofshalle ploppen?«

»Eigentlich hatte ich gedacht, du lädst Mommsen und mich zu Judith ein.«

Christoph nickte. »Von mir aus.«

Dann begann er mit Mommsen die Schreibtische einzuräumen. Große Jäger schaute ihnen gelassen zu. Er hatte das Chaos an seinem Arbeitsplatz seit Jahren nicht mehr sortiert und sah auch keine Veranlassung, zum Dienstschluss etwas wegzuräumen.

Sie verließen das Dienstgebäude und gingen das kurze Stück zum »Zingel« zu Fuß. Dort lag »Dragseth's«, der älteste Gasthof der Stadt.

Die vier Bäume vor dem romantischen Gebäude warfen lange Schatten. Sie betraten das Haus durch die niedrige Tür und standen im kleinen Flur mit dem bäuerlichen Ambiente. Gleich rechts, hinter dem als Zierde liegenden Strohballen, ging die zweite Tür in die Gaststube mit dem begehbaren wuchtigen Kachelofen ab, der den Raum dominierte.

»Hallo«, begrüßte sie Judith, die Wirtin. »Wie immer?«

Bevor Christoph oder Mommsen antworten konnte, hatte sich Große Jäger bereits vorgedrängelt. »Wir brauchen keine Karte. Wie immer.«

»Also gut«, sagte Judith lachend. »Vier Bier, für den Boss Krabben mit Rührei, für Harm Finkenwerder Scholle und für dich, Wilderich, gebratenen Aal, Speck und viel zerlassene Butter. Dazu Bratkartoffeln für alle.«

Sie wunderte sich inzwischen auch nicht mehr über die bestellten vier Bier, obwohl sie nur zu dritt waren. Große Jäger hatte es sich angewöhnt, das erste Bier im Sturztrunk hinunterzukippen. Ihm dauerte das Bestellen und An-den-Tisch-Liefern des zweiten Getränks einfach zu lange.

Sie sprachen über Belangloses, bis die Getränke serviert wurden. Große Jäger setzte sein Glas an und trank gut die Hälfte des Glases ohne abzusetzen leer. Dann wischte er sich mit dem Handrücken den Schaum von den Lippen.

»Worin liegt das Motiv für die Taten?«, fragte er in die Runde. »Hängt es wirklich mit der möglichen Komplizenschaft bei den Banküberfällen zusammen?«

»In dieses Bild passen die anderen Beteiligten nicht«, antwortete Christoph. »Mich wundert die Gewalt in diesem Fall. Der Mitrolitis ist einem üblen Schläger in die Hände gefallen. Der Mann hat Angst. Das war unübersehbar. In dieses Bild würde auch passen, dass sein Bekannter, Ivo Dugovic, panikartig die Flucht ergriffen hat.«

»Es sieht so aus, als hätte er sich aus dem Staub gemacht, als er vom Überfall auf seinen Freund gehört hat«, warf Mommsen ein.

»Schutzgelderpressung?«, überlegte Große Jäger.

Christoph sah aus dem Fenster. Auf der gegenüberliegenden Straßenseite stand die beleuchtete Werbesäule der Stadtwerke. Die wechselnde digitale Anzeige verkündete die Uhrzeit, das Tagesdatum und die aktuelle Temperatur. Es waren selbst um diese Abendstunde immer noch zwölf Grad.

»Und wenn dem Ganzen ein politisches Motiv zugrunde liegt?«

Die beiden anderen sahen Christoph an.

Große Jäger stimmte als Erster zu. »Das könnte auch zutreffen. Wer ist zum Beispiel der Unbekannte, der vor Reiches Haus gestanden hat? Und wer hat uns auf der Fahrt nach Heide verfolgt?«

»Wir sollten diesem Punkt in den nächsten Tagen etwas mehr Aufmerksamkeit schenken.«

»Tja«, ereiferte sich der Oberkommissar. »Wo gibt es so was, dass die Polizei bespitzelt und verfolgt wird.« Dann griff er zum Glas. »Skol!« Ohne abzusetzen leerte er das Trinkgefäß, hob es in die Höhe und signalisierte damit der Wirtin, dass er ein weiteres Bier wünschte. Dann lächelte er quer durch die Gaststube einer weißhaarigen Frau zu, die zwei Tische weiter saß und an einem Weinglas nippte. Sie mochte wohl an die sechzig sein und trug einen hellblauen Rollkragenpullover, der ihre wohlproportionierten weiblichen Rundungen deutlich zur Schau stellte. Große Jägers Lächeln wurde von ihr erwidert. Christoph registrierte, dass der Blickkontakt zwischen der Frau und seinem Kollegen nicht mehr abriss. Als Judith die neue Runde brachte, nahm der Oberkommissar sein Glas in die Hand, erhob sich mit einem gemurmelten »Ihr entschuldigt mich mal kurz« und setzte sich zu der Unbekannten. Dort blieb er, verstrickt in eine angeregte Unterhaltung, sitzen, bis sich das neu gefundene Paar nach einer ganzen Zeit mit einem Kopfnicken verabschiedete.

In der Tür stießen sie mit einem kleinen Mann zusammen, der durch seine bunte Kleidung auffiel. Der geöffnete pinkfarbene Blouson gab den Blick auf ein knallgelbes Sweatshirt frei. Ein roter Gürtel hielt die grüne Hose. Während das Haupthaar fast kahl geschoren war, schwebte am Hinterkopf ein kleiner Zopf. Das Nasenpiercing war nur noch eine weitere Dreingabe der Absonderlichkeiten.

Der Neuankömmling steuerte zielsicher den Tisch der beiden Polizisten an, beugte sich zu Christoph nieder und begrüßte ihn mit einem beidseitigen Wangenkuss, wie es – so hatte Große Jäger einmal spöttisch bemerkt – in Golfclubs üblich ist, wandte sich dann Mommsen zu und gab diesem einen Kuss auf die Nasenspitze.

»Hallo, mein Schatz«, sagte er zu dem jungen Kommissar und tätschelte ihm den Oberarm.

Karlchen war Mommsens Lebenspartner. Sein extravagant wirkendes Äußeres war nicht nur Ausdruck einer Lebenseinstellung, sondern auch durch seinen Beruf bedingt. Der kleine Mann arbeitete als Animateur auf privaten und öffentlichen Veranstaltungen sowie Betriebsfesten. Am meisten Vergnügen aber, so bekundete er stets, bereitete ihm die Arbeit mit Kindern.

Sie blieben noch auf ein Bier, während Karlchen von seinem letzten Auftritt berichtete. Nachdem sie gezahlt hatten, machten sie sich zu Fuß auf den Heimweg. Sie umrundeten den um diese Tageszeit einsam im Licht der Straßenlaternen liegenden Binnenhafen. An der Schiffbrücke zeigte die auf die Straße dringende heitere Stimmung, dass in den dort ansässigen Lokalen noch reger Betrieb herrschte.

Dann gingen die drei durch die Hohle Gasse, bis sie zur linken Hand den Eingang zum Palmengarten sahen. Nichts erinnerte mehr an die Bluttat, die sich hier vor kurzem ereignet hatte. Die Schaufenster in der Neustadt lockten mit ihren Auslagen. Und bald darauf tauchte die Mauer auf, die den Schlosspark begrenzte. Dunkel, fast ein wenig bedrohlich, stand der alte Wasserturm im Parkgelände. An der Straßenecke verabschiedeten sich Mommsen und Karlchen. Sie hatten nur noch wenige Schritte bis zu ihrer Wohnung in dem etwas verwunschen wirkenden Haus direkt am Park.

Christoph folgte der Hauptstraße. Er betrachtete die beiden Hochhäuser hinter der Kreisverwaltung. Im vorderen wohnte Fabian Auhagen, der ihnen heute von seiner misslichen Situation berichtet hatte. So ein armer Kerl wie der junge Mann hätte ein Motiv, sich als »Schubser« an Schwächeren zu vergreifen, selbst wenn er durch seinen verletzten Arm in seiner Beweglichkeit eingeschränkt war. Auch eine geringe Beute wäre für den Verzweifelten schon eine Hilfe. Und außerdem war Auhagen wegen Diebstahls vorbestraft.

Jetzt war es nicht mehr weit bis zur Berliner Straße. Dort wartete auf ihn das Bett in dem kleinen Appartement unterm Dach. Seine betagte Vermieterin würde um diese Zeit sicher schon schlafen.

Mommsen ist mit seinem Partner daheim, Große Jäger wird den Abend auch nicht einsam verbringen, aber ich schlüpfe jetzt allein unter die Bettdecke, dachte sich Christoph und musste an Anna Bergmann denken.

FÜNF

Anna Bergmann galten auch Christophs Gedanken am nächsten Morgen, als er bei leichtem Nieselregen den Fußweg von seiner Wohnung zur Poggenburgstraße zurücklegte. Frauen sind manchmal so launisch wie das Wetter, überlegte er. Gestern hatten sie noch einen herrlichen Oktoberabend genießen können, während sich der Himmel heute grau verhangen zeigte.

Er schüttelte sich die Wassertropfen von seiner Jacke, nahm die Brille ab und putzte sie. Mit einem Handtuch wischte er sich durch Haare und Gesicht. Es kam selten vor, dass er vor Mommsen im Büro war. Doch der junge Kollege ließ nicht lange auf sich warten. Christoph hatte seinen Schreibtisch noch nicht ganz für den Dienstantritt vorbereitet, als Mommsen zur Tür hereinkam.

Wie an vielen Arbeitsplätzen wurden ein paar Worte zum Wetter gewechselt, dann kam man kurz auf aktuelle Ereignisse der regionalen Sportszene zu sprechen und landete schließlich beim neuesten Vorstoß der Landesregierung, die ausufernden Kosten des öffentlichen Dienstes weiter zu reduzieren. Danach sichtete Christoph den morgendlichen Posteingang. Es war das übliche Tagesgeschäft. Als er einen Blick auf die Uhr warf, stellte er fest, dass es bereits nach neun war. Große Jäger war immer noch nicht erschienen.

»Hat Wilderich sich abgemeldet?«, fragte Mommsen in diesem Moment.

»Bei mir nicht. Er ist zwar nie der Erste, aber auf sein verspätetes Eintreffen kann man sich sonst verlassen.«

Wie zur Bestätigung öffnete sich die Tür, und der Oberkommissar humpelte herein. Er ließ sich auf seinen Schreibtischstuhl fallen, dass dieser mit einem Ächzen in die Knie ging.

Neugierig sahen ihn die beiden anderen an.

»Was hast du denn gemacht?«, wollte Christoph wissen. »Hat dir deine Errungenschaft von gestern Abend kräftig auf die Füße getreten?«

»Oder wart ihr noch in der Disco?«, scherzte Mommsen.

Große Jäger zündete sich umständlich die obligatorische Zigarette an, ohne die er grundsätzlich zu keinem Bürogespräch bereit war. »Ich könnt mich alle mal.«

Christoph und Mommsen warfen sich einen Blick zu. Irgendetwas war schief gelaufen. Große Jäger zog noch ein paarmal an der Zigarette und blies geräuschvoll den Rauch in die Luft.

»Ich bin gebissen worden.«

»Von der Weißhaarigen?«

Große Jäger sah Christoph fast böse an. »Scherzkeks. Von ›Blödmann‹. Als ich heute Nacht heimkam, war der Hund so frustriert über meine lange Abwesenheit, dass er mir in den Fuß gebissen hat. Durchs Leder hindurch. Dabei hatten wir zu dem Zeitpunkt noch gar nicht mit unserer Diskussion darüber begonnen, wo und in welcher Weise es einem Köter gestattet ist, seine Geschäfte zu erledigen.«

»Ein tierischer Mitbewohner bedarf besonderer Aufmerksamkeit. Wie soll der Hund sonst seinen dringenden menschlichen – äh –, tierischen Bedürfnissen nachkommen?«

»Wahrscheinlich war er sauer, weil du ihn gestern vernachlässigt hast«, ergänzte Mommsen.

Große Jäger knurrte etwas Unverständliches. Damit war für ihn dieses Thema erledigt, zumal er dadurch abgelenkt wurde, dass jemand ohne zu klopfen ins Büro trat.

Eine rotblonde Frau mit wuscheligen Haaren, die aussahen, als wären sie ungekämmt, sah sich um und steuerte auf Christoph zu.

»Moin«, gab sie im forschen Ton von sich.

»Ich kenne es so, dass man anklopft, wenn man einen Raum betritt«, beschwerte sich Große Jäger.

Sie drehte sich zum Oberkommissar um und zog ihre Stupsnase ein wenig in die Höhe, sodass sich über der Nasenwurzel eine Falte bildete. Dann stemmte sie die Arme in die Hüften, was bei ihrer leicht stämmigen Figur ein wenig lustig aussah. Mit den zahlreichen Sommersprossen im runden Gesicht machte sie insgesamt einen fröhlichen Eindruck.

»So?«, fragte sie in Große Jägers Richtung. »Ist das so? Doch nicht, wenn man zur Familie gehört.«

»Interessant«, brummte der Oberkommissar zurück und sah der Reihe nach seine Kollegen an. »Hat jemand von euch seine Tante ins Büro bestellt?«

Die Frau drehte sich zu Große Jäger um, streckte ihm die Hand entgegen und meinte: »Ich bin Tante Hilke. Und wie heißt du, mein Junge?«

»Nun mal sachte. Erstens duzt man Erwachsene nicht gleich. Und wenn, dann bin ich der Onkel Große Jäger.«

Sie lachte. »Von dir hab ich schon gehört. Wir werden bestimmt noch unsere Freude miteinander haben.« Dann wandte sie sich an Christoph.

»Du bist Christoph Johannes, wenn ich mich nicht täusche?«

Der stand auf und erwiderte ihren Händedruck. Fest und zupackend hatte sie seine Hand geschüttelt.

»Hilke Hauck«, stellte sie sich vor, um auch Mommsen per Handschlag zu begrüßen. »Ich bin die neue Kollegin. Kriminalkommissarin. Ich war bis gestern in der Kriminalpolizeiaußenstelle Schleswig und bin zu euch versetzt worden. Dr. Starke wird dich informiert haben«, wandte sie sich an Christoph.

»Der hat wirklich etwas gegen uns«, stöhnte Große Jäger. »Dieser verdammte Sch…«

Den Rest seines Satzes verschluckte er vorsichtshalber aber doch.

»Herzlich willkommen«, begrüßte Christoph die Kollegin.

Hilke war achtunddreißig Jahre alt, verheiratet, hatte zwei Töchter und wohnte in Treia, einem Dorf zwischen Husum und Schleswig. Ihr Mann betrieb dort eine Landmaschinenwerkstatt. Das alles hatte Christoph aus Flensburg erfahren. Die selbstsicher auftretende Frau sollte das Husumer Team insbesondere im Sachgebiet Eigentumsdelikte verstärken.

Interessiert sah sie sich um. »Und wo soll ich sitzen?«

»Für dich hat der Chef ein Einzelzimmer herrichten lassen«, gab ihr Christoph zu verstehen. »Normalerweise hat jeder Kollege aus unserer Dienststelle einen eigenen Raum. Nur wir drei sitzen zusammen. Aus alter Gewohnheit und – es fördert auch die dienstliche Kommunikation.«

»Was heißt hier, jeder *Kollege* hat ein eigenes Zimmer. Was ist mit den Kolleg*innen*?«

»Mein Gott«, stöhnte Große Jäger auf. »Harm, drück mal bitte auf den Alarmknopf.«

Mommsen sah den Oberkommissar verständnislos an. Auch Christoph verstand ihn nicht.

»Mach schon«, stimmte Hilke Hauck ein und sah Mommsen an. »Drück schon auf den Knopf. Zickenalarm!«

Bis auf Große Jäger brachen alle in ein schallendes Gelächter aus.

Dann führte Christoph die neue Mitarbeiterin zu Polizeidirektor Grothe und machte sie mit anderen Angehörigen der Polizeiinspektion bekannt. Schließlich zeigte er ihr das für sie bereitgestellte Nachbarbüro.

Danach kehrte er zu seinem Schreibtisch zurück und nahm die Kopien der Akte aus Hessen zur Hand. Nach einigem Suchen fand er seine Vermutung bestätigt. Bei dem Banküberfall in Bad Vilbel, bei dem die Täter leichtfertig ihre Fingerabdrücke hinterlassen hatten, war ein Linkshänder beteiligt gewesen. Dann studierte er noch einmal den Bericht über den Mord an dem deutschen Kunsthändler in Lille. Die ballistischen Untersuchungen gingen davon aus, dass die aus kurzer Distanz abgefeuerte Kugel von einem Rechtshänder abgeschossen worden war. Auch den Bericht über den Bankraub in Dänemark las er sich durch. Dort war keine Aussage darüber enthalten, ob die Täter Links- oder Rechtshänder waren.

Christoph war sich sicher, dass es sich bei den beiden Unbekannten um jeweils einen Links- und einen Rechtshänder handelte. Erster war vermutlich in Reiches Wohnung erschlagen worden, wobei der Wohnungsinhaber der Täter war. Der Rechtshänder hatte später vor dem Palmengarten Reiche ermordet. Nun suchten sie die Leiche des Linkshänders und den flüchtigen Rechtshänder, der sich womöglich mit der Lufthansa ins Ausland abgesetzt hat.

»Ich werde jetzt nach Schleswig fahren und mir diesen Manfred Schöppe ansehen. Begleitest du mich, Harm?«, fragte er Mommsen.

»Das ist gut. Lasst mich hier sitzen. Und was soll ich machen, wenn die Zicke von nebenan über mich herfällt?«, wehklagte Große Jäger mit einer Miene, als hätte ihn alles Unheil dieser Welt gleichzeitig ereilt.

Christoph war Schleswig-Holsteiner, und er glaubte, sich im nördlichsten Bundesland auszukennen. Daher verwunderte es ihn auch nicht mehr, dass viele Straßen für die eher überschaubare Auslastung exzellent ausgebaut waren. Zwischen den im Vergleich zu Ballungsgebieten eher kleinen Zentren des Landes gab es ein hervorragendes Straßennetz, dass die weniger ausgebaute Infrastruktur der Schienenwege mehr als kompensierte. So kamen sie auf dem Weg zur Ostküste gut voran, auch wenn landwirtschaftlicher Verkehr und die am Vormittag anscheinend allgegenwärtigen Milchtankwagen ihn zwangen, die Geschwindigkeit zu drosseln. Wenige wie Wattebäuschen am Himmel hängende Wolken machten die Fahrt durch das Land fast zu einer Vergnügungsreise.

Schon von weitem war der Wikingerturm, das markante Hochhaus am Ende der Schlei, zu sehen. Mit seiner vieleckigen Bauweise und einem mehrstöckigen Aufbau ähnelte es ein wenig einem überdimensionierten Leuchtturm. Obwohl Ortskundige einen anderen Weg wählen, bog Christoph auf die alte Europastraße Richtung Rendsburg ab, um die ausgeschilderte Ausfahrt nach Schleswig zu nehmen. Rechts lag das markante Gebäude des Oberlandesgerichts, links, auf der Schleiinsel, Schloss Gottorf, das heute Sitz der Landesmuseen ist und die bedeutendsten Sammlungen zur Kunst, Kultur und Archäologie Nordeuropas in seinen Mauern beherbergt.

Sie überquerten die Schleibrücke. Ein leichter Wind kräuselte das Wasser, sodass es wie zerknittertes Stanniolpapier aussah. Die Silhouette der Stadt wurde durch den mächtigen Dom St. Petri überragt, der von einem zarten Dunstschleier umkränzt war. Der Weg führte weiter am Schleicenter, einer Einkaufspassage, vorbei, bis sie der Beschilderung zum »Holm« folgten.

Die alte Fischersiedlung »Holm« ist der älteste Teil Schleswigs.

»Wusstest du, dass ›Holm‹ dänisch ist und ›Insel‹ heißt?«, fragte Christoph Mommsen.

»Klar. Wir, hier knapp unterhalb der Grenze, sind alle zweisprachig groß geworden.«

»Heute gibt es keine Fischer mehr auf dem Holm.«

»Dafür andere interessante Mitbürger, deren Telefonnummer Bankräubern aus der Tasche fällt.«

Sie fuhren über das holprige Straßenpflaster und umrundeten den das Zentrum der Siedlung bildenden Friedhof mit der darin gelegenen kleinen Kapelle. Direkt an diesem Platz befand sich die Adresse, die sie aufgrund einer der Telefonnummern ermittelt hatten.

Das Haus war größer als die Mehrheit der idyllischen Giebelhäuser. Auch fehlten an der Vorderfront die typischen Rosenstöcke.

Die Haustür war verschlossen. Das schlichte Schild über der Türglocke wies auf die »Nordic Financial Consulting« hin.

Eine junge Frau öffnete ihnen. Die grellroten Haare, das übermäßig ausgeprägte Augen-Make-up und das Piercing durch die linke Augenbraue unterstrichen ihre jugendliche Erscheinung. Sie war sicher noch keine zwanzig Jahre alt.

»Wir möchten gern Herrn Schöppe sprechen«, sagte Christoph, ohne sich vorzustellen.

»Herr Schöppe?«, fragte sie zurück und ließ dabei das Kaugummi unablässig hin und her wandern, was die Beamten durch den offen stehenden Mund verfolgen konnten.

»Ja, Herr Schöppe.«

Sie zuckte mit den Schultern, als würde ihr der Name nichts sagen. Dann drehte sie sich aber doch um und warf über die Schulter zurück: »Kommen Sie mit.«

Gleich rechts vom niedrigen Flur führte eine nur angelehnte Tür in ein Büro, in dem drei Schreibtische standen. Der Raum mit den blank gescheuerten, fast weißen Dielenbrettern war zweckmäßig eingerichtet, ohne den Hauch besonderer Exklusivität zu vermitteln, den Vermögensberatungen oft und gern gegenüber Interessenten und Kunden zur Schau stellen.

An einem der Arbeitsplätze saß ein schlanker Mann mit Harry-Potter-Brille. Er hatte einen glatt rasierten Schädel, der gegen die helle Deckenbeleuchtung den ersten Schimmer des nachwachsenden Haares zeigte. Er blickte nur kurz auf, sagte »Hallo« und widmete sich wieder seinem Computer.

Von einem Schreibtisch am anderen Ende des Raumes sah sie eine zierliche Frau mit kurzen blonden Haaren an. Ihr Alter war schwer zu schätzen. Sie mochte Anfang dreißig sein. Da das junge Mädchen, das sie hereingelassen hatte, keine Anstalten machte, sich weiter um die Besucher zu kümmern, ging Christoph auf die Frau in der Ecke zu.

»Wir hätten gern Herrn Schöppe gesprochen.«

»In welcher Angelegenheit?«

»Persönlich.«

»Einen Herrn Schöppe gibt es hier nicht.«

Christoph und Mommsen wechselten rasch einen Blick. Die Telefonnummer hatte sie an diese Adresse verwiesen. Lag ein Irrtum vor?

»Wer sind Sie überhaupt?«, fragte die energische Frau. Sie hatte sich bisher allerdings auch nicht vorgestellt. Mit einem langen Blick musterte sie die beiden Beamten.

»Mein Name ist Johannes von der Kripo Husum. Das ist mein Kollege Mommsen.«

»Können Sie sich ausweisen?«

Christoph reichte ihr seinen Dienstausweis, den sie gründlich studierte. »Darf ich auch Ihren Namen erfahren?«

Sie gab ihm den Ausweis zurück.

»Richter«, stellte sie sich vor.

Im Hintergrund klingelte das Telefon. Der junge Mann nahm das Gespräch entgegen. Mit einem Ohr hörte Christoph, wie er ein paar Fragen stellte und dann von einer »außergewöhnlich guten Anlageform mit extrem profitabler Rendite« sprach. Auch Frau Richter hatte mitbekommen, dass die beiden Beamten Bruchstücke des Gespräch aufschnappten. Sie erhob sich von ihrem Arbeitsplatz.

»Folgen Sie mir bitte«, bat sie und führte die Besucher durch die Diele in einen anderen Raum. Dieser unterschied sich in jeder Hinsicht vom zweckdienlich eingerichteten Büro. In der Mitte stand ein wuchtiger, von unten indirekt beleuchteter Besprechungstisch. Um ihn herum waren schwere Lederstühle gruppiert. In der Mitte der Edelholzplatte mit den ausgelassenen Glasscheiben zierte ein üppiges Blumenbukett das gediegene Ambiente. An den Wänden hingen Grafiken, die einzeln von Strahlern ausgeleuchtet wurden. Wenn die Bilder andersherum aufgehängt wären, würde es mit Sicherheit keiner bemerken, dachte sich Christoph bei Betrachtung der sehr abstrakten Motive.

Frau Richter bot Ihnen keinen Platz an. Sie setzten sich ohne Aufforderung.

»Wir haben zuverlässige Informationen, dass sich Herr Schöppe hier aufhält.«

Sie verlor das erste Mal etwas von ihrer Selbstsicherheit. »Woher haben Sie diese – wie sagten Sie? – Informationen?«

Christoph ging nicht auf ihre Frage ein. »Welche Funktion haben Sie in diesem Unternehmen?«

»Ich bin hier angestellt.«

»Dann hätten wir gern den Geschäftsführer gesprochen.«

»Das ist nicht möglich.«

»Wieso nicht?«

»Die Geschäftsführerin ist nicht da.«

»Geschäftsführerin? Eine Frau? Wie heißt die Dame?«

Sie zögerte. Es war ihr sichtlich unbehaglich, mit den beiden Polizisten zu sprechen.

»Frau Richter. Es stellt für uns kein Problem dar, die gewünschten Informationen zu erhalten. Abgesehen davon sind diese Angaben jedermann zugänglich, zum Beispiel im Handelsregister. Und wir bekommen die Auskünfte sogar telefonisch.«

Das sah sie ein. »Frau Bruck-Hersanger ist unsere Chefin.«

»Vorname?«

»Sabine.«

»Und wann können wir Frau Bruck-Hersanger sprechen?«

Frau Richter nagte an ihrer Unterlippe. Sie war sich unschlüssig, welche Informationen sie preisgeben sollte. »Sie hat Urlaub.«

»Wann wird sie zurück sein?«

»Das hat sie nicht mit mir abgestimmt.«

»Haben Sie die Privatadresse von Frau Bruck-Hersanger?«

»Ja. Sie wohnt hier in Schleswig. Im Wikingerturm.«

Mehr war nicht in Erfahrung zu bringen.

Sie verließen das Haus und wollten in ihren Wagen einsteigen, als Christoph stutzte. Auf der anderen Seite des Friedhofs bemerkte er einen Mann, der sie mit einem Feldstecher beobachtete. Der Fremde hatte sich auf dem schmiedeeisernen Geländer abgestützt, das das Grabfeld einfriedete. Er hatte Christophs Zögern registriert, das Fernglas von den Augen genommen und sich umgedreht.

»Jetzt interessiert mich aber, wer uns ständig beobachtet.« Auch Mommsen hatte den Mann entdeckt. Der junge Kommissar sprintete los und versuchte das Zentrum des Holms zu umrunden, während Christoph ins Auto sprang. Doch auch der Fremde hatte schnell reagiert und sich hinter das Lenkrad seines Fahrzeugs geschwungen, dessen Tür offen stand. Christoph glaubte, den BMW wiederzuerkennen, der ihnen bei ihrer Fahrt nach Heide gefolgt war. Der Motor des Wagens heulte auf und schoss mit quietschenden Reifen in Richtung Südholm davon. Einen Herzschlag später war er in der kleinen Gasse mit dem Kopfsteinpflaster verschwunden. Christoph umrundete den Kirchplatz und ließ Mommsen zusteigen, der durch seinen Zwischenspurt ein wenig außer Atem geraten war.

»Hast du etwas erkennen können? Das Kennzeichen?«

»Nein, tut mir Leid. Dafür war er zu schnell. Es war ein dunkelblauer BMW aus der Dreierreihe. Vom Kennzeichen habe ich nur erkennen können, dass die Ortskennung bloß ein Zeichen umfasste.«

»Also kein Schleswig-Holsteiner«, stellte Christoph fest. »Bei uns haben alle Kennzeichen mindestens zwei Buchstaben. Und Hamburg war es auch nicht.«

»Merkwürdig. Wer hat ein Interesse daran, der Polizei zu folgen?«

»Das würde ich auch gern wissen. Zumindest kann er sich unserer vollen Aufmerksamkeit sicher sein.«

»Unerfahren scheint unser Verfolger nicht zu sein«, meinte Mommsen. »Es ist uns nicht gelungen, ihm nahe zu kommen.«

»Wenn er aber ein wirklich guter Profi wäre, hätten wir ihn nicht bemerkt. Entweder will er, dass wir wissen, das er uns folgt, oder er ist doch nicht so geschickt, wie wir unterstellen.«

Da es zwecklos war, in dem ihnen nicht vertrauten Gewirr von Gässchen die Verfolgung aufzunehmen, fuhren sie zurück durch die Stadt zum Wikingerturm, jenem markanten Hochhaus am Ende der Schlei, das auch ohne Navigationssystem nicht zu verfehlen war.

An der verschlossenen Haustür fand sich eine Unmenge von Namensschildern. Auch Bruck-Hersanger war darunter. Die Betätigung der Klingel blieb unbeantwortet. Nach einer Weile kam ein älterer Mann im grauen Kittel, der ein wenig abseits den Weg fegte, zu ihnen herüber.

»Zu wem möchten Sie?«, fragte er und stützte sich dabei auf dem Besenstiel ab.

»Zu Frau Bruck-Hersanger«, antwortete Mommsen. »Vielleicht hört sie die Türglocke nicht. Können Sie uns öffnen?«

»Kein Problem«, erwiderte der Hausmeister freundlich. »Vierundzwanzig«, ergänzte er noch hilfsbereit und meinte damit die Etage.

Der Fahrstuhl trug sie mit einem leichten Surren nach oben. An den einzelnen Wohnungstüren waren aber keine Hinweise auf den Wohnungsinhaber angebracht. Sie klingelten an mehreren Türen, bis ihnen geöffnet wurde.

Eine Frau, deren Alter nur schwer zu bestimmen war, öffnete. Das seidig glänzende blonde Haar fiel locker auf die bloßen Schultern. Dem fein geschnittenen Gesicht sah man an, dass es mit gekonnter Hand geschminkt war. Lidschatten unterstrichen den Ausdruck der großen Augen, die wie zwei dunkle Seen beidseits der geraden Nase lagen. Wenn nicht schon Gesicht und Haare eine Komposition waren, die den Blick auf sich zogen, so wären die Augen des Gegenübers spätestens am tief ausgeschnittenen Dekolleté hängen geblieben, das nur knapp verbarg, was Titelseiten und Aufklappbilder von Herrenmagazinen gern präsentieren. Lediglich das Parfüm, das gleich nach dem Öffnen der Tür den Hausflur füllte, wirkte eine Spur zu aufdringlich. Mit einem Augenaufschlag, der ein wenig Erstaunen ausdrückte, sah sie auf die beiden Beamten.

»Hei! Wieso zwei?«

Während Mommsen ein wenig irritiert aussah, hatte Christoph verstanden, dass die Dame Besuch erwartete, aber nur einen Herrn. Einen Kunden. Er unterdrückte ein leichtes Schmunzeln.

»Wir wollen zu Frau Bruck-Hersanger. Oder Herrn Schöppe«, erklärte Christoph.

Ein Aufatmen ging von der Blondine aus.

»Sabine und Manfred wohnen dort drüben.« Sie zeigte mit ihrer manikürten schlanken Hand auf die Tür einer schräg gegenüber liegenden Wohnung. »Ich glaube aber, sie sind nicht zu Hause. Sabine scheint verreist zu sein. Manfred habe ich heute schon gehört. Versuchen Sie es einmal auf seinem Boot.«

»Wo finden wir das?«

»In der Marina, die zum Haus gehört. Dort liegt es. Ein weißes Segelschiff, etwas größer. Sabine II heißt es.«

»Vielen Dank. Und Ihr Name ist?«, wollte Christoph wissen.

Sie spitzte die Lippen zu einem Herzen. Es sah aus, als würde sie Christoph einen Kuss zuhauchen wollen. »Celine. Einfach Celine. Mich kennt man hier unter diesem Namen.«

Die beiden Beamten fuhren wieder ins Erdgeschoss hinab. Als sie den Wikingerturm verließen, sah der Hausmeister von seiner Beschäftigung auf.

»Nicht da?« Als Christoph nickte, bewegte er den Kopf in Richtung Schlei. »Versuchen Sie es mal auf seinem Boot.«

Christoph tippte sich in Ermangelung einer Kopfbedeckung kurz an den Haaransatz, was anstelle einer verbalen Antwort »Danke« sagen sollte. In diesem Teil des Landes verstand man sich auch ohne viele Worte.

*

Vor dem weißen Hintergrund der gekalkten Wand wirkte das Foto des palmenbesäumten Südseestrandes mit den lachenden Mädchen wie ein bunter Farbklecks. Doch selbst die Kalenderüberschrift »Die schönsten Strände der Welt« konnte Große Jäger nicht aufheitern. Bereits zwei Kollegen hatten ihren Kopf zur Tür hereingestreckt und seine ohnehin nicht beste Stimmung noch mehr vermiest. Gottlob war Hilke Hauck noch nicht erschienen.

»Hast du beim Knobeln verloren, dass du freiwillig am Schreibtisch sitzt?«, hatte der letzte Besucher gefrotzelt, als er das Büro nur durch den Oberkommissar besetzt sah. Das war die pure Bösartigkeit gewesen. Denn mit den auf der Schreibtischschublage geparkten Füßen, der brennenden Zigarette in der einen und dem Kaffeebecher in der anderen Hand sah Große Jäger nicht so aus, als würde er sich mit Akribie der Erledigung der Schreibtischarbeit widmen. Das Land unterhält einen sooo großen Justizapparat. Warum sollte ausgerechnet er gaaanz allein alle administrativen Arbeiten erledigen. So schien es ihm zumindest. Bei allem Groll war er sich bewusst, dass er alles andere als objektiv war. Aber wenn er Interesse am Verschieben von Papierbergen gehabt hätte, so hätte sich für ihn sicher in der Landesfinanzverwaltung auch noch ein gemütliches Plätzchen gefunden. Seine Vernunft sagte ihm, dass es ohne Administration und Akten nun einmal nicht ging. Er war sich aber sicher, dass seine Eltern zu keinem Zeitpunkt die Absicht gehabt hatten, ein Wunschkind namens Wilderich Remigius Große Jäger in die Welt zu setzen, damit dieses an der Nordseeküste in Formularen und Vorschriften ertrinken würde. Nein, der liebe Gott war schon ein weiser Mann. Dafür hatte er Wesen wie Christoph oder Mommsen erfunden und sie mit der Gabe, bei Aktenstaub nicht husten zu müssen, ausgestattet. Schließlich hatten alle bedeutenden Menschen, Politiker oder Manager, eine Sekretärin, die ihnen die lästige Arbeit abnahm. Dazu musste man aber wirklich eine bedeutende Persönlichkeit sein. Und so vermessen war er nicht, sich dazuzuzählen.

Im Fuß spürte er immer noch die Folgen von »Blödmanns« Biss. Der Happs war nicht so schlimm, dass Große Jäger wirklich darunter litt. Vielmehr bekümmerte ihn, dass seine beiden Kollegen seiner »Verwundung« nicht die nötige Aufmerksamkeit schenkten. In dieser Hinsicht ähnelte er einem kleinen Kind, dass nach einem Sturz auf das Pflaster nur dann lautstark zu brüllen begann, wenn in der Nähe Personen weilten, auf die das Geschrei Eindruck machte, sonst die Schramme im Knie aber klaglos wegsteckte.

Große Jäger schlürfte vernehmlich an seinem Kaffeebecher, aber auch das saugende Geräusch füllte ihn nicht wieder mit Inhalt. Heute hatte sich alles gegen ihn verschworen. Die Kanne in der Maschine war schon lange leer, und niemand war da, der frischen Kaffee aufbrühte. Der Oberkommissar griff zum wiederholten Mal zur Tageszeitung, die er schon von hinten bis vorne durchgelesen hatte, und blieb bei den Kleinanzeigen hängen. Ein buntes Durcheinander unterschiedlicher Gesuche und Angebote füllte einträchtig nebeneinander die Zeilen.

»Sofortkredit ohne Auskunft. Auch in aussichtslosen Fällen«, sprang ihm eine Annonce ins Gesicht. Es fehlte jegliche Angabe zum Unternehmen. Lediglich eine Telefonnummer mit 0190 sowie eine Internetadresse waren als Kontaktmöglichkeit angegeben. Gelangweilt rief er die Website auf. Außer der Wiederholung der Schlagzeile aus der Zeitungsanzeige gab es keine weiteren Informationen, wie der geheimnisvolle Finanzzauberer alle Probleme von in Not geratenen Menschen lösen wollte, schon gar nicht, weshalb dort Hilfe und Kredite für jene versprochen wurden, denen Unterstützung bei jedem herkömmlichen Kreditinstitut versagt werden. Gegen Bekanntgabe der eigenen Adresse wurden unverbindliche und kostenlose weitere Informationen zugesagt. Mit einem Finger über der Tastatur kreisend tippte Große Jäger seinen Namen ein, dazu seine Anschrift: Husum, Herzog-Adolf-Straße. Nachdem er den Button zur Datenfreigabe angeklinkt hatte, kehrte der Bildschirm in seine Ausgangsposition zurück.

»Nun bin ich gespannt, welchem Unbekannten ich meine Daten anvertraut habe«, überlegte der Oberkommissar. Es würde ein Leichtes sein, zu verfolgen, wie seine persönlichen Angaben durch den Datenäther kreisen würden. Er hatte sich mit »Erich Jäger« eingetragen.

Dann griff er zum Telefon, rief die Polizeiinspektion Heide an und verlangte die Kollegin Neubert zu sprechen. Doch die charmante Kommissarin von der Schutzpolizei hatte dienstfrei. Große Jäger ließ sich mit der Kripo verbinden.

»Raschke.«

Er kannte den Hauptkommissar von der benachbarten Dienststelle. Ein unscheinbarer Enddreißiger, der nicht nur wie ein braver Familienvater wirkte, sondern auch begeisterter Familienmensch war. Raschke galt als besonnener und erfahrener Polizist. Sie wechselten ein paar belanglose Worte, bis Große Jäger fragte: »Habt ihr schon Ergebnisse hinsichtlich der Fingerabdrücke aus dem Imbisswagen von Dugovic?«

»Ja, die liegen vor. Ich wollte mich auch in Kürze bei euch melden. Auf der Publikumsseite finden sich eine Unmenge von Abdrücken, die wir aus praktischen Gründen nicht einzeln aufgenommen und verfolgt haben. Wir hätten sonst eine Kopie des Einwohnermelderegisters von Heide. Im Wagen selbst gab es verschiedene Abdrücke. Wir konnten aber nur die von Dugovic zuordnen.«

»Also keine Übereinstimmung mit Abdrücken von unserem Mordfall in Husum oder mit denen aus Leck?«

»Nein, sorry. Nichts. Die haben wir genauso verglichen wie jene von den Banküberfällen, die ihr ins Netz gestellt habt.«

»Dumm. Das wäre zu schön gewesen, wenn es Übereinstimmungen gegeben hätte.«

»Ich fürchte, ihr müsst noch ein wenig weitersuchen. Viel Erfolg.«

»Glaube ich auch. Na, jedenfalls wart ihr in Heide diesmal schneller als bei der letzten Landtagswahl.«

»Wieso?«

»Als ganz Deutschland auf den Ausgang des spannenden Kopfan-Kopf-Rennens wartete und alle Hochrechnungen versagten – es ging schließlich nur um eine Hand voll Stimmen – habt ihr die Medien bis kurz vor Mitternacht beschäftigt, weil Dithmarschen als Letztes mit der Auszählung eintrudelte.«

»Man kann nicht immer der Erste sein«, antwortete Raschke. »Es reicht doch hin, wenn die Polizei in Dithmarschen immer vornweg ist.«

Große Jäger legte den Hörer auf die Gabel zurück. Jetzt hätte er gern einen Kaffee getrunken. Aber bevor er sich der Mühe unterzog, ihn selbst zuzubereiten, wollte er versuchen, eine Tasse in einem der benachbarten Büros zu schnorren, wenn auch nicht gerade bei Hilke Hauck. Mit einem Seufzer schwang er sich auf und verließ mit seinem Trinkbecher in der Hand das Büro.

*

Der leichte Wind kräuselte die Schlei. Die Oktobersonne wurde von der Wasseroberfläche reflektiert und hatte noch so viel Kraft, dass es angenehm warm war. An den Stegen waren zahlreiche Boote vertäut, deren Taue beim Schlagen gegen das Aluminium der Masten sich zu jenem Klangbild vereinigten, das typisch für Sportboothäfen ist.

Die »Sabine II« lag fast am Ende des Stegs. Sie war größer als viele Nachbarboote und maß über zwölf Meter. Der Alubaum ragte hoch in den Himmel empor. Baumniederholer, Fock, Genua, Großsegel, Rollfockeinrichtung und Selbstwendefock. Der Eigner ließ sich sein Hobby etwas kosten. Das Cockpit war mit einer festen Windschutzscheibe ausgestattet. Es war ebenso wie Gangborden, Vorschiff und Badeplattform mit Teak ausgelegt. Sogar eine Seereling war vorhanden.

Vom Steg aus sahen die beiden Beamten, dass die Luke zum Salon geöffnet war.

»Hallo?«, rief Mommsen. Nach einer Weile tauchte der Kopf eines Mannes auf und sah sie fragend an.

»Herr Schöppe?«

Der Mann kam jetzt ganz zum Vorschein. Er war groß gewachsen und hatte eine schlanke, sportliche Figur. Eine helle Jeans und das Poloshirt eines Edelschneiders verdeckten seinen Waschbrettbauch, dessen Abbildung mit Sicherheit gut in ein Lifestyle-Magazin gepasst hätte. Die raspelkurzen blonden Haare über dem sonnengebräunten Gesicht mussten echt sein, den sie passten in der Farbe zu denen auf den muskulösen Unterarmen, die jetzt auf der Schanz des Cockpits auflagen. Er sah die beiden Beamten an, ohne zu antworten.

»Sind Sie Herr Schöppe?«

Statt die Frage zu beantworten, gab er zurück: »Mit wem habe ich die Ehre?«

»Johannes. Das ist mein Kollege Mommsen. Wir sind von der Kripo.«

»Kripo?«

»Wollen Sie mir nun endlich verraten, ob Sie Herr Schöppe sind?«

»Was will denn die Kripo?« Er legte eine Pause ein. »Ja! Ich bin es.«

»Wir möchten gern mit Ihnen sprechen.«

»Worüber?«

»Können wir das nicht auf eine andere Weise machen, als uns quer über das Wasser zu verständigen?«

»Meinetwegen. Kommen Sie an Bord.«

Die beiden Beamten kletterten an Deck der Yacht. Schöppe wies auf den Niedergang. »Bitte.«

Der Salon war ebenfalls mit Teak ausgestattet. Auf viele Menschen hätte die zweifellos elegante Ausstattung Eindruck gemacht. Christoph hingegen fühlte sich wie in einer Zigarrenkiste. Über diesen Eindruck täuschte auch nicht hinweg, dass es im Inneren des Bootes an nichts mangelte. Auf engstem Raum befanden sich all jene Dinge, die das Leben angenehm und unterhaltsam machten. Von der Audio- und Videoanlage bis hin zum Barfach mit integriertem Kühlschrank war alles vorhanden.

Der Salon war so großzügig bemessen, dass selbst der hoch gewachsene Mommsen aufrecht stehen konnte.

Schöppe schenkte sich aus einer Thermoskanne einen Kaffee ein. Nach dem ersten Schluck sah er auf.

»Oh, Verzeihung. Darf ich Ihnen auch etwas anbieten? Einen Kaffee? Ein Wasser? Ich vermute, zu dieser Tageszeit trinken Sie noch keinen Alkohol.«

»Nein, vielen Dank. Herr Schöppe, kennen Sie einen Frank Reiche? Aus Leck?«

Schöppe sah Christoph an, ohne mit der Wimper zu zucken. Er ließ sich mit der Antwort genau so viel Zeit, wie man vermutlich zum Überlegen benötigt. Dann schüttelte er leicht den Kopf. »Bedaure. Aber der Name ist mir nicht geläufig.«

Christoph kramte in seiner Jackentasche und zog ein Foto des Ermordeten hervor. Er legte es vor Schöppe auf den Salontisch. Dann beobachtete er das Gesicht seines Gegenübers.

Der Mann nahm das Bild auf, betrachtete es eine Weile und schob es Christoph zurück. »Ich glaube, ich habe den Mann nie gesehen.«

»Was heißt: Sie glauben?«

»Nun, ja. Uns begegnen so viele Menschen, dass man unmöglich jedes Gesicht behalten kann. Ich kenne eine Unmenge Leute. Manchmal ist es peinlich, dass mir jemand gegenübersteht, dem ich schon begegnet bin, aber mehr als ein ›Hallo‹ bringe ich nicht hervor, weil mir partout der Name nicht einfallen will. Kennen Sie dieses Phänomen?«

Schöppe sprach in einem ruhigen Plauderton. Er hatte eine wohlklingende Stimme. Die Aufmachung, die ganze Erscheinung verkörperte den erfolgreichen Mann, der sich seiner Wirkung auf andere bewusst ist. Auch wenn er auf den ersten Blick wie ein smarter Sonnyboy schien, ließ er keinen Zweifel daran, dass er in harten geschäftlichen Verhandlungen gestählt war. Seine Cleverness erkannte man daran, dass er geschickt das Gespräch lenkte, indem er beiläufig zu einem anderen Thema wechselte.

»Sagen Ihnen denn folgende Namen etwas: Auhagen aus Husum, Dugovic aus Heide oder Schmidt aus Apenrade?«

In Schöppes Augen funkelte es, so, als würde er sich über Christophs Fragen amüsieren. »Können Sie die Namen noch einmal wiederholen?«

Nachdem Christoph die Bitte erfüllt hatte, wiegte der Mann seinen Kopf. »Nein. Auch diese Namen sagen mir nichts. Wer soll das sein? Und in welchem Zusammenhang stehen diese Namen mit meiner Person?«

Langsam verstand Christoph Schöppes Gesprächstaktik. Er ging nicht auf Schöppes Einwand ein.

»Ein schönes Schiff haben Sie.«

Die Antwort bestand im legeren Anheben der rechten Hand.

»Ich schätze, Sie haben eine Segelfläche von mindestens achtzig Quadratmetern.«

»Sie haben ein gutes Auge. Genau sind es siebenundachtzig. Verstehen Sie etwas vom Segeln?«

Wieder eine Frage. Dabei musterte er Christoph eindringlich, als würde er ihn taxieren, um herauszufinden, ob ein Beamter etwas vom Segeln geschweige denn von Schiffen dieser Größenordnung verstand.

»Da können Sie als Eigner aber stolz sein. Ich schätze, unter einhunderttausend Euro bekommen Sie so ein Schmuckstuck nicht.«

Belustigt lehnte sich Schöppe zurück. Seinem Gesichtsausdruck konnte Christoph entnehmen, dass der Mann glaubte, ihn entlarvt zu haben. Christoph hatte ihn dorthin geführt, wo Schöppe sich überlegen fühlte. »Hunderttausend? Dafür ist das gute Stück nicht zu haben. Das Dreifache müssen Sie schon hinlegen.« Der Mann klopfte mit der flachen Hand leicht auf die Tischplatte. »Deutsche Wertarbeit. Drüben, an der mecklenburgischen Küste, dort gibt es noch Werften, die so etwas bauen können, obwohl die Polen mächtig Konkurrenz machen. Aber wie kommt es, dass Sie sich fürs Segeln interessieren?«

»Ich bin Kieler«, wich Christoph aus. »Gehen Ihre Geschäfte so gut, dass Sie sich ein solches Vergnügen leisten können?«

Als hätte jemand einen Schalter umgelegt, änderte sich Schöppes Gesichtsausdruck.

»Ich bin nicht der Eigner. Aber wollen Sie mir nicht endlich verraten, was Sie zu mir führt?«

Doch Christoph wollte nicht vom geheimnisvollen Zettel mit den verschlüsselten Telfonnummern berichten. »Ich vermute, das Schiff gehört Frau Sabine Bruck-Hersanger?«

Die Antwort schob Schöppe nur zwischen einem Lippenspalt hervor. »Ja.«

»Ebenso wie die Dame hinter der Nordic Financial Consulting steckt?«

»Nein. Dort ist sie nur Geschäftsführerin, aber nicht Gesellschafterin.«

»Wem gehört das Unternehmen dann?«

»Das kann ich nicht sagen. Ich habe damit nichts zu tun.«

»Frau Bruck-Hersanger ist auch Besitzerin der Wohnung im Wikingerturm?«

»Das ist zutreffend. Aber warum fragen Sie mich das?«

»Sie selbst haben geschäftlich Schiffbruch erlitten. Mit Ihrem Betrieb mussten Sie Insolvenz anmelden.«

»Die Zeiten sind schwierig.« Schöppe bewegte die gepflegten Hände auseinander und ließ sie wieder auf seine Oberschenkel fallen. »Es gibt viele Unternehmen, die am Markt scheitern. Häufig ist es nicht Unvermögen der Geschäftsführung, sondern es sind widrige Umstände. Beispielsweise, wenn Kunden nicht zahlen und Liquiditätsengpässe eintreten.«

»Und dieser Umstand führte auch zur Insolvenz Ihres Unternehmens?«

Schöppe sah Christoph unbewegt an. Kein Muskel zuckte in seinem Gesicht.

»Gegen Sie ermittelt die Staatsanwaltschaft wegen Verdachts des Betrugs?«

»Aha, deshalb die Befragung.« Schöppe stand auf. »Ich glaube, Sie sollten jetzt gehen. Der Verdacht ist absurd. Aber ohne meinen Anwalt sage ich nicht.«

Wenigstens verwies er auf seinen Anwalt, dachte Christoph. Was wäre gewesen, wenn Schöppe gesagt hätte: Ohne meinen Reiseveranstalter sage ich nichts, wie es manche Protagonisten in einem Fernsehwerbespot machen.

Christoph machte keine Anstalten, sich zu erheben.

»Wir sind weder vom Wirtschaftsdezernat, noch ermitteln wir wegen Betrugs.«

»So, kommen Sie von der Verkehrspolizei?«

»Nein, wir sind von der Mordkommission«, erlaubte sich Christoph einen kleinen Schwindel. Das zeigte Wirkung. Schöppe nahm wieder Platz.

»Mordkommission?«, fragte er ungläubig. »Und was habe ich damit zu tun?«

»Sie sind eine unserer Spuren. Können Sie uns sagen, wie wir Frau Bruck-Hersanger erreichen können?«

»Die macht gerade mit Freunden einen Segeltörn in der Südsee«, antwortete Schöppe irritiert. »Das wird auch noch eine Weile dauern, bis sie wieder hier ist.«

Die beiden Beamten ließen einen in seiner Selbstsicherheit arg getroffenen Mann auf der Segelyacht zurück.

Auf dem Weg zum Parkplatz sahen sie den Hausmeister, der immer noch mit Fegen beschäftigt war. Christoph steuerte auf ihn zu.

»Ist Ihnen heute ein dunkler BMW aufgefallen?«, fragte er den Mann im grauen Kittel.

»Warum?«

»Wir sind Berater einer Versicherung. Und ein missgünstiger Kollege der Konkurrenz bespitzelt uns, um uns die Kunden abzujagen«, log Christoph. Der Hausmeister fühlte sich durch diese Anmerkung eingeweiht. Er beugte sich etwas zu Christoph vor und senkte die Stimme, als würde sie jemand bei diesem konspirativen Gespräch belauschen.

»Richtig. Da stand vorhin einer auf dem Parkplatz. Ein dunkelblauer Dreier. Kennzeichen Hannover. Da ist ein Mann ausgestiegen. Der kam mir gleich komisch vor. So ein älterer? Nicht zu dick? Dunkle Haare mit grauen Schläfen? Und einer Glatze mittendrin? Der schlich hier so merkwürdig herum. Und als ich ihn ins Visier genommen hatte, verkrümelte er sich schnell. Wissen Sie, Versicherungsleute mag ich nicht leiden.«

Dann sah der Hausmeister Christoph an und wurde sich bewusst, dass dieser sich auch als Vertreter ausgegeben hatte. »Entschuldigung. Aber eine bestimmte Art von Versicherungsleuten ist mir unsympathisch«, bemühte sich der Hausmeister um die Korrektur seiner abfällig klingenden Äußerung.

»Ist schon okay. Ich kann die auch nicht leiden. Außer ›Hannover‹ haben Sie nichts vom Kennzeichen behalten?«

Misstrauisch sah der Hausmeister Christoph an. »Nein, sollte ich? Was ist denn mit dem?«

»Danke, war nur so eine Frage.«

Als sie in ihren Wagen stiegen, sah Christoph, wie sich der Hausmeister ihr Kennzeichen notierte. Der Mann hatte dazugelernt.

»Merkwürdig. Warum bespitzelt uns jemand?«, meinte Mommsen.

»Wir sollten uns doch ernsthaft bemühen, die Identität unseres Schattens zu lüften.«

Mommsen lachte. »Das ist ja nicht weiter schwierig. In einem

Fernsehkrimi würde der Chef jetzt sagen: Harm, besorg den Namen des Halters. Es handelt sich um einen blauen Dreier-BMW aus Hannover. Das kann nicht weiter schwierig sein.«

»Richtig«, stimmte Christoph zu. »Und in einem Kriminalroman würde der Meisterdetektiv mit seinem Auto mit quietschenden Pneus eine Hundertachtzig-Grad-Wende hinlegen und seinerseits zum Jäger in einer spannenden Verfolgungsjagd werden. Wie schade, dass wir keine Romandetektive sind.«

Sie fuhren zurück nach Husum. Unterwegs wechselte Christoph vom Radio auf den CD-Player. Aus dem Lautsprecher drang der volle Sound einer Big-Band, die »Route 66« spielte. Etwas später war eine gelungene Interpretation von »The Lady is a Tramp« zu hören.

»Wer ist das? Es klingt weder nach einem Remake der großen Bands der Vierziger noch nach einer der mir bekannten wie beispielsweise Chris Barber.«

»Da kommst du nie drauf«, erwiderte Christoph. »Das sind unsere Kollegen.«

»Kollegen?«

»Ja. Die Big-Band der Landespolizei Schleswig-Holstein. Die CD heißt ›It's Showtime‹ und ist mittlerweile die dritte, die veröffentlicht wurde.«

»Und wie kommt man daran?«

»Ganz einfach. Die kannst du im Internet bestellen.«

*

Die Luft war zum Schneiden. Es roch nach abgestandenem Tabakqualm. Auf Große Jägers Schreibtisch herrschte das Chaos, wobei die Hälfte durch die zerfledderten Blätter der Husumer Nachrichten noch verdeckt wurde. Auf seinem Schreibtisch fand Christoph eine Nachricht vor. »Bin TROTZ VERLETZTEM Fuß im Gewerbegebiet und kümmere mich um den Einbruch im Baumarkt.«

Mommsen riss alle Fenster auf und leerte den überfüllten Aschenbecher vom Schreibtisch des Oberkommissars. Währenddessen bemühte sich Christoph, Große Jägers Handschrift zu entziffern. In Stichworten hatte dieser das Resultat seines Gesprächs mit der Kripo aus Heide hinterlassen.

»Welche Beziehung besteht zwischen den Leuten, deren Telefonnummern wir auf dem Zettel gefunden haben? Es hat den Anschein, als würden sie sich untereinander nicht kennen. Die einzige Verbindung besteht darin, dass alle Beteiligten nicht auf Rosen gebettet waren. Nur Schöppe passt nicht in dieses Schema. Er hat nicht den Eindruck erweckt, dass er am Hungertuch nagt.«

Mommsen kräuselte die Stirn, bevor er antwortete. »Obwohl er Insolvenz angemeldet hat und persönlich über kein eigenes Vermögen mehr verfügt.«

»Das gehört alles seiner Freundin, dieser Sabine Bruck-Hersanger. Es kann natürlich sein, dass Schöppe ihm anvertraute Gelder beiseite geschafft und auf einem uns unbekannten Weg seiner Freundin zugeschanzt hat. Sie ist nominell Eigentümerin von Yacht und sonstigem Vermögen, und er lässt sich formell aushalten. Hierzu werde ich mich mit der Staatsanwaltschaft Hamburg in Verbindung setzen, die gegen Schöppe ermittelt.«

»Merkwürdig ist auch, dass seine Freundin unerreichbar ist. Ein Drehbuchautor hätte sich jetzt einfallen lassen, dass die Gelder unter dem Namen der Frau verschoben wurden. Und dann hat Schöppe sie umgebracht und lebt vom Vermögen, das auf fremdem Namen geparkt ist. Uns spielt er vor, seine Bekannte wäre unerreichbar verreist. Aber das Thema hatten wir heute schon …«

»Leider, Harm, ist die Welt nicht immer so eindeutig schwarz und weiß. Mich würde interessieren, wo die offenbar unterschlagenen Gelder liegen und wer darüber verfügen kann. Das ist das Betrübliche bei uns. Finanzverwaltung und Sozialamt haben seit einiger Zeit Zugriff auf Informationen dieser Art. Aber uns sind sie nicht zugänglich. Uns fehlen zur Abrundung des Bildes noch zwei Kandidaten, die wir über ihre Telefonnummern identifiziert haben. Als Nächstes möchte ich mit dieser Anneliese Schmidt aus Aabenraa sprechen. Bevor wir uns aber aufmachen und in Dänemark ermitteln, werde ich Kontakt zu unserem Kollegen Bjarne Thorbensen in Ribe aufnehmen.«

Christoph rief den dänischen Polizeiinspektor an und schilderte ihm sein Anliegen, nachdem er zuvor die Hintergründe in Stichworten dargelegt hatte.

»Das ist überhaupt kein Problem«, kam es hilfsbreit zurück. »Dann treffen wir uns morgen um zehn Uhr in Aabenraa. Wenn du über die Autobahn reinkommst – du musst gleich das erste Schild mit die Abfahrt von das Ziel nehmen – dann fährst du einfach weiter bis zu der Parkplatz an der Ecke von Sønderjyllandshallen, wo die Gågade – ähh, die Fußgängerzone – links ist. Da treffen wir uns.«

»Und wie erkenne ich dich?«, fragte Christoph, der Thorbensen bisher nur vom Telefon her kannte.

Der Däne lachte. »Auch das ist kein Problem. Wir beide sind Polizisten. Da kann man sich nicht verfehlen. Falls doch – ich bin ein kleiner Dicker mit rote Haare und viele Sommersprossen.«

Es war erstaunlich, wie unkompliziert die Zusammenarbeit mit den dänischen Nachbarn funktionierte. Auf der anderen Seite der Grenze herrschte jener Pragmatismus im Umgang miteinander, der sicher auch durch die Leichtigkeit der skandinavischen Lebensart bestimmt wurde. Leider war diese auch einigen Persönlichkeiten zum Verhängnis geworden. Christoph dachte an Olof Palme, der wie jeder andere Bürger mit seiner Frau ein Kino besucht hatte und danach auf offener Straße ermordet wurde, oder an die schwedische Außenministerin Lindh, die die Mittagspause nutzen wollte, um in einem nahen Kaufhaus etwas zu besorgen. Wie tausend andere Beschäftigte. Christoph erinnerte sich auch an eine Episode aus Stockholm, in der König Gustav Adolf in einem Kaufhaus für seinen Sohn einen Computer zu Weihnachten erwerben wollte und der Verkäufer seinen König nicht erkannte. Erst der herbeigerufene Abteilungsleiter klärte das Missverständnis um die Kreditkarte auf. Lakonisch dazu der Kommentar des Kronprinzen, der von diesem Vorfall aus der Presse erfuhr: »Oh, jetzt weiß ich schon vor Heiligabend, was mir meine Eltern schenken werden.« Allein die Selbstverständlichkeit, einander zu duzen, erleichterte die Begegnung mit fremden Menschen. Es war die Unbekümmertheit der skandinavischen Lebensweise, die nördlich der Grenze vieles einfacher erscheinen ließ. Aber das half ihnen nicht weiter bei der Lösung der Probleme, die diesseits der Grenze vor ihnen lagen. Dann werde ich im Kleinen beginnen und meine ganz persönlichen Probleme in Angriff nehmen, dachte sich Christoph.

Als hätte eine Gedankenübertragung stattgefunden, läutete sein Telefon.

»Na, du Grummelbart. Bist du immer noch maulig?«, hörte er Anna Bergmanns Stimme.

»Wieso ich? Du hast doch zum verbalen Knüppel aus dem Sack gegriffen.«

»Wenn wir jetzt wieder erneut zu streiten beginnen, freut das nur die Telekom.« Sie ließ ein gurrendes Lachen hören. »Wollen wir die Meinungsverschiedenheit nicht lieber im Nahkampf ausfechten?«

»Eine gute Idee. Beim Italiener?«

»Nööh«, kam es gedehnt über die Leitung. »Ich mache uns was Schickes zum Abendbrot. So gegen acht bei mir?«

»Einverstanden. Was gibt es denn?«

»Schmachthaken – lass dich überraschen. Bis dann.« Er hörte noch das schmatzende Geräusch eines angedeuteten Kusses. Dann war die Verbindung unterbrochen. Gleich darauf meldete sich Frauke Dobermann.

»Ich wollte hören, ob es bei Ihnen in Husum etwas Neues gibt?«, fragte die Leiterin der Mordkommission.

Christoph berichtete ihr vom bisherigen Stand der Ermittlungen. Unerwähnt ließ er dabei, dass sie das Gefühl hatten, von einem Unbekannten beschattet zu werden. Eine solche Blöße mochte er sich nicht geben.

»Wir verfolgen die Spur in Richtung gemeinschaftlich begangenen Bankraub«, zeigte sich Frau Dobermann für ihre Verhältnisse erstaunlich kommunikativ. »Außer den bereits bekannten Tatsachen haben wir aber auch noch keine weiteren Erkenntnisse. Wichtig wäre es, die Identität des unbekannten Toten aus Reiches Wohnung zu lüften. Noch schöner wäre es, wenn wir die Leiche selbst finden würden.«

»Da stimme ich Ihnen zu. Wir wären auch schon glücklich, wenn wir das Motiv hätten. Oder einen Anhaltspunkt dafür, was die uns in diesem Fall bisher bekannten Menschen miteinander verbindet. Ich habe das Gefühl, dass die Betroffenen es selbst nicht wissen.«

»Wie geht es Ihrem Kollegen Mommsen?«, wechselte Frauke Dobermann das Thema. Christoph sah den jungen Kommissar an und erinnerte sich daran, wie die lebensfrohe Hauptkommissarin sich bei den Ermittlungen in ihrem letzten Fall Mommsen genähert hatte.

»Ich denke, es geht ihm gut. Er ist nicht nur dienstlich engagiert, sondern auch privat glücklich.«

»Das muss ein tolles Mädchen sein, das einen so smarten Mann wie Mommsen fesseln kann«, merkte sie an und schloss das Gespräch mit der Bitte, Mommsen einen Gruß auszurichten.

Christoph versuchte, das Amtsgericht in Schleswig zu erreichen, um vom dortigen Handelsregister etwas über die Eigentumsverhältnisse der Nordic Financial Consulting zu erfahren. Man wollte ihm jedoch telefonisch keine Auskünfte erteilen. Also rief er Oberstaatsanwalt Dr. Breckwoldt in Flensburg an. Kurz darauf meldete sich das Handelsregister und teilte ihm mit, dass die Geschäftsanteile des Unternehmens zu einhundert Prozent bei einem Dr. Reto Häfeli aus Vaduz in Liechtenstein lagen. Sabine Bruck-Hersanger war in der Tat nur als Geschäftsführerin eingetragen. Aus den amtlichen Unterlagen ging ferner hervor, dass es keine offiziellen Verbindungen zwischen Manfred Schöppe und dem Unternehmen gab.

»Na, bravo«, entfuhr es ihm, was Mommsen veranlasste, einen fragenden Blick in Christophs Richtung zu werfen. »Vielleicht kann ich etwas über die Kanzlei meiner Frau in Erfahrung bringen.«

Aber auch dieser Versuch war vergeblich. Seine Frau sei für zwei Tage geschäftlich verreist, erklärte ihm die Bürovorsteherin mit einem schnippischen Unterton, mit dem sie wohl ihre Verwunderung darüber ausdrückte, dass er als Ehemann davon nichts wusste. Den Sozius der Kanzlei wollte er mit dieser Fragestellung nicht behelligen.

Wieso ist Dagmar auf Reisen, ohne mir etwas davon zu erzählen?, fragte er sich. Dann aber wunderte sich selbst über sein Erstaunen. Es war doch merkwürdig, dass Männer durchaus für sich in Anspruch nehmen, ein kleines Abenteuer neben der Ehe genießen zu dürfen, aber voller innerer Anspannung sind, wenn bei ihnen der leise Verdacht keimt, dass ihre Frauen sich ähnliche Rechte erlauben.

Dann rief er seine Bank an und versuchte, über den Zweigstellenleiter etwas über das Schleswiger Unternehmen zu erfahren. Aber auch der Banker hielt sich bedeckt. Es würden ihm weder zugängliche Informationen noch Referenzen vorliegen. Dazu sei das Unternehmen auch zu neu im Markt. Man könne aber davon ausgehen, mutmaßte der Bankmensch, dass der Liechtensteiner Anwalt nur als Treuhänder fungiere. Aber wer stand dahinter? Manfred Schöppe, der angeblich mittellos war?

Den Rest des Nachmittags verbrachte Christoph damit, an anderen Fällen zu arbeiten. Mommsen litt ebenfalls nicht unter Minderbeschäftigung und versuchte, in Sachen »Schubser« weiterzukommen, indem er in zahlreichen Dateien wühlte, Täterprofile abglich und nach einschlägig vorbestraften Tätern suchte. Selbst der später ins Büro zurückkehrende Große Jäger machte sich halblaut fluchend über seine Tastatur her, nachdem er wortlos, aber mit einem kurzen Heben der Augenbraue bekundet hatte, dass er mit dem frisch zubereiteten Kaffee zufrieden war.

Christoph berichtete ihm von den Ereignissen des Tages.

Daraufhin knurrte Große Jäger nur: »Mal sehn, ob ich etwas rausbekomme« und fing an, quer durch die Weltgeschichte zu telefonieren.

Nach einer ganzen Weile und etliche Gespräche später lehnte er sich in seinem Bürostuhl zurück. »Ich habe gerade mit Ueli Punzenberger in Vaduz telefoniert.«

»Wer ist das?«

»Ein Mitarbeiter in der Kanzlei von Dr. Reto Häfeli, dem Anwalt aus Liechtenstein. Ich sage euch, den Mann will ich heiraten.«

»Häh?«

»Na, weil der so schweigsam ist. Das wäre die ideale Ehefrau. Der sagt kein Wort. Nicht einmal die Uhrzeit wollte er mir verraten.«

»Wir wollten doch nur wissen, ob Manfred Schöppe zu seinem Klientel gehört.«

»Vergebliche Liebesmüh. Eher knackst du das Geheimnis, wie in der Kieler Staatskanzlei beschlossen wird, welchen Hut Heide beim nächsten Staatsempfang zu tragen hat, als dass du ein Wort aus dem Mund des Treuhänders erfährst. Und jetzt mach ich Feierabend. Schließlich wartet jemand auf mich.«

Christoph warf einen raschen Blick auf Große Jägers Bein, das dieser theatralisch weit von sich gestreckt hatte. »Das ist doch nur ›Blödmann‹. Abgesehen davon ist Heides Hut jetzt reine Privatsache, und es ist von größerem Interesse, ob dein Chef Peter Harry oder Harry Peter heißt.«

»Und wer wartet auf dich? Blödfrau?«, entgegnete ein sichtlich gut gelaunter Oberkommissar.

Mit einem nicht ernst gemeinten Palaver über alle unwichtigen Dinge dieser Welt endete die Polizeiarbeit an diesem Dienstag.

*

Der Husumer Schachverein hat Tradition. Er besteht seit 1898. Und seit langem ist es Tradition, dass die Mitglieder durch junge Leute vom Theodor-Schäfer-Berufsbildungswerk verstärkt werden, die Freude am königlichen Spiel haben. Einer von ihnen war Markus Studt. In frühester Kindheit hatte eine Krankheit durch Lähmungen seine Beweglichkeit eingeschränkt und das Sprachzentrum beeinträchtigt. Gute Freunde und seine Bekannten hatten keine Probleme, den jungen Mann zu verstehen, während Fremde sich konzentrieren mussten, um die Artikulationen zu deuten. Dass Markus zwei Krücken zum Gehen nutzte, schränkte seinen Bewegungsdrang nur unerheblich ein. So war er auch heute allein im Zentrum von Husum unterwegs gewesen, hatte Besorgungen gemacht und still den Trubel der lebhaften Innenstadt genossen. Nach Geschäftsschluss war er noch kurz in einem Fast-Food-Restaurant gewesen, bevor er zum Übungsabend des Schachclubs fahren wollte. Sein Auto, das er auf dem Parkplatz hinterm Binnenhafen abgestellt hatte, gab ihm zusätzlichen Bewegungsspielraum.

Er sah auf die Uhr. Es war an der Zeit, aufzubrechen. Markus ging durch die Twiete, jene schmale Gasse, die von der Haupteinkaufsstraße zum Hafen hinunterführte. Niemand begegnete ihm im schmalen Durchlass. An der Schiffbrücke war es lebhafter. Hier, am zentralen Platz am Binnenhafen, flanierten noch Paare und waren auf dem Weg zu einer der zahlreichen Lokalitäten, die sich in Reichweite befanden.

Zurzeit herrschte Hochwasser, sodass im Licht der Straßenbeleuchtung das dunkle Wasser gespenstisch schimmerte. Das Restaurantschiff »Nordertor«, ein alter Dampfer, der einst im Personenverkehr zu den Inseln im Einsatz war, lag hell erleuchtet am Kai. Dunkel zeichnete sich gegenüber die Kulisse des neuen Rathauses ab, dessen Architektur nicht von allen als optimal auf die Umgebung abgestimmt gesehen wurde. Vereinzelt hasteten Menschen über die Hafenstraße, die einseitig bebaut war und deren andere Straßenseite die Kaimauer bildete.

Markus bog über die Fußgängerklappbrücke ab, die den Binnenhafen überquerte und zur anderen Seite mit den dahinter liegenden Parkmöglichkeiten führte. Auf den Bohlen war trotz des Gummistopfens das Tack-Tack seiner Krücken zu hören. Unter ihm gluckste das brackige Wasser, das bei Flut und einem Stand über Normalnull fast bis an die Brücke heranreichte.

Die südliche Seite des Hafens war mit einem Häuserblock bebaut, durch den ein Torweg zu den Parkplätzen führte. Der Durchbruch war nur spärlich beleuchtet.

Markus hatte ihn fast durchquert, als er hinter sich ein Geräusch hörte. Der junge Mann gehörte nicht zu den ängstlichen Naturen und war daher nicht beunruhigt, auch nicht, als er Schritte näher kommen hörte. Plötzlich wurde ihm die linke Krücke weggerissen, sodass er den Halt verlor und seitlich nach vorn stürzte. Noch im Fallen streckte er seine Arme voraus und versuchte sich abzurollen. So minderte er die Folgen des Sturzes. Noch ehe er sich umdrehen konnte, spürte er, wie sich jemand auf ihn warf, seine Arme festzuhalten suchte und sich eine Hand der Innentasche seiner Jacke näherte. Doch Markus wollte sich nicht kampflos ergeben. Er drückte mit dem Arm gegen den Angreifer und konnte den anderen zurückdrängen. Durch die langjährige Übung mit den Krücken verfügte der junge Mann über muskulöse Arme. Jetzt erkannte er, dass sein Widersacher ein Mann mit groben Gesichtszügen war, das Haar durch eine dunkelblaue Strickmütze verdeckt. Markus wehrte sich. Der Angreifer holte zu einem Schlag aus. Es sah aus, als wollte er Markus mit der Faust ins Gesicht schlagen, doch Markus war schneller. Blitzschnell hob er schützend den Arm hoch, sodass der Schlag ins Leere verpuffte. Jetzt ging der junge Mann in die Offensive. Mit der rechten Hand krallte er sich im Kragen der Jacke fest und zog daran. Dem anderen wurde die Luft eng. Nur durch eine gewaltige Kraftanstrengung konnte sich der Angreifer frei machen, rückte etwas von Markus ab und kam mühsam auf die Beine.

»Du verdammter Arsch«, rief der Angreifer, holte aus und trat mehrfach auf den nun hilflos am Boden liegenden jungen Mann ein, bevor er fluchend in Richtung des Hafenparkhauses verschwand.

Mühsam versuchte Markus, wieder auf die Beine zu kommen. Er sah sich um und bemerkte, dass der Unbekannte in einem Kel-

lerzugang auf ihn gelauert haben musste, der mitten in der Durch-
fahrt der Hafenhäuser zu den unteren Räumen führte.

Der junge Mann robbte zur Hauswand, lehnte sich gegen die
Mauer und wühlte sein Handy aus der Jackentasche. Dann rief er
über Notruf die Polizei an.

SECHS

Nach dem herrlichen Spätsommertag am Vortag war der Himmel heute grau verhangen, und ein leichter Nieselregen hing über der Stadt. Er war von jener unangenehmen Art, bei der man unschlüssig ist, ob man den Schirm aufspannen oder ungehütet durch die Nässe laufen soll. Offenbar saß Petrus auf irgendeiner Wolke und spielte mit einem feinen Zerstäuber »Nordfriesland benetzen«. Der Junge war doch mal Fischer gewesen, überlegte Christoph. Warum geht er nicht besser zum Angeln, wenn er sich zu dieser frühen Stunde langweilt. Glücklicherweise hatte der Regen die Laune von Anna Bergmann zumindest nicht getrübt. So hatte es Christoph in der vergangenen Nacht empfunden. Sollte es ruhig regnen, wenn Anna nur die Stimmung beibehalten würde, mit der sie ihn gestern empfangen hatte.

Christoph hatte zu Hause müde vor seinem Teebecher gesessen und das Frühstück auf später im Büro verschoben, als ihn der Anruf von Polizeirat Christiansen erreichte. Um acht Uhr war eine Lagebesprechung der Führungsgruppe der Polizeiinspektion bei Grothe angesetzt. Als Christoph das Büro des Polizeidirektors betrat, waren die meisten anderen Mitglieder des Stabes schon anwesend.

In gewohnter Weise verzichtete der Chef auf eine Begrüßung. Er zog noch einmal an seiner Zigarre, bevor er auf den erneuten Übergriff des »Schubsers« zu sprechen kam.

»Unsere Ermittlungen haben bisher keine Erfolge erzielen können. Die Bevölkerung ist verunsichert. Das können wir nicht länger dulden. Wie ist der Stand der Dinge?« Dabei sah er Christoph fragend an.

»Wir haben bisher keine einzige verwertbare Spur. Es gibt nur die einander widersprechenden Zeugenaussagen der Opfer. Mit einer Ausnahme hat es auch nie einen Dritten gegeben, der die Überfälle beobachtet hat. Und die Fingerabdrücke, die wir auf den Einkaufstaschen von Frau Rieke Christensen feststellen konnten, das ist die Frau, die auf dem Friedhof niedergeschlagen wurde, haben zu keinem Ergebnis geführt. Der Täter steht nicht in unserer Datei.«

Grothe zeigte mit seiner Zigarre auf Polizeirat Christiansen, den Leiter des Husumer Reviers.

»Wir haben sofort nach der Alarmierung die Gegend um die Tatorte mit allen zur Verfügung stehenden Beamten abgesucht, aber in keinem Fall etwas Verdächtiges entdecken können. Alle Kolleginnen und Kollegen sind angewiesen, auf besondere Vorkommnisse zu achten und ihr Augenmerk auf Personen zu richten, in denen wir den ›Schubser‹ vermuten könnten. Verschärfte Personenkontrollen haben in Einzelfällen zu Unmutsäußerungen geführt, wenn wir aber erklärt haben, weshalb wir restriktiver vorgehen, sind wir überwiegend auf Verständnis gestoßen.«

»Wir sind mit unseren Kapazitäten ebenfalls eingebunden«, mischte sich Polizeirat Behr ein. Er war der Leiter des Polizeibezirksreviers, das für die Verkehrsüberwachung, den Umweltschutz, insbesondere aber für zivile Streifenkommandos und die allgemeine Unterstützung der anderen Polizeidienststellen zuständig war.

»Ich möchte, dass die Streifen verstärkt werden. Wir müssen alles Erdenkliche unternehmen, um die Sicherheit in diesem Punkt wieder herzustellen.«

Die beiden Polizeiräte mit ihrem goldenen Stern auf den Schulterklappen sahen sich an. Es hatte den Anschein, als wollte Christiansen etwas erwidern. Dann schwieg er aber doch. Jeder wusste, dass man sich den Worten Grothes nicht widersetzt.

»Ich möchte in diesem besonderen Punkt jeden Morgen einen aktuellen Sachstandsbericht«, schloss der Polizeidirektor das Treffen ab. Dann griff er zu einem Aktendeckel, der auf der Arbeitsfläche seines Schreibtisches lag, und blätterte darin. Allen Anwesenden war klar, dass die Besprechung damit abgeschlossen war.

Im Büro traf Christoph Mommsen an. Große Jäger war noch nicht erschienen.

»Ich fahre jetzt nach Apenrade und treffe mich mit unserem dänischen Kollegen. Wir wollen Anneliese Schmidt besuchen.«

Die Bundesstraße 200 ließ sich gut befahren. Der Berufsverkehr stellte kein Problem dar, und auch der gewerbliche Verkehr hielt sich in Grenzen, sodass er zügig vorankam. In Flensburg bog er auf die Autobahn und überquerte nach kurzer Zeit die ehemalige Grenzanlage Ellund, die einen verlassenen, fast heruntergekommenen Eindruck machte. Schon vorher hatte er vorschriftsmäßig seine Scheinwerfer eingeschaltet. Er verließ sich auf sein Glück und schwamm im Schwarm anderer Verkehrsteilnehmer mit, die auf der nur mäßig frequentierten Autobahn die im Königreich geltende Geschwindigkeitsbegrenzung nur als Empfehlung Ihrer Majestät betrachteten. Nach dem Verlassen der Rennstrecke folgte er der Ausschilderung nach Aabenraa. Schon von weitem sah er das Kraftwerk, das direkt am Aabenraa-Fjord lag. Die Straße führte weiter am Ufer entlang. Ob Manfred Schöppe mit seiner Yacht den hiesigen Sportboothafen auch schon angelaufen hatte?

Einige Ampeln mit der für Deutsche ungewöhnlich hohen Zahl von roten Lampen stoppten den Verkehrsfluss. Die Dänen, für Farbenfrohheit bekannt, statteten ihre Kreuzungen mit einer Unmenge von Signallampen aus.

Er war an dem oberhalb der Bucht liegenden Stadtzentrum vorbeigefahren, als rechts das Hinweisschild zum von Bjarne beschriebenen Parkplatz auftauchte, der sich hinter einem mehrstöckigen Neubau versteckte. Mühelos fand er eine Abstellmöglichkeit für seinen Wagen. Er hatte seinen Motor noch nicht abgestellt, als aus einem weiß lackierten Saab mit dem schwarzen Schriftzug »Politi« ein Mann ausstieg. Er war eher klein, neigte zu einer gemütlichen Rundlichkeit. Die rotblonden kurzen Haare bedeckten einen ebenfalls rundlichen Kopf. Im Mundwinkel qualmte eine Pfeife.

Der Mann kam mit einem freundlichen Lächeln auf ihn zu und streckte ihm eine Hand entgegen.

»Hej«, strahlte er. »Du bist Christoph. Ich bin Bjarne.« Mit einem überraschend kräftigen Händedruck schüttelte er Christophs Hand, als wolle er sie nicht wieder loslassen. »Schön, dass wir uns auch in Natur sehen können. Was kann ich für dich tun?«

Christoph erklärte dem dänischen Polizeiinspektor, wie sie auf Anneliese Schmidt gestoßen waren.

»Kein Problem«, verkündete Bjarne Thorbensen und zupfte Christoph am Arm. »Dann wollen wir sehn, was sich tun lässt. Komm, ich glaube, ich habe ein Idee, wo die Frau wohnt.«

Er ging voran. »Die Straße heißt Reperbanen. Das hat aber nix mit die Reeperbahn von Hamburg zu tun. Hier gibt's kein Sexlokale. Es wohnen nur anständige Leute. Weißt du, woher der Name Reperbanen stammen tut?«

Christoph nickte. »Reeps sind Seile. Die wurden früher auf langen Bahnen zu Schiffstauen geflochten. Das ist der Ursprung des Namens.«

»Kommst du auch von eine Hafenstadt?«

»Aus Kiel.«

Bjarne lachte. »Na, denn. So einen großen Hafen haben wir in Dänemark fast nicht. Nur in Kopenhagen. Aber das ist ja nicht richtig Dänemark.«

Er spielte damit auf den Widerspruch an, der zwischen den »Inseldänen« und den Jüten, den Bewohnern des Festlands, bestand und vergleichbar dem Verhältnis von Preußen und Bayern war. Dann blieb er vor einem Haus aus roten Ziegelsteinen stehen.

»Hier ist es. Ich hab vor deine Ankunft schon ein wenig gesehen, wo wir hinmüssen«, erklärte Bjarne.

Zu Christophs Verwunderung war die Haustür nicht verschlossen. Thorbensen bemerkte Christophs Erstaunen.

»Es ist noch gar nicht lange her, da wurden in Dörfer und kleine Städte die Türen nicht abgeschlossen. Wer das getan hat, hatte was zu verstecken, haben die Nachbarn geglaubt. Leider ist das heute nicht mehr so bei uns.«

Im ersten Obergeschoss fanden sie das Namensschild neben der Türglocke. Ein Summer ertönte, nachdem Bjarne seinen kurzen dicken Finger auf den Knopf gelegt hatte. Kurz darauf wurde die durch eine Sperrkette gesicherte Tür einen Spalt geöffnet. Eine Frau sah die beiden Besucher an.

»Dag«, sagte Thorbensen, was eher wie ein »Dau« klang und als Begrüßung nur bei Dänen untereinander üblich ist. »Mit navn er Bjarne Thorbensen. Jeg er inspektør fra Ribe Politi. Können wir Deuts sprechen?«

In den Augen der Frau war das Erschrecken zu erkennen, das Christoph schon oft gesehen hatte, wenn die Polizei an der Haustür klingelte.

»Politi? Ich habe geahnt, dass ihr kommt werdet«, wechselte sie ebenfalls ins Deutsche. »Und wer ist das?«

»Ein Kollege von Deutsland. Er möchte dir ein paar Fragen stellen. Hier«, Bjarne schob ihr seinen Polizeiausweis durch den schmalen Spalt, »damit du mir auch glauben kannst.«

Sorgfältig studierte sie das Dokument, dann schloss sie die Tür. Sie hörten, wie die Sperrkette entriegelt wurde. Die Tür öffnete sich ganz.

»Kommen Sie herein«, sagte sie und sah Christoph an. Unvermittelt war sie zum »Sie« gewechselt.

Die Räume waren klein, aber hell. Dazu trugen nicht nur die weißen Wände, sondern auch die fast weißen Dielenbretter bei. Sie wurden in ein schmales Wohnzimmer geführt, das in einem typisch skandinavischen Stil eingerichtet war. Die Möbel waren aus hellem Holz, dazu passend eine kleine Zweiercouch mit buntem Bezug. Ein kleiner Esstisch mit ovaler, kunststoffbeschichteter Platte und Stahlrohrgestell sowie die dazugehörigen Stühle standen im Raum. Es fehlte auch nicht der Finlux-Fernseher mit der obligatorischen Steuerbox für die Satellitenschüssel. Selbst der Stuhl aus Peddigrohr am Fenster war vorhanden. Und wie um das Klischee zu perfektionieren, hingen an den Wänden Drucke von Rosina Wachtmeister.

Anneliese Schmidt war schlank, fast hager. Die Haare waren mittellang und von unbestimmter Farbe. Vermutlich war die Frau nie der Versuchung erlegen, sie zu tönen. Eine schmale Nase und die zusammengekniffenen Lippen im blassen Gesicht rundeten das Bild einer Frau ab, die es gewohnt schien, unauffällig durchs Leben zu gehen.

»Du kommst wegen Frank?«, fragte sie den dänischen Polizeiinspektor.

Der zeigte auf Christoph. »Ist es möglich, dass du mit meine Kollegen aus Deutsland sprechen tust? Er möchte dir ein paar Fragen stellen.«

Sie sah Christoph an. »Sie sind von der deutschen Polizei?«

»Ja. Ich komme von der Kripo Husum. Sie müssen nicht erschrecken. Ich möchte nur ein paar Auskünfte von Ihnen.«

Sie sah Christoph aus dunklen Augen an, die sich langsam mit Tränen füllten.

»Erschrocken habe ich mich schon vor ein paar Tagen, als ich in der ›Nordschleswiger‹ von Franks Tod gelesen habe.«

Die beiden Polizisten wechselten einen raschen Blick.

»Sie kannten Frank Reiche?«

»Ja. Wir waren miteinander befreundet.«

Es ist das erste Mal in diesem Fall, dass sich zwei Menschen, deren Telefonnummern auf dem geheimnisvollen Zettel notiert waren, kannten, dachte Christoph.

»Woher kannten Sie Frank Reiche?«

»Ich habe ihn über eine Bekanntschaftsanzeige in der Zeitung kennen gelernt.« Sie legte die gefalteten Hände auf die Oberschenkel ihrer Jeans. »Ich habe die Annonce aufgegeben, weil ich glaubte, über diesen Weg vielleicht doch noch einmal die Bekanntschaft eines Mannes zu machen.« Es klang fast wie eine Entschuldigung.

»Und da hat sich Frank Reiche gemeldet?«

»Nicht nur er. Auch einige andere. Die meisten aber waren nur an dem einen interessiert. Sie wissen schon«, wich sie aus. »Bei Frank hatte ich vom ersten Augenblick den Eindruck, dass er es ernst meinte. Er war auch allein. Nach seiner Scheidung.«

»Aus dieser Begegnung ist eine Freundschaft geworden?«

Sie überlegte einen Moment. Etwas zögerlich kam die Antwort. »Ja, so könnte man sagen. In unserem Alter ist es nicht einfach, sich einem anderen Menschen anzuvertrauen. Obwohl ich fast zehn Jahre jünger bin als Frank.«

Dann musste sie Ende dreißig sein, überlegte Christoph. Sie war schwer einzuschätzen. Irgendwie schien sie alterslos zu sein.

»Wann haben Sie Frank Reiche das letzte Mal gesehen?«

Sie überlegte nicht lange. »Heute ist Mittwoch. Dann war das vor zweieinhalb Wochen. Da hatte ich am Sonnabend frei. Ich arbeite bei Føtex.«

»Das ist ein Warenhaus«, schob Bjarne zwischendurch erklärend ein.

Anneliese Schmidt nickte zustimmend. »Richtig. Ich habe jedes zweite Wochenende Dienst. Und immer wenn ich frei hatte, haben wir uns getroffen.«

»Wo haben Sie sich getroffen? In Leck oder hier?«

»Frank ist immer zu mir gekommen.«

»Wissen Sie von Problemen, die Frank Reiche hatte?«

Sie senkte den Blick und knetete dabei ihre Finger, dass die Gelenke knackten. Nach einer ganzen Weile sah sie wieder auf, schaute dabei aber nicht die beiden Polizisten an, sondern fixierte einen Punkt hinter den beiden Beamten an der Wand.

»Ja, ich weiß, dass es ihm nicht gut ging. Die Geschäfte liefen schlecht, und sein Handelsvertretervertrag war ihm gekündigt worden.«

»Hat er mit Ihnen über diese Probleme ausführlich gesprochen?«

Hastig, viel zu schnell, kam die Antwort. »Nein! Über Geld haben wir nie gesprochen. Ich glaube, er hat sich geschämt, dass er wirtschaftlich ins Trudeln gekommen war.«

»Kennen Sie seinen Bekanntenkreis?«

»Er hatte so gut wie keine Freunde. Es waren nur lose Kontakte, die aber in der letzten Zeit auch eingeschlafen waren.«

»Dann waren Sie seine einzige Bezugsperson?«

Jetzt sah sie Christoph mit großen traurigen Augen an.

»Ja!« Sie holte tief Luft. »Ja, das könnte man sagen.«

»Eine letzte Frage: Sie tragen einen deutschen Namen. Anneliese Schmidt.«

Das erste Mal, dass sich ein Hauch Entspannung auf ihrem Gesicht zeigte. »Ich bin Dänin, gehöre aber der deutschen Minderheit an, die hier stark vertreten ist. Den Namen Schmidt finden sie hier häufig, obwohl ich eigentlich aus Tinglev stamme. Wussten Sie, dass Ernst Reuter, populärer Bürgermeister in der Nachkriegszeit und von allen für einen Berliner gehalten, auch in Apenrade geboren wurde?«

Bjarne Thorbensen wechselte noch einige Worte auf Dänisch mit der Frau, bevor sie sich verabschiedeten. Unterwegs erklärte er, dass er sich bei ihr für ihren Besuch entschuldigt und ihr noch alles Gute gewünscht habe. Sie hatte ihm erzählt, dass sie nach der Nachricht von Reiches Tod Urlaub genommen hätte.

»In die Gågade gibt es ein gemütliches Café. Vielleicht wir können dort noch ein wenig plaudern.« Der Däne zupfte Christoph am Ärmel und ließ keinen Widerspruch aufkommen. Sie überquerten die Hauptstraße und gingen bergan die Fußgängerzone hinauf, bis sie in der Ramsherred die Konditorei Bonnich fanden, ein gemütliches altes Café. Das Schaufenster der angeschlossenen Bäckerei war über und über mit Gebäck und Leckereien gefüllt, die schon beim Anblick das verhießen, was die Einheimischen über alles liebten: Der Kuchen war für deutsche Zungen ungemein süß.

Christoph musste sich von Bjarne noch eine Reihe von Geschichten über Land und Leute im Allgemeinen, die Polizei insbesondere und über die Familie des Polizeiinspektors ganz speziell anhören. Auch wenn er selbst gern zügig nach Husum zurückgekehrt wäre, buchte er den Zeitaufwand auf das Konto Kontaktpflege, wobei ihm dieses bei der liebenswürdigen Art des Kollegen nicht schwer fiel.

*

Der Regen trommelte gegen die Fensterscheibe des Büros. Es hatte aufgefrischt, und ein kräftiger Wind blies vom Westen her. Obwohl es erst später Nachmittag war, brannte bereits die Deckenbeleuchtung.

»Wusstest du eigentlich, dass die Wendejacke in Husum erfunden wurde?«, fragte Große Jäger in den Raum hinein. Christoph und Mommsen sahen auf, reagierten aber beide nicht, da sich keiner angesprochen fühlte. »Eine Seite ist für gutes Wetter gedacht, die Innenseite für schlechtes«, fabulierte der Oberkommissar weiter. »Ideal für diesen Küstenstreifen.«

»Das widerspricht aber deiner These von der Kurtaxe«, antwortete Christoph.

Große Jäger überlegte einen Moment, zog noch einmal an seiner Zigarette und blies den blauen Dunst geräuschvoll in den Raum. Dann klopfte er sich Asche von seinem Oberschenkel, die vom Glimmstängel herabgefallen war. »Mist«, fluchte er, als er bemerkte, dass er lieber hätte pusten sollen und auf diese Weise den grauen Film in den Stoff seiner Jeans hineingerieben hatte.

»Kurtaxe? Ach so, du meinst meine These, dass alle Bewohner Nordfrieslands eigentlich Kurtaxe zahlen müssten, weil sie das Glück haben, in einer bevorzugten Region leben zu dürfen. Wir haben hier ja das ganze Jahr über Urlaub. Insbesondere wir, die Beamten, und da ganz speziell die Polizei. Nun«, schränkte er ein, »sagen wir: Kurtaxe für elf Monate reicht. Den November klammern wir aus.«

»Und einen Nachmittag wie heute«, warf Christoph ein.

»Gut! Dafür musst du für gestern doppelt zahlen.«

»Wieso?«

»Na ja, ich nehme an, du warst wieder mit der netten Arzthelferin unterwegs, während der ›Schubser‹ zugeschlagen hat. Jedenfalls haben wir dich nicht erreichen können. Es ist schon merkwürdig, dass es immer dann zu Übergriffen kommt, wenn du vorgibst, auf Tour d'Amour zu sein.«

»Du kannst mich ja prophylaktisch einsperren. Dann sitze ich in einer geheizten Zelle, werde verpflegt, und du musst die Berichte zu Ende schreiben, mit denen ich mich hier herumplage.« Dabei kreiste Christophs Hand über einen Stapel Papier auf seinem Schreibtisch.

»Bevor ich darangehe, lass ich lieber einen Strauchdieb wie dich laufen«, lachte Große Jäger. »Der Papierkrieg ist Strafe genug. Wie war's eigentlich bei deinem Betriebsausflug in Dänemark?«

Christoph berichtete von seiner Stippvisite ins Nachbarland.

»Könnte die Frau mehr wissen, als sie euch erzählt hat?«, fragte Große Jäger.

Christoph zuckte mit den Schultern. »Schwer zu sagen. Auf den ersten Blick wirkte sie nicht wie jemand, der straffällig geworden ist. Sie hat sofort ihre Beziehung zu Frank Reiche offen gelegt, auf die wir noch nicht gekommen waren. Und wenn die beiden sich immer nur in Apenrade getroffen haben, wäre es uns ohne ihr Bekenntnis auch schwer gefallen, diese Verbindung aufzudecken.«

Durch die geschlossenen Fenster hörten sie die auf- und abschwellenden Töne mehrerer Martinshörner.

»Mensch, da ist aber wieder der Teufel los«, stellte Große Jäger fest.

In diesem Moment meldete sich Mommsens Handy. Der junge Kommissar hörte eine Weile schweigend zu und schloss das Gespräch mit den Worten: »Wir kommen sofort.«

Die beiden anderen sahen ihn interessiert an.

»Das war Thomas Friedrichsen. Sie haben einen Einsatz in der Adolf-Brütt-Straße. Da steht jemand auf dem Dach und droht hinunterzuspringen.«

»Großer Gott«, entfuhr es dem Oberkommissar, während Christoph ahnte, um wen es sich handeln könnte.

»Fabian Auhagen.«

»Richtig«, bestätigte Mommsen.

Während dieses kurzen Dialoges waren die drei aufgesprungen, hatten sich ihre Jacken gegriffen und waren zur Tür geeilt. Nach einer kurzen Kollision, weil Große Jäger in seiner ungestümen Art versuchte, Mommsen im Türrahmen zu überholen, eilten sie auf den Hof hinter dem Polizeigebäude. Für den Oberkommissar war es keine Frage, dass in solcher Situation nur er der richtige Fahrer des Einsatzwagens sein konnte. Der Ford-Kombi rollte schon, als Christoph die Tür noch gar nicht richtig geschlossen hatte. Bei Große Jägers Fahrweise war es schwierig, das Blaulicht auf dem Wagendach zu platzieren.

Sie umfuhren den Binnenhafen über die Gaswerkstraße, überquerten die Klappbrücke, folgten der Deichstraße, drängten mit ihrem Blaulicht den Verkehr in der Nordbahnhofstraße an den Rand und sorgten in der Neustadt für neugierige Blicke, die dem zivilen Fahrzeug mit dem Blaulicht folgten.

Die Kreuzung Marktstraße und Schobüller Straße war mit Einsatzfahrzeugen voll gestellt. Freiwillige Feuerwehr, Rettungswagen und zwei Streifenwagen blockierten die für den innerstädtischen Verkehr so wichtige Adolf-Brütt-Straße. Ein Streifenpolizist kam ihnen entgegen und wies mit ausgestrecktem Arm auf das Dach des vorderen Hochhauses. Vor dem bleiernen Grau der landeinwärts jagenden Wolken war schemenhaft eine Gestalt zu sehen. Durch den niederprasselnden Regen war sie aber nicht eindeutig zu identifizieren.

»Thomas und Pepe sind auf dem Dach«, rief ihnen der uniformierte Kollege zu.

Im Hausflur stießen sie auf einen Feuerwehrmann, der ihnen in den Weg trat. »Da können Sie jetzt nicht rein.«

»Wir sind von der Kripo«, antwortete Große Jäger und schob den Mann sanft beiseite.

»Ach so«, hörten sie im Vorbeilaufen, »ich wollte nur Neugierige abhalten.«

Es dauerte ewig, bis der enge Fahrstuhl in die oberste Etage gerumpelt war. Auf dem Treppenabsatz stand der nächste Feuerwehrmann neben einem älteren Mann in Arbeitskleidung. »Dorthin«, zeigte der Blaurock auf eine weiter nach oben führende Treppe. Noch bevor sie den Dachausstieg erreichten, blies ihnen der hier oben noch heftigere Wind entgegen. Er verfing sich an den Ecken der Dachaufbauten und gab ein Konzert von wechselnden, schrill klingenden Pfeiftönen. Vor der auf das Dach führenden Feuerschutztür standen drei Feuerwehrmänner und zwei Polizisten.

Einer von ihnen war Thomas Friedrichsen. Als er die drei Kripobeamten erkannte, löste er sich von der kleinen Gruppe und kam auf Christoph zu.

»Hallo, Thomas«, grüßte Mommsen, während Christoph nur kurz die Hand gehoben hatte.

»Ein Hausbewohner bemerkte, dass die Tür zum Dach offen stand. Das kommt anscheinend öfter vor. Jugendliche machen sich daraus einen gefährlichen Spaß. Der Mieter wollte die Tür schließen und sah jemanden, der ziemlich nahe am Rand stand. Er alarmierte erst den Hausmeister …«

»Ist das der ältere Mann in Arbeitskleidung?«, fragte Christoph gegen den Wind.

Friedrichsen nickte. »Ja. Der hat sofort uns angerufen. Von der Zentrale ist der Notruf an Feuerwehr und Rettungsdienst weitergeleitet worden. Der Hausmeister hat den Mann identifiziert. Er wohnt hier. Sein Name ist …«

»Fabian Auhagen«, warf Große Jäger ein.

»Ihr kennt ihn?«, wollte Friedrichsen wissen.

Christoph nickte. »Es gibt möglicherweise Verbindungen zum Mord am Palmengarten. Habt ihr schon mit ihm gesprochen?«

Das Gespräch auf dem Dach gestaltete sich schwierig. Der Wind riss ihnen die Wortfetzen förmlich vom Mund.

»Wir trauen uns nicht näher heran. Ich habe es vorhin mit dem Zugführer der Feuerwehr probiert. Da stand der junge Mann noch etwas weiter zurück. Doch mit jedem Schritt, mit dem wir uns näherten, wich er weiter zum Rand hin. Soweit wir uns bei diesem Wind verständigen konnten, lehnt er jede Hilfe ab. Auch über seine Beweggründe haben wir nichts in Erfahrung bringen können.«

Große Jäger schob sich in den Vordergrund. »Lasst mich mit dem Jungen sprechen.«

Der oftmals ungehobelt wirkende Mann hatte in der Vergangenheit immer wieder bewiesen, dass er in kritischen Situationen die richtige Tonlage finden kann. Christoph wollte schon einen Schritt zur Seite treten, bevor er sich doch besann und selbst das Gespräch mit Auhagen suchen wollte. In den großen Metropolen stand für solche Fälle ein psychologisch geschulter Beratungsstab zur Verfügung, aber in dieser dünn besiedelten Region waren sie auf sich allein gestellt.

Vorsichtig machte Christoph einen halben Schritt auf den jungen Mann zu, der sich halb umdrehte und seinerseits weiter dem Rand näherte. Er rief Christoph etwas zu. Die Worte gingen aber im Wind unter. Der Abstand zu Auhagen betrug etwa acht Meter, während dieser nicht mehr als einen halben Meter vom Gebäuderand entfernt stand.

Christoph formte seine Hände zu einem Trichter. »Auhagen! Das hat doch keinen Sinn.« Doch der junge Mann zeigte keine Reaktion.

Christoph zog seine Jacke aus. Er hatte vor, sich bedächtig zu nähern. Dabei war das auftragende Kleidungsstück nur hinderlich. Nur im Pullover bekleidet, merkte er, wie kalt der Wind hier oben wehte. Eine zusätzliche Gefährdung entstand dadurch, dass er nicht gleichmäßig blies, sondern in Böen. Stemmte man sich gegen den Wind und ließ dieser urplötzlich nach, war es schwierig, das Gleichgewicht zu halten. Das Austarieren der Balance war für einen ausgewachsenen Mann sicher kein unlösbares Problem, am Rande eines Hochhauses gestaltete sich die Situation aber schwieriger.

Vorsichtig machte Christoph einen kleinen Schritt auf den jungen Mann zu. Der hob wie zur Abwehr den Arm, als wolle er Christoph Einhalt gebieten. Der hob ebenfalls beide Arme als Zeichen der friedlichen Absicht. Er hätte diese Geste nicht begründen können. Es war mehr ein intuitives Verhalten. Christoph verharrte eine Weile in der Position. Dann setzte er im Zeitlupentempo den nächsten Fuß vor. Diesmal erfolgte keine Reaktion von Auhagen. Der junge Mann starrte in die Tiefe, auf die Straße und die Kreuzung hinab, auf die Schaulustigen, die von den zuckenden Blaulichtern der Einsatzfahrzeuge beleuchtet wurden. Auf halber Höhe zum Dach verharrten zwei Feuerwehrmänner im Rettungskorb der ausgefahrenen Drehleiter von »Florian Nordfriesland«, wie die Fahrzeuge der Feuerwehr genannt wurden.

»Mensch, Junge, komm zurück. Nichts auf der Welt kann eine solche Bedeutung haben, dass du dafür deine Gesundheit riskierst.« Christoph war zum »Du« übergegangen. Er glaubte, damit eine bessere Verbindung zu dem Verzweifelten herstellen zu können. Er war sich nicht sicher, ob Auhagen ihn wahrgenommen hatte. Der stierte immer noch in den Abgrund.

Christoph schob sich erneut ein wenig vor. Er hatte auf diese Weise etwa die Hälfte der Distanz zu Auhagen zurückgelegt. Bei seiner nächsten Bewegung drehte sich Auhagen halb um, und weil eine neue Windböe über das Dach raste, strauchelte er ein wenig, fing sich aber sofort.

»Bleib da!«, rief der junge Mann Christoph zu.

»Ist in Ordnung.« Christoph hing in die Hocke. Er wollte damit signalisieren, dass er auf die Wünsche des anderen einging, ihn nicht bedrängen wollte. Dort blieb er eine Weile reglos sitzen, bis er sich erneut unmerklich in Richtung Dachrand vorwärts bewegte. Es war schwierig, die Fußspitzen auf dem Dach nach vorne zu schieben, sich mit den Fingerspitzen im Gleichgewicht zu halten und dennoch den Anschein zu erwecken, er würde seine Position nicht verändern. Christoph hatte jegliches Zeitgefühl verloren. Er schien schon eine Ewigkeit im Wind auf diesem Dach auszuharren. Dafür hatte er sich aber unmerklich bis auf fast zwei Meter dem jungen Mann genähert. Bei dieser Entfernung war das Sprechen möglich.

»Warum machst du das?«, fragte Christoph.

»Warum? Fragst du das in echt? Das lohnt doch alles nicht mehr.«

»Was?«

»Na, alles. Die haben mich doch kaputtgemacht.«

»Wer?«

»Alle.« Auhagen legte eine Pause ein. Er kramte in der Tasche seines dünnen Blousons und fischte eine zerknautsche Zigarette hervor. Er bemühte sich vergeblich, die Zigarette in Brand zu setzen. Nachdem es ihm nicht gelungen war, schleuderte er das billige Einmalfeuerzeug mit einer ausladenden Armbewegung in die Tiefe. »Scheiße«, fluchte er.

»Komm mit runter vom Dach. Dann kannst du in Ruhe eine Zigarette rauchen«, lockte Christoph.

»Wovon denn? Morgen kommt der Gerichtsvollzieher. Zwangsräumung. Soll ich wirklich den Rest meines Lebens als Penner auf 'ner Parkbank hocken?«

»Bei uns in Deutschland fällt niemand durch die Maschen.«

»Lächerlich. Solche Sprüche hab ich oft gehört. Doch wenn's drauf ankommt – nicht die Bohne. Es tut uns Leid, wird dir gesagt.

Alles Kacke.« Der junge Mann spuckte aus und sah dem Auswurf in die Tiefe nach.

»Jeder kann mal in die Sackgasse geraten. Doch da kommt man immer wieder raus.«

»Hohle Sprüche. Seit meiner Schulzeit bin ich auf der Suche. Wir bedauern, Auhagen. Vielleicht später, Auhagen. Sie müssen Geduld haben, Auhagen. Ich hab den ganzen Mist hinter mir.«

»Wollen wir nicht in Ruhe darüber reden?«

Der junge Mann sah auf den immer noch hockenden Christoph herab. »Ich hab die Schnauze voll. Von einem *Trouble* zum nächsten. Das lohnt nicht mehr. Ich hab Angst. Richtige Angst. Weißt du überhaupt, was das heißt? Nein! Da mach ich lieber Schluss, als so weiterleben zu müssen.«

»Wovor hast du Angst?«

»Vor denen.«

»Wer sind ›die‹? Was wollen die von dir?«

Auhagen schwieg einen Moment und sah zu den Wolken hinauf, die landeinwärts jagten.

»Lieber spring ich, als denen in die Hände zu fallen. Das hier geht schnell. Ratzfatz. Alle. Wenn die dich erwischen, dann gnade dir Gott.«

Langsam stemmte sich Christoph in die Höhe. Was war das für eine Angst, die der junge Mann hatte? Vor wem fürchtete er sich so sehr, dass er lieber Selbstmord begehen wollte?

Christoph hatte sich aufgerichtet. In Zeitlupe streckte er seine Hand vor.

»Komm, niemand wird dir was antun. Das verspreche ich dir. Wir reden in aller Ruhe darüber.« Er sah die Unsicherheit in Auhagens Augen. Jetzt fehlte nicht mehr viel, dann hatte er es geschafft und den Mann von seinem Vorhaben abgebracht. Vorsichtig setzte Christoph den rechten Fuß vor und zog den anderen nach. Als dieser neben dem rechten zum Stehen kam, huschte erneut eine Sturmböe über das Dach. Christoph kam ins Straucheln, versuchte das Ungleichgewicht abzufangen und machte einen Ausgleichsschritt nach vorn. Er vermochte nicht zu sagen, ob Auhagen ebenfalls von der Böe erfasst wurde oder nur erschrocken zurückweichen wollte. Mit rudernden Armen stolperte der Junge über den Rand des Hochhauses und verschwand in der Tiefe.

»Neiiin!«, hörte Christoph sich rufen und fiel vornüber. Er robbte die wenigen Zentimeter bis zum Rand und beugte seinen Oberkörper vor. Bevor er etwas erkennen konnte, spürte er kräftige Hände an Beinen und Armen, dann wurde er zurückgezogen. Erst jetzt bemerkte er, dass ihm der Zugführer der Feuerwehr und Große Jäger auf die Beine halfen.

»Das darf nicht wahr sein«, stammelte er, »das ist alles so sinnlos.«

Der Oberkommissar legte fast fürsorglich seinen Arm um Christophs Schulter und führte ihn zum Dachausstieg.

»Komm erst mal mit«, sagte er mit besänftigender Stimme. »Für das eben Geschehene kann niemand etwas. Das sind die Abgründe des Schicksals.«

»Nein«, protestierte Christoph. »daran glaube ich nicht. Der Tod dieses Menschen war überflüssig.«

*

Das leise Klappern der Tastatur unter Mommsens gleichmäßigen Anschlägen wirkte fast wie die begleitende Rhythmusgruppe zu einem Stück in Moll, das auf den Einsatz der Soloinstrumente wartete. Und wie um dies unter Beweis zu stellen, meldete die Kaffeemaschine auf der Fensterbank mit einem Zischen, dass der letzte Wassertropfen im Behälter seinen Aggregatzustand verändert hatte und jetzt auf dem Weg durch den Filter in die Glaskanne unterwegs war. Die Komposition hätte von Stockhausen, Kagel oder einem anderen der neueren und ihm nicht zugänglichen Komponisten sein können.

Christoph saß an seinem Schreibtisch, hatte den Kopf aufgestützt und bemühte sich um treffende Formulierungen für das Protokoll über die Vorgänge vom gestrigen Abend. Das Angebot seiner beiden Kollegen, sich noch zusammenzusetzen, hatte er abgelehnt. Das war falsch gewesen. Immer wieder waren seine Gedanken zum Dach zurückgekehrt, immer wieder tauchte Fabian Auhagen auf. Hätten andere Umstände dieses Unglück verhindern können?

Schon dem angehenden Polizisten wird auf der Schule in einer der ersten Lektionen vermittelt, dass er sich von den Ereignissen und beteiligten Personen distanzieren soll, keine persönlichen Beziehungen aufkommen oder Emotionen zulassen darf. Das klingt aus dem Munde eines Dozenten logisch. Und machbar. Doch auch Polizeibeamte sind Menschen, die eine Seele und ein Gefühlsleben haben.

Christoph erinnerte sich an den Vortrag des Leiters einer Sonderkommission, die mit der Aufklärung des Doppelmordes an einem Geschwisterpaar bei Aachen betraut war. Bruder und Schwester waren aus niederen sexuellen Beweggründen brutal getötet worden. Der erfahrene Beamte hatte wörtlich gesagt, dass seine Mitarbeiter »völlig platt« vom Einsatz zurückgekommen seien. Schließlich waren selbst die abgebrühtesten Ermittler auch Mütter und Väter.

Und ich hatte kurzfristig die Möglichkeit nicht ausgeschlossen, dass Auhagen der »Schubser« sein könnte, überlegte Christoph. Er schob das Blatt, auf dem er sich Stichworte fürs Protokoll notieren wollte, zur Seite.

»Was hat er damit gemeint?«, fragte er laut.

Große Jäger sah zu ihm herüber, und auch Mommsen unterbrach seine Arbeit am Computer. Es verging eine Weile, bis der Oberkommissar leise fragte: »Wer hat was gemeint?«

Christoph sah seinen Kollegen an.

»Auhagen. Oben auf dem Dach. Er hat gesagt, lieber würde er vom Dach springen, als *denen* in die Hände zu fallen. Ein Selbstmord wäre besser. Wenn *die* ihn erwischt hätten, dann … Er sagte so etwas wie: gnade dir Gott.«

»Hmmh. Das klingt, als hätte er vor irgendjemandem fürchterliche Angst gehabt.«

»Ähnliches haben wir doch auch bei den anderen Beteiligten erlebt. Ivo Dugovic aus Heide ist in panischem Entsetzen geflüchtet, berichtete uns der Nachbar. Sein griechischer Kollege Mitrolitis hatte weniger Glück. Er sah reichlich lädiert aus, als wir ihn aufsuchten. Der muss *denen* in die Hände gefallen sein«, sagte Christoph.

»Außerdem scheint es, als hätte er Teile seines Besitzes übereilt zu Geld gemacht, wenn ich an den hastigen Verkauf seines Autos denke, das er doch als Zugmaschine für seinen Imbisswagen benötigte«, mischte sich Mommsen ein und sah dabei Hilke Hauck an, die, mit einem Kaffeebecher in der Hand, still dem Gespräch der drei Beamten folgte.

Große Jäger legte die Stirn in Falten. »Könnte es sein, dass die Leute erpresst wurden?«

»Das ist eine Möglichkeit, die man in die Überlegungen mit einbeziehen sollte. Stellt sich die Frage, warum so verschiedene Menschen wie Reiche, Auhagen oder die beiden aus Heide erpresst werden. Gemeinsam ist allen, dass sie nicht über Reichtümer verfügten. Warum also sollten sie unter Druck gesetzt werden? Und was kann der Täter von ihnen gewollt haben? Geld wird es kaum gewesen sein«, stellte Christoph fest.

»Vielleicht doch politische Motive?«, mutmaßte Große Jäger.

Hilke Hauck zog die Stirn kraus. »Glaubst du wirklich an ein Agentenspektakel in unseren Breitengraden?«

Große Jäger kniff die Augen zu einem Spalt zusammen und musterte die neue Kollegin. Dann presste er halblaut zwischen den fast geschlossenen Zähnen hervor: »Weißt du, Christoph, dass ich jetzt verstehe, warum Männern, die ihre Frau umbringen, häufig mildernde Umstände zugesprochen werden? Was hat Gott sich nur gedacht, als er die Frau erschuf? Sonst ist ihm doch alles gelungen. Nur die Rippe, die er Adam entnahm, die hat er total verhunzt.«

Doch Hilke ließ sich nicht erschüttern. »Deinen Worten, lieber Wilderich, ist deutlich zu entnehmen, dass dir ein X-Chromosom fehlt. Du bist der lebendige Beweis dafür, dass auf diesem wichtige Gaben gespeichert sind, die dir zwangsläufig fehlen.«

Christoph ging auf das kleine Scharmützel nicht ein.

»Kann ich mir kaum vorstellen, dass hinter den beiden Morden und den anderen Gewalttaten politische Motive stecken. Wir haben uns zwar nur oberflächlich mit der Vita der Leute beschäftigt, aber weder Reiche noch Auhagen machten auf mich den Eindruck, als wären sie politisch engagiert. Gut, von den beiden Ausländern wissen wir zu wenig. Aber trotzdem … Vielleicht stecken auch ganz banale kriminelle Motive dahinter. Wir wissen von den beiden Unbekannten, dass die skrupellos und ohne ihre Spuren zu verbergen ihre Verbrechen quer über den Kontinent begehen. Und einer von ihnen scheint ein jähes Ende gefunden zu haben, weil Reiche ihn erschlug. Dafür musste der sterben. Rache. So könnte es gewesen sein, da die Spuren am Palmengarten auf den zweiten des ›Pärchens‹ hinweisen.«

»Wenn die beiden Gewalttäter aus eigenem Antrieb oder im Auftrag eine kriminelle Organisation errichten wollen, dann wäre es doch denkbar, dass sie versuchen, neue Handlanger zu rekrutieren. Und wenn Reiche, Auhagen und die anderen dazu auserkoren sind, die schmutzigen Arbeiten zu erledigen?«

Christoph sah Große Jäger eine Weile an. So abwegig waren die Gedanken des Oberkommissars nicht. Alle Beteiligten waren, jeder auf eine andere Weise, gescheiterte Existenzen. Und plötzlich passte auch Manfred Schöppe aus Schleswig ins Bild. Auch er war gescheitert. Die Staatsanwaltschaft ermittelte gegen ihn wegen Betrugs.

»Die Strukturen der organisierten Kriminalität sehen vor, dass spezialisierte Gruppen einzelne Aufgaben verrichten. Die eigentliche Tat wird letztlich von den so genannten Soldaten verrichtet. Das sind Leute, die erst kurz vor dem Raub, Überfall oder was auch immer geplant ist, eingeflogen werden, die logistisch gut vorbereiteten Pläne der Hintermänner in die Tat umsetzen und dann, mit einem ›Taschengeld‹ abgespeist, wieder in ihre Heimat zurückkehren. Bisher agierten diese Banden immer mit osteuropäischen Akteuren. Aber ...«

»... im Zuge der Globalisierung«, wurde Christoph von Große Jäger unterbrochen, »wandelt sich das Bild. Früher war die Ideenschmiede bei uns, und der Osten diente als Werkbank. Jetzt wandelt sich das Bild. Das Management kommt aus dem Osten und bedient sich der Hiesigen als Handlanger. Und wer nicht freiwillig arbeiten will, auf den wird Druck ausgeübt. Das hat die Russenmafia von Hartz IV übernommen.«

»Und welche Erklärung habt ihr für den Schatten, der uns folgt? Der seit einiger Zeit der Polizei auf den Fersen ist?«, fragte Mommsen.

»Osteuropäische Banden überlassen nichts dem Zufall. Vielleicht wollen die wissen, wie weit wir sind. Sie möchten auf dem Laufenden bleiben. Manchmal gelingt es, sich interne Informationen durch gekaufte Insider zu beschaffen, durch käufliche Polizisten. Entweder hält uns die Gegenseite für zu unbedeutend, dass man es noch nicht in Nordfriesland versucht hat, oder vorsichtige Anbahnungen sind fehlgeschlagen.«

»Schade«, pflichtete Große Jäger bei, »wenn die Summe hoch

genug ist, würde ich den Gangstern bereitwillig alles über das Liebesleben meiner beiden Kollegen offenbaren. Da wäre ich käuflich.«

In Mommsens Gelächter stimmte auch Christoph ein. Das Gespräch mit seinen Kollegen hatte ihm gut getan.

»Und wodurch unterscheidet sich der Typ in Schleswig von den anderen? Er hat den Offerten der Bande zugestimmt, deshalb geht es ihm auch relativ gut«, nahm Große Jäger den Faden wieder auf. »Und hinter diesem Rechtsanwalt in Liechtenstein, der als Treuhänder die Nordic Financial Consulting verwaltet, steckt unsere russische Mafia. Und wie hängt die Freundin von diesem Schöppe in der Sache drin? Diese Sabine Doppeldingsbums, die angeblich irgendwo unter der Sonne segelt.«

»Ich vermute, dass der Dame nominell die Vermögenswerte überschrieben wurden. Die ist wahrscheinlich nur eine Strohpuppe, die nach außen in Erscheinung tritt.«

»Glaubst du?«, wandte Große Jäger kritisch in Christophs Richtung ein. »Wann ist die Dame das letzte Mal gesehen worden? Und wenn sie nun auf dem Grund irgendeines Sees der immer noch nicht identifizierten Leiche aus Reiches Wohnung Gesellschaft leistet?«

»Du und deine Phantasie. Wenn das alles stimmen würde, wäre Schleswig-Holstein schon längst ausgestorben – dahingemeuchelt.«

»Na ja, lieber Christoph, du solltest die Leute hier an der Küste mit ihrer kriminellen Veranlagung nicht unterschätzen. Was glaubst du, warum dieser Landstrich so dünn besiedelt ist«, scherzte Große Jäger und reckte sich unter Ausstoß wilder Laute auf seinem Stuhl. »Bei aller Gottesfürchtigkeit haben sie schließlich jahrhundertelang als Strandräuber gelebt und fleißig gebetet: Lieber Gott, schenke uns einen Strand mit vielen Untiefen und dumme Kapitäne.« Dann streckte der Oberkommissar noch einmal seine Arme in die Höhe und holte tief Luft, um sich erneut zu strecken, wurde aber mitten in seinem Tun vom Klingeln seines Telefons unterbrochen.

Er hörte eine Weile zu, sagte dann »Moment, ich frage mal in die Runde« und sah abwechselnd seine Kollegen an. »Da ist ein Häschler am Apparat, der will einen Heiligen sprechen.«

»Der heilige Johannes. Das bin ich«, antwortete Christoph, »außerdem heißt der Mann Hessler und ist von der Kripo Friedberg bei Frankfurt.«

»Hessler? Er hat sich aber mit Häschler gemeldet«, meinte Große Jäger und stellte das Gespräch auf Christophs Anschluss durch.

Der hessische Kommissar nuschelte in der gleichen Weise, die Christoph von ihrem ersten Kontakt gewohnt war.

»Wir haben eine Nachricht von unserem LKA aus Wiesbaden erhalten. Sie betrifft einen Fall, der euch auch interessiert. Und zwar hat sich Interpol mit unseren Kollegen in Verbindung gesetzt, weil die in Brüssel wiederum eine entsprechende Nachricht aus Antwerpen erhalten haben«, erklärte der Mann aus der Wetterau umständlich.

»Es geht um den Banküberfall in Bad Vilbel, bei dem Spuren gefunden wurden, die mit einem Mord bei uns in Verbindung stehen könnten. Jetzt habt ihr einen Hinweis aus Antwerpen erhalten, der eventuell zu diesen Spuren passen könnte«, versuchte Christoph das Gehörte zusammenzufassen.

»Sagsch doch die gonz Zeid«, beschwerte sich der Hesse, um dann aber weiter zu berichten: »Beim Löschen eines Containerfrachters, der MS Solothurn Express, der einer Schweizer Reederei gehört und mit dem Heimathafen Monrovia unter der Flagge Liberias fährt, hat man eine übel zugerichtete Leiche gefunden. Das Schiff kam aus Tallinn.« Es war einen Moment ruhig in der Leitung. Christoph hörte nur Papier rascheln. Dann meldete sich wieder der Hesse. »Wieso finden die Seeleute eigentlich den Weg bei diesem Durcheinander? Wieso gibt es in der Schweiz eine Reederei? Der Kapitän ist ein Bulgare, der erste Offizier stammt aus Estland, der Steuermann aus Moldawien und die Besatzung überwiegend von den Philippinen und aus Malaysia. Steht hier im Protokoll. Wie machen die das?«

Ohne Christophs Erklärung abzuwarten, fuhr er fort: »Wahrscheinlich war das auch der Grund, weshalb die belgische Polizei beim Verhör der Besatzung nicht eine einzige vernünftige Antwort bekam. Einzig die Tatsache, dass in Antwerpen eine Leiche zwischen den Containern lag, ist unumstritten. Und, deshalb die Nachricht an uns, dass die routinemäßig abgenommenen Fingerabdrücke identisch sind mit denen vom Banküberfall in Bad Vilbel.«

Hessler ergänzte seinen Bericht um technische Angaben und

Aktenzeichen und versprach, alle ihm vorliegenden Informationen umgehend auf elektronischem Weg nach Husum weiterzuleiten.

»Danke, Kollege. Das ist großartig. Das kann uns ein ganzes Stück weiterbringen«, sagte Christoph.

Es folgte das übliche Versprechen, sich einmal persönlich miteinander bekannt zu machen, wenn man zufällig in der Nähe des anderen war.

Dann berichtete Christoph von der neuen Spur.

»Das bedeutet«, fasste Große Jäger zusammen, »dass wir wahrscheinlich die Leiche von Reiches Mordopfer gefunden haben. Das ist einer der Gangster, die marodierend durch Europa gezogen sind, Banken überfallen, in Lille den Kunsthändler erschossen und bei uns Leute erpresst haben.«

»Nun mal langsam«, mahnte Christoph. »Wir sollten abwarten, was der Spurenvergleich ergibt. Wenn die Belgier gründlich gearbeitet haben, erhalten wir vielleicht auch einen Hinweis darauf, ob der unbekannte Tote aus Antwerpen Linkshänder ist, wie wir es von dem Schläger vermuten, der Georgios Mitrolitis zugerichtet hat. Das würde uns in unserer These stützen, dass es sich um den geplanten Aufbau einer hochgradig kriminellen Struktur handelt.«

»Wenn der Typ aus Antwerpen von Reiche ermordet wurde, wieso taucht die Leiche in Belgien auf? Da können wir hier lange suchen.«

»Das ist doch …«, antworteten Christoph und Mommsen gleichzeitig, brachen dann aber beide ihre Ausführungen ab.

Christoph zeigte auf den jungen Kommissar. »Das kann Harm dir erklären.«

»Das ist doch klar«, setzte Mommsen noch einmal an. »Wo würdest du deine Leiche verschwinden lassen?«

»Da gibt es viele Möglichkeiten«, überlegte Große Jäger. »Eingraben. Zerstückeln. In einem Säurebad auflösen. Einfrieren.«

»Oder in die Welt exportieren«, ergänzte Mommsen.

»Mensch. Dass ich da nicht eher drauf gekommen bin. Ich lad die Leiche auf einem Schiff ab und hoffe, dass sie irgendwo verschwindet.«

»Wobei der Täter, in diesem Fall Reiche, aber nicht wusste, dass wir den Toten relativ schnell würden zuordnen können. Woher soll ein Laie das auch ahnen«, erklärte Christoph.

»Und er musste den Toten nicht einmal an Bord tragen.« Der Oberkommissar war jetzt wieder auf Linie. »Du packst dir das Bündel einfach in den Kofferraum, fährst zu einer der Brücken, die den Nord-Ostsee-Kanal überqueren, und wirfst die Leiche auf ein zufällig vorbeifahrendes Schiff. Das alles in der Hoffnung, dass die dumme Polizei hinterher nicht darauf kommt, wo und wie die ungebetene Fracht an Bord gelangt ist.«

»Es gibt sechs Brücken über den Kanal. Die beiden Autobahnbrücken in Hohenhörn und Rade dürften ausscheiden, da es viel zu auffällig wäre, auf einer Autobahn zu halten und etwas ins Wasser zu werfen. Das würde die Aufmerksamkeit anderer Verkehrsteilnehmer erregen und somit unliebsame Zeugen schaffen. Die Brücke bei Brunsbüttel hat eine zu lange gerade Rampe, die Kieler Brücken sind zu stark frequentiert. Bleibt idealerweise die Grünentaler. Das dürfte die Brücke mit dem geringsten Verkehrsaufkommen sein. Außerdem liegt sie günstig, da sich gleich oben an der Brücke ein Parkplatz befindet, der im Oktober bei Dunkelheit einsam genug liegt, um dort unentdeckt zu bleiben. Harm, versuch doch einmal herauszufinden, wann das Schiff den Nord-Ost-See-Kanal passiert hat.«

Mommsen nickte und machte sich sogleich an die Arbeit. Er führte ein paar Telefonate, recherchierte im Internet und meldete sich nach einer knappen Stunde mit dem Ergebnis.

»Die ›Solothurn Express‹ hat sich am Mittwoch, dem 19. Oktober, um sechzehn Uhr in Kiel-Holtenau angemeldet. Die Schleusungszeit beträgt etwa dreißig Minuten. Gemäß der Klassifizierung des Schiffes ist im Kanal eine Höchstgeschwindigkeit von sechseinhalb Knoten zulässig, das sind etwa zwölfeinhalb Stundenkilometer. Die Grünentaler Brücke liegt bei Kanalkilometer 31, gerechnet von Brunsbüttel. Das bedeutet eine Entfernung bis Holtenau von rund siebenundsechzig Kilometern. Ein Schiff benötigt somit etwa fünfeinhalb Stunden Fahrtzeit. Rechnen wir die Schleusung hinzu, muss die ›Solothurn Express‹ gegen zweiundzwanzig Uhr an der Grünentaler Brücke gewesen sein.«

»Wenn wir – rein hypothetisch – zurückrechnen«, sagte Christoph, »könnte das heißen, dass Reiche bei einer angenommenen Fahrtzeit von eineinhalb bis zwei Stunden von Leck bis zum Kanal sein Opfer am frühen Abend, so gegen neunzehn Uhr, ermordet haben könnte. Um diese Jahreszeit ist es auch schon dunkel, sodass er unbemerkt von seinen Nachbarn die Leiche in seinen Pkw schaffen konnte.«

»Warum hat er nicht bis Mitternacht gewartet?«, warf der Oberkommissar ein.

»Die Frage kann uns Reiche nicht mehr beantworten. Ich kann mir aber vorstellen, dass er in Panik geraten ist. Nach alldem, was wir von ihm gehört haben, scheint er kein erfahrener Gewalttäter gewesen zu sein. In solchen Extremsituationen handeln Menschen oft außerhalb jeglicher Rationalität.«

»Wenn dem so ist, bleibt mir rätselhaft, weshalb er dann wohlüberlegt und zielgerichtet zum Kanal fährt, um sich dort der Leiche zu entledigen. Und dabei sogar noch den klugen Gedanken im Hinterkopf hat, dass mit etwas Glück der Tote auf Nimmerwiedersehen irgendwo in Europa verschwindet.«

»Eventuell ist er im ersten Schrecken ziellos durch die Gegend gefahren, nur getrieben von dem Gedanken, möglichst weit weg von seiner Wohnung zu kommen. Vielleicht hatte Reiche gar keinen Plan, und die Idee mit dem Kanal ist ihm zufällig unterwegs gekommen. Möglicherweise hatte er sogar nur vor, den Toten ins Wasser zu werfen, und das Schiff tauchte zufällig unter ihm auf.«

»Was wollen wir nun unternehmen?«, fragte Große Jäger.

Bevor Christoph antworten konnte, mischte sich Mommsen ein. »Wir haben zuerst noch eine unangenehme Aufgabe zu erfüllen. Uns liegt ein Haftbefehl vor.«

»Erzähl«, knurrte Große Jäger in der Vorahnung, dass er an der Vollstreckung mitwirken musste.

»Jörn Treinat, achtundzwanzig Jahre, wohnhaft in der Süderstraße.«

»Was liegt gegen den Mann vor?«

»Sozialbetrug. Er hat gleichzeitig Arbeitslosenhilfe und Erwerbsminderungsrente bezogen. Zwei Monate lang. Nach eigener Einlassung lag eine Überschneidung vor. Er hat sich – angeblich – sofort beim Arbeitsamt gemeldet, als die Rentenzahlung begann, und wollte das Geld zurücküberweisen. Doch man hat ihm gesagt, er soll erst den Rückforderungsbescheid abwarten, sonst kann man in einer solch großen Behörde den Zahlungseingang nicht buchen. In der Zwischenzeit hat ihm der Gerichtsvollzieher das zwischengeparkte Geld wegen ausstehender Unterhaltszahlungen gepfändet, sodass Treinat nicht zahlen konnte. Das interessiert aber das Arbeitsamt nicht. Die werfen ihm stur Sozialbetrug vor. Und weil sich der Delinquent weigert, eine eidesstattliche Versicherung abzugeben, liegt jetzt ein Haftbefehl gegen ihn vor.«

»Sag mir, dass das nicht wahr ist«, ereiferte sich Große Jäger. »Das ist doch wieder ein Ausbund an Bürokratie, da ist der Einzelne machtlos.«

Mommsen zuckte die Schultern. »Unser gesunder Menschenverstand ist hier nicht gefragt. Also müssen wir unsere Pflicht tun, auch wenn es uns ungerecht erscheint.«

Der Oberkommissar lehnte sich in seinen Stuhl zurück, verschränkte die Arme vor der Brust, machte einen Schmollmund und sah Christoph an.

»Da kannst du machen, was du willst. Für so etwas gebe ich mich nicht her.«

»Unsere persönlichen Empfindsamkeiten und Gefühle spielen in unserem Beruf keine Rolle«, antwortete Christoph. »Wir sind nur Erfüllungsgehilfen der dritten Macht im Staat.«

»Ach nee!«, gab Große Jäger mit gedehnter Stimme zurück. »Gestern Abend und heute Morgen hast du aber nicht so ausgesehen, als würdest du völlig emotionslos deinen Job verrichten. Wie war das noch gleich mit Auhagen? Hinter dieser Verhaftung steckt doch vielleicht genau so ein armes Schwein. Und wir sollen uns zum Handlanger einer fragwürdigen Bürokratie machen? Hier liegt doch kein objektives Verfahren vor. Wir machen uns zum Büttel. Und im gleichen Atemzug wirft man uns Knüppel zwischen die Beine, wenn wir die wirklich Kriminellen jagen. Dann dürfen wir dies nicht, jenes nicht. So eine arme Sau wie den Treinat köpft man, aber wer der Hintermann bei dieser ominösen Finanzberatung in Schleswig ist, dürfen wir aus Gründen der Rechtsstaatlichkeit nicht eruieren. Ach, ihr könnt mich alle mal …«

Wütend knallte Große Jäger mit dem Fuß die Schreibtischschublade zu, die er wie gewöhnlich zum Parken seiner Füße herausgezogen hatte.

Bevor Christoph ihm antworten konnte, stand der wuchtige Oberkommissar auf.

»Gut«, schnaubte er, »okay! Ich bin ein braver Polizist. Ich marschier jetzt mit Harm los und fang den Sozialbetrüger ein.« Große Jäger hatte sich in Rage geredet. »Ich geh noch mal in Ruhe zur Entwässerung. Dann kann's losgehen.« Wie um seine Worte zu unterstreichen, griff er sich mit der rechten Hand in den Schritt und führte dort jene Geste aus, die von Frauen oft als typisch maskulin und geschmacklos beschrieben wird. Dann verließ er das Büro.

»Ich kann Wilderich verstehen, aber deshalb kann es noch lange nicht in unserem Ermessen liegen, wann und wen wir verhaften und der Justiz überstellen.«

»Ja«, pflichtete Mommsen bei, »wie jeder hat auch unser Beruf seine Schattenseiten.«

Es dauerte eine ganze Weile, bis Große Jäger zurückkehrte. Er wirkte wie ausgewechselt. Sein unbändiger Zorn schien verflogen.

»Was ist nun? Wollen wir endlich?«, forderte er Mommsen auf.

Christoph sah den beiden nach. Dann beschloss er, sich die Grünentaler Brücke und deren Umgebung aus der Nähe anzusehen, obwohl er davon ausging, dort keine Spuren mehr zu finden.

Da die beiden Kollegen mit dem Dienst-Kombi unterwegs waren, fuhr Christoph mit seinem eigenen Fahrzeug. Er schalt sich selbst einen Narren, als er unterwegs immer wieder in den Rückspiegel blickte, um sich zu vergewissern, ob er eventuell verfolgt würde. Er konnte nichts Auffälliges feststellen. Christoph wählte den Weg über die Eiderbrücke bei Tönning und die schnurgerade durch die Marsch gezogene Bundesstraße, die westlich von Heide direkt in die Autobahn überging. Hier oben im Norden hatte man, zumal um diese Jahreszeit, die Autobahn streckenweise für sich allein. Unvorstellbar für geplagte Autofahrer in den Ballungszentren, die oftmals in den Verkehrsnachrichten die wenig tröstliche Information zu hören bekamen, dass der Stau vor ihnen sechs oder mehr Kilometer betrage, aber eine Umleitung nicht zu empfehlen sei.

Christoph fuhr den großen Bogen, der die Autobahn um Heide herumführte. Rechts lag das markant aus der Landschaft herausragende Areal der einzigen Erdölraffinerie Schleswig-Holsteins. Obwohl die freie Autobahn der Traum eines jeden geschwindigkeitsbesessenen Fahrers hätte sein können, reduzierte Christoph das Tempo, als er registrierte, dass der Westwind, der über die freie Fläche blies, ihn Richtung Leitplanke trieb. Er bewunderte den Mut, nein, eigentlich war es Leichtsinn, den der Fahrer eines leichteren Autos bewies, der ihn überholte und es nicht als störend empfand, dass sein Auto zwischen beiden Fahrspuren hin und her pendelte.

Christoph verließ in Albersdorf die Autobahn, um bald darauf an die Grünentaler Hochbrücke zu gelangen.

Die alte, kombinierte Brücke, die Eisenbahn und Autos einträchtig auf der gleichen Spur nutzten, hatte man durch eine Kastenbrücke mit grauen V-Stahlstreben ersetzt, über die eingleisig neben den beiden Fahrbahnen die fröhlich-bunten Züge der Schleswig-Holstein-Bahn rollten. Deshalb gab es nur einen Fußweg auf der westlichen Seite.

Vor der Brücke lag ein kleiner Parkplatz, der aber weiter von der Mitte der Kanalüberquerung entfernt war als der, den Christoph hinter der Brücke fand. Direkt am Ende des Übergangs zweigte der Rastplatz ab.

Christoph hielt an und stieg aus. Die ganze Anlage war unbeleuchtet. Er folgte dem Fußweg bis zur Brückenmitte und sah in die Tiefe, auf das blaugraue Band des Nord-Ostsee-Kanals, der international Kielkanal genannt wurde.

Unten, in der Tiefe, führte am bewachsenen Ufer ein Sandwanderweg entlang. Etwas oberhalb lag ein Ehrenmal. Selbst wenn dort abends gegen zweiundzwanzig Uhr Spaziergänger unterwegs gewesen wären, hätten sie in der Dunkelheit nichts von Reiches Aktion mitbekommen.

Über die Brücke rollten nur noch wenige Autos. Der überregionale Verkehr nahm die Autobahn, und zwischen Hanerau-Hademarschen im Süden und Albersdorf im Norden, die immerhin zehn Kilometer auseinander lagen, gab es nur sehr vereinzelt einsame Wohnhäuser, geschweige denn Ortschaften. Somit war nicht davon auszugehen, dass Reiche beobachtet worden war. Selbst wenn diese Stelle nicht planmäßig, sondern intuitiv aufgesucht wurde, hätte der Mörder keine bessere für die Entsorgung der Leiche finden können. Wie Christoph es nicht anders erwartet hatte, waren heute keine verwertbaren Spuren mehr zu erkennen, zumindest nicht mit bloßem Auge. Er würde Jürgensen anrufen und es dem Kriminaltechniker überlassen, ob der es für ratsam hielt, die Brücke noch einmal von seinen Experten absuchen zu lassen.

Christoph setzte sich ins Auto und fuhr langsam zurück.

In welcher Stimmung war Reiche gewesen, nachdem er sich seines Opfers entledigt hatte? War er verschmutzt? Mit Blut beschmiert? Hatte er Angst? Panik?

Am Fuß der Brückenauffahrt befand sich ein Gasthof. Christoph hielt an und befragte den Wirt, ob er am vergangenen Mittwoch etwas Auffälliges wahrgenommen hätte. Er zeigte auch Reiches Bild. Aber der Mann zuckte nur desinteressiert mit den Schultern und sagte, er habe weder etwas gesehen, noch würde er den Mann auf dem Foto wiedererkennen.

Ähnliche Auskünfte erhielt er in den Gaststätten und Imbissstuben in Albersdorf, das er bei seiner Rückfahrt durchquerte. Niemand hatte Reiche oder den dunkelgrünen, älteren Audi A4 gesehen. Es wäre auch ein zu glücklicher Umstand gewesen. Christoph erschien es sinnlos, weiter zu suchen, zumal nicht einmal sicher war, ob Reiche für die Rückfahrt den Weg über Albersdorf gewählt hatte.

Christoph hatte den Ort schon fast verlassen, als er auf der rechten Seite im Hintergrund die Schleswig-Holstein-Flagge sah, die sich heftig im Wind bewegte. Ein großes Schild am Straßenrand verkündete, dass das Soldatenheim auch für Besucher offen stand. Diesen letzten Versuch wollte Christoph noch wagen.

Am verschlossenen Eingang fand sich ein Hinweis, dass die Einrichtung erst nach Dienstschluss geöffnet hatte. An der Seite des Gebäudes hörte Christoph jedoch, wie jemand mit leeren Bierfässern und Getränkekisten hantierte. Er umrundete den Bau und traf auf einen stämmigen Bartträger. Der Mann blickte auf, als Christoph sich näherte.

»Moin. Ich habe eine Frage.« Christoph hielt dem Mann Reiches Bild hin. »Kennen Sie den?«

Der Bärtige kniff ein wenig die Augen zusammen, sodass die Falten noch ausgeprägter zu sehen waren.

»Nein«, antwortete er, zögerte dann aber einen Moment. »Darf ich?« Er griff zum Foto, drehte es ein paarmal hin und her, kniff erneut die Augen zusammen und meinte dann: »So ganz sicher bin ich mir nicht. Es könnte sein, dass er vor kurzem hier war.«

»Wann war das?«

Der Mann holte tief Luft. »Das weiß ich beim besten Willen nicht mehr. Oder doch? Ja. Gestern vor einer Woche. Letzten Mittwoch. Das muss der ... warten Sie.«

»Mittwoch, der 19. Oktober«, half Christoph.

»Genau. Stimmt. Wir hatten eine geschlossene Veranstaltung. Ein paar Beförderungen. Dann schließen wir für den allgemeinen Publikumsverkehr. Es war schon später. Abends. So gegen halb elf. Unsere Jungs hatten schon mächtig einen im Timpen. Ich sah die Lichter auf dem Parkplatz. Der Mann trommelte an die Eingangstür und wollte sich nicht abweisen lassen, als ich aufschloss. Weil die anderen Gäste ohnehin schon ziemlich alle waren, habe ich ihm einen Kaffee und zwei Gammel Dansk ausgeschenkt. Er schien mir sehr nervös zu sein. Ich habe ihn allerdings nicht weiter gefragt. Vielleicht hatte er etwas mit dem Magen. Dafür könnte sprechen, dass er sich eine ganze Weile auf dem Klo aufgehalten hat. Nach etwa zwanzig Minuten hat er bezahlt und ist wieder gegangen.«

Christoph bedankte sich bei dem auskunftsfreudigen Mann und notierte sich dessen Namen und Anschrift. Dieser Zeuge bestätigte, dass sich der Abend so entwickelt haben konnte, wie sie sich das vorgestellt hatten.

Aus einem nicht bekannten Grund war Reiche dann weiter nach Husum gefahren und dort am nächsten Tag seinem eigenen Mörder begegnet.

Christoph fuhr nach Husum zurück. Unwillkürlich behielt er den Rückspiegel im Auge, konnte aber niemanden entdecken, der ihm folgte.

*

Von einem Papierstapel zu sprechen wäre unzutreffend gewesen. Ein wüstes Durcheinander von losen Zetteln, Formularen, Aktendeckeln, dazwischen willkürlich auseinander gerissene Teile der Husumer Nachrichten. Mittendrin ein angelaufener Kaffeebecher … das war Große Jägers Schreibtisch. Dem Zustand des Arbeitsplatzes war nicht zu entnehmen, ob der Oberkommissar nur mal eben den Platz verlassen hatte oder außer Haus war. Eine glimmende Zigarette im Aschenbecher deutete an, dass Große Jäger in einer der Nachbarbüros unterwegs oder – wie er zu sagen pflegte – zum Entsaften war. Aber ein Verlass war auf den Glimmstängel auch nicht. Oft genug hatte er die Zigarette beim Davoneilen einfach vergessen.

»Hallo, Harm«, grüßte Christoph, als er zurückkam und deutete mit einer Hand auf den Arbeitsplatz des Oberkommissars.

Mommsen verstand die Geste richtig. »Er hat gemurmelt, er muss sich um ›Blödmann‹ kümmern, und ist von dannen gezogen.«

»Das entspricht sonst nicht seiner Art.«

Mommsen lachte. »Erklär mir bitte, was an unserem Kollegen verlässlich ist, mit Ausnahme der Tatsache, dass du dich auf ihn verlassen kannst.«

»Ward ihr erfolgreich bei der Vollstreckung des Haftbefehls? Oder gab es Probleme?«

»Völlig unproblematisch. Jörg Treinat war nicht da. Wir haben in der Wohnung eine junge Frau angetroffen. Die berichtete, dass Treinat kurz zuvor den Telefonanruf eines Unbekannten erhalten und dann Hals über Kopf die Wohnung verlassen hatte. Er fand nicht einmal Zeit, ihr eine Erklärung abzugeben.«

Christoph nickte nur. »Tja« war sein ganzer Kommentar dazu. Er konnte sich denken, wer der geheimnisvolle Anrufer war.

»Klaus Jürgensen hat sich zwischendurch gemeldet. Du möchtest ihn bitte zurückrufen.«

Christoph betätigte die Kurzwahltaste auf seinem Apparat.

»Jürgensen.«

»Hallo, Klaus. Harm sagte, ich …«

»Wenigstens einer, der bei euch arbeitet«, wurde Christoph vom Leiter des Erkennungsdienstes unterbrochen, »während ihr anderen die letzten Sonnenstrahlen des Herbstes genießt.« Dann hustete er.

»Vielleicht solltest du dich auch einmal in die Sonne setzen, damit deine Erkältung verschwindet.«

»Würde ich gern, aber ihr lasst mir ja keine Gelegenheit. Stets muss ich mich mit eurem Kleinkram herumplagen.«

»Das wäre eine gute Idee. Wir machen hier eine eigene Kriminaltechnik auf. Dazu holen wir uns den besten Mann, den die Landespolizei zu bieten hat.«

»Das geht nicht«, antwortete Jürgensen mit nasaler Stimme, »du glaubst doch nicht im Ernst, dass mich irgendwer zu den wilden Strandräubern an die Westküste locken kann. Selbst die Nordsee verschwindet zweimal am Tag, um danach vorsichtig zu gucken, ob ihr noch da seid. Ihr nennt diesen Vorgang schamhaft Ebbe und

Flut. Wir haben Neuigkeiten vom Toten aus Antwerpen«, wechselte er übergangslos das Thema. »Die Fingerabdrücke sind eindeutig identisch mit den bisher nicht zuordenbaren Prints aus Reiches Wohnung. Sie passen auch zu den Straftaten in Bad Vilbel, Dänemark und Lille. Der Tote soll außerdem, so die Expertise der Belgier, Linkshänder gewesen sein.«

»Vermutlich war er es dann auch, der den griechischen Imbissbesitzer aus Heide verprügelt hat. Dessen Verletzungen deuteten auf einen Linkshänder hin.«

»Kann schon sein. Gratuliere. Ihr habt Klarheit in eine Reihe von Straftaten gebracht. Und sogar indirekt das Wunder vollbracht, die Leiche zu finden. Damit dürfte der Mord in Leck geklärt sein. Täter und Opfer sind identifiziert.«

»Nicht ganz, Klaus. Uns fehlen noch Motiv und der Name des Opfers.«

Jürgensen nieste. »Da teilen wir uns die Arbeit«, machte er dann einen Vorschlag. Christoph konnte sich vorstellen, mit welch schelmischem Gesichtsausdruck der kleine Hauptkommissar jetzt in Flensburg saß. »Du kümmerst dich um das Motiv. Ich sage dir, wie der Tote heißt.«

»Das wisst ihr?«

»Klar. Wir sind ja eine gut organisierte Polizei in Flensburg. Würde Dr. Starke jetzt behaupten.«

»Ich erspare mir den Kommentar, den Wilderich dazu abgeben würde.«

»Das ist auch besser so. Wir wollen bei unserer Arbeit jugendfrei bleiben. Der Tote ist achtunddreißig, heißt Pjotr Schewtschenko und kommt aus Witebsk.«

»Das klingt russisch.«

»Fast. Das liegt im Nordosten Weißrusslands, nahe der Grenze zu Russland.«

»Wisst ihr noch mehr über den Mann? Vorstrafen? Vorgeschichte?«

»Das LKA hat Informationen aus Minsk angefordert. Das Verhältnis zu Weißrussland ist bezüglich der polizeilichen Zusammenarbeit eher schwierig. Sobald ich etwas erfahre, melde ich mich bei dir. Ich habe aber noch eine Nachricht für dich. Reiche hatte ein Handy in seinem Auto liegen. Kurz vor seiner Ermordung wurde er zweimal angerufen. Das erste Mal gegen Viertel nach zehn, das zweite Mal kurz vor Mitternacht.«

»Sicher kannst du mir auch sagen, wer die Anrufer waren?«

Jürgensen hüstelte. Diesmal klang es aber künstlich. »Ja, aber es bringt euch nicht weiter. Es war ein Prepaid-Handy, erworben von einer Petra Diedrichs aus Büttjebüll. Für ihren elfjährigen Sohn Pepe. Der Kleine hat es entweder verloren, oder es ist ihm in der Schule gestohlen worden. Und da das Gerät ein abgelegtes der Mutter war und das Kartenguthaben unter fünf Euro betrug, hat die Frau es abgeschrieben, ohne es dem Provider oder sonst wem zu melden.«

»Solche Geräte tauchen dann auf dem Flohmarkt oder sonst wo auf. Die Spur ist tot.«

»Stimmt. Und noch etwas. Von der Mordkommission weiß ich, dass ein Nachbar Reiches in Leck glaubt, ein Fremder hätte sich am fraglichen Abend in der Nähe der Wohnung herumgetrieben. So gegen zehn, meint der Mann.«

Nachdem Jürgensen sich verabschiedet hatte, diskutierte Christoph die neuen Erkenntnisse mit Mommsen.

»Mangels Fakten bleibt uns nur die Phantasie. Vom toten Weißrussen ist uns bekannt, dass er häufig mit einem Kumpel aufgetreten ist. Wenn sich der nun in Leck umgesehen hat, weil Schewtschenko nicht wieder auftauchte und vielleicht sogar in Reiches Wohnung eingedrungen ist, könnte er erkannt haben, was dort geschehen ist. Daraufhin hat der Unbekannte Reiche angerufen. Das war Viertel nach zehn. Reiche muss zu diesem Zeitpunkt herumgeirrt sein. In seine Wohnung traute er sich wohl nicht zurück. Der Anruf hat seine Panik noch verstärkt. Das Resultat kennen wir. Mit dem zweiten Anruf hat der Unbekannte Reiche noch nach Husum gelockt. Dort kam es dann zur Auseinandersetzung vor dem Palmengarten, in deren Verlauf Reiche selbst ermordet wurde.«

Mommsen stimmte Christophs Gedanken zu, nicht ohne aber anzumerken: »Das klingt logisch, aber es bleiben Vermutungen.«

Der Rest des Nachmittags verlief ereignislos und bot den beiden Beamten Gelegenheit, liegen gebliebene administrative Tätigkeiten nachzuholen, vor denen sich Große Jäger – wieder einmal – erfolgreich gedrückt hatte.

*

Der Penner hatte seit dem späten Nachmittag verschiedene Kneipen im Stadtgebiet aufgesucht, dabei jeweils am Tresen gestanden und sich wortkarg gegeben.

»Bist wohl was Besseres«, hatte ihn ein Kneipengänger gefragt, aber der Mann in der abgerissenen Kleidung hatte nur gebrummt: »Lass mich. Hab 'nen guten Grund. Hab endlich meine Nachzahlung von der Stütze gekriegt.« Dann hatte er sich wieder dem stillen Trinken zugewandt. Jetzt saß er auf den Stufen am Tinebrunnen mitten auf dem Marktplatz, sah dem um diese Zeit nur noch spärlichen Treiben zu und öffnete mit dem Daumen ein neues Bier. Mit einem satten »Plopp« flog der Bügel mit dem Keramikverschluss vom Flaschenhals. In aller Ruhe trank er schluckweise, rauchte dabei zwei Zigaretten und stellte die leere Flasche vor den linken Fuß der mit grüner Patina überzogenen Fischerfrau.

Mit einem leichten Stöhnen erhob sich der Mann in seiner schmuddeligen Kleidung, fasste sich dabei ins Kreuz, gab noch einen ächzenden Laut von sich und ging mit unsicheren Schritten quer über den Marktplatz in Richtung des altehrwürdigen Rathauses. Ohne auf den Verkehr zu achten, überquerte er die schmale Norderstraße, die am Marktplatz vorbeiführte. Ein Autofahrer, der den unachtsamen Fußgänger schon von weitem gesehen hatte, drosselte sein Tempo, strafte den Penner aber mit einem wütenden Hupen. Der revanchierte sich mit dem Zeigen des ausgestreckten Mittelfingers und wankte weiter in Richtung des schmalen Durchlasses im Rathaus, der zu der dahinter liegenden Fußgängerzone, dem Schlossgang, führte. Kurz nach dem Torbogen öffnete sich die Gasse, und von links drang der unangenehme Geruch der öffentlichen Toilette herüber. Der Mann in der schmutzigen Kleidung blieb stehen und zündete sich mit unsicherer Hand eine weitere Zigarette an. Dann ging er mit gesenktem Haupt weiter Richtung Schloss. In den Fenstern der schmucken Häuser entlang der Fußgängerzone brannte Licht. Auch im Café Jacqueline, gleich neben der Schlossbuchhandlung am alten Brauereiplatz, war noch Betrieb. Ein wenig weiter beleuchteten die hellen Fenster des repräsentativen Hauses, in dem Dr. Hinrichsen seine Praxis hatte, das Pflaster der urigen Straße. Laut klapperten die Absätze einer Frau, die von der Schlossseite in den Fußweg eingebogen war. Als sie den Penner auf dem sonst menschenleeren Weg entgegenkommen sah, stockte sie kurz, gab sich dann aber einen Ruck, wich zur Seite aus, die hier von dichtem Buschwerk gesäumt wurde, und schien froh zu sein, dass sie die unheimliche Gestalt passiert hatte.

Der Penner schenkte ihr keine Aufmerksamkeit, rülpste laut und vernehmlich und überquerte die Straße am Ende der Fußgängerzone, um auf der gegenüberliegenden Straßenseite ins Dunkel der Grünanlagen abzutauchen. Er fluchte leise vor sich hin, als er sich mühsam auf den Stufen zum unbefestigten Weg an der Schlossgräfte hinabtastete. Kurz darauf überquerte er die menschenleere Zufahrtsstraße zum »Schloss vor Husum«, wandte sich nach rechts und strebte dem Eingang mit dem schmiedeeisernen Tor zu.

Nur schwach drang der Lichtschimmer der Stadt in den dunklen Schlosspark. Schemenhaft, mehr zu ahnen als zu erkennen, lag voraus das Storm-Denkmal. Der Penner schlug den Weg nach links ein, ließ den dunklen Spielplatz unbeachtet und wankte mit unsicheren Schritten auf dem Sandweg an den Rückfronten und gemauerten Grundstücksabgrenzungen der »Neustadt« entlang. Seine Augen hatten sich an die Dunkelheit gewöhnt, sodass er jetzt etwas mehr erkennen konnte. Die mächtigen Bäume mit ihren immer noch belaubten Kronen bildeten fast ein Dach über das Parkgelände, über die Wiesen kroch die erste Feuchtigkeit, die im Laufe der frühen Morgenstunden sicher wieder zu Bodennebel führen würde. Der Mann sah schon die Umrisse des alten Wasserturms. Dort würde er den Park wieder verlassen und seinen Weg auf der hell erleuchteten »Neustadt« fortsetzen.

Vor der dunklen Mauer zur linken Hand stand eine große Tanne mit einer Bank davor. Er hatte gerade diese Stelle passiert, als er hinter sich ein Geräusch vernahm. Ehe er sich umsehen oder reagieren konnte, erhielt er einen furchtbaren Stoß in den Rücken, stolperte nach vorn und versuchte, den Sturz durch einen Ausfallschritt zu vermeiden.

SIEBEN

Erst war ein dumpfes Dröhnen zu hören, dann schwoll der Lärm an und ging langsam in ein gleichmäßiges, kraftvolles Spektakel über.

Christoph hatte an diesem Morgen gerade das Büro betreten und wollte soeben Platz an seinem Schreibtisch nehmen, als er aus dem Fenster durch den Lärm abgelenkt wurde und zum gegenüber liegenden Bahnhof sah. Kurz darauf tauchte die Diesellokomotive mit den fünf schmutzigen roten Wagen auf. Es waren immer fünf Anhänger, die der Regionalzug nach Westerland mit sich führte. Und sie waren immer verdreckt.

Man hat fast den Eindruck, die Deutsche Bahn wartet auf kräftigen Regen, statt ihren Fuhrpark gelegentlich einmal durch eine Waschanlage zu fahren, dachte Christoph. Aber nun sollte es nicht mehr lange dauern, bis die Fahrzeuge der ehemaligen Staatseisenbahn durch den modernen Fuhrpark einer privaten Eisenbahngesellschaft abgelöst werden sollten, die mit ihren blitzsauberen und fast fröhlich lackierten Wagen bereits weite Teile des Landes bediente.

Das würde dann wieder zum Bahnhof der Stadt passen, der gepflegt und frei von Graffiti war und sich damit wohltuend von Bahnhofsbauten absetzte, deren Unterführungen häufig wie das größte Urinal der Gemeinde stanken. Nur die sprießenden Wildkräuter zwischen den Bahnsteigen erfreuten hier in Husum jeden Ökofreak.

»Moin, möchtest du auch einen Tee?«, wurde Christoph in seinen Gedanken von Harm Mommsen unterbrochen.

»Moin, ja, gern.«

»Hast du schon in die Zeitung gesehen?«

»Nein, ich habe nur kurz im Radio Nachrichten gehört.«

»Welle Nord oder RSH?«

»Nein, einen überregionalen Sender.«

»Dann weißt du noch gar nicht, was sich heute Nacht in Husum ereignet hat?«

»Nein. Was denn?«

Mommsen grinste und zeigte mit der Hand auf die aufgeschlagene Zeitung. »Der Aufmacher in den Husumer Nachrichten.«

Christoph wollte an den Schreibtisch seines Kollegen treten, als sein Telefon klingelte.

Es meldete sich Frau Fehling, die Sekretärin von Polizeidirektor Grothe. »Können Sie bitte sofort zum Chef kommen?«

Kurz darauf betrat Christoph das Vorzimmer des Leiters der Polizeiinspektion Husum.

Die aparte Endfünfzigerin sah von ihrem Computer auf und lächelte ihm freundlich zu.

»Sie können gleich durchgehen. Der Chef erwartet Sie.«

Christoph klopfte kurz an und betrat dann das Büro des Polizeidirektors. Grothe hockte hinter seinem Schreibtisch, ohne Uniformjacke, dafür mit hochgerollten Hemdsärmeln, die zwei kräftige Unterarme freigaben. Die breiten Hosenträger überspannten den mächtigen Bauch, der hinter der Schreibtischkante verschwand. Der rote Kopf mit dem silbernen Haarkranz, die buschigen Augenbrauen, all das trat zurück gegen die dicke Zigarre, an der er zog, um dann den Rauch genussvoll in den Raum zu blasen, in dem blaue Schwaden waberten.

Christoph musste daran denken, dass er den Polizeidirektor noch nie außerhalb von dessen Büro gesehen hatte, weder im Waschraum noch in der Kantine, ja nicht einmal auf dem Arbeitsweg. Grothe schien fest mit seinem Schreibtisch verwachsen zu sein.

Wie immer grüßte der vierschrötige Mann nicht, sondern zeigte wortlos mit seiner Zigarre auf den Besucherstuhl.

»Schon Zeitung gelesen?«, fragte er in seiner kurz angebundenen Dithmarscher Art.

»Nein, Chef, das habe ich noch nicht.«

Christoph hatte sich seit Beginn seiner Tätigkeit in Husum dem Brauch aller anderen Polizeibediensteten angeschlossen, die den Leiter nur mit »Chef« ansprachen und damit den Respekt vor diesem Mann bekundeten.

»Dann weiß ich gar nicht, ob ich Ihnen gratulieren soll.«

Christoph gab durch das Hochziehen der Augenbraue zu verstehen, dass er dem Polizeidirektor nicht folgen konnte.

»Der ›Schubser‹ ist gefasst. Jener Mann, der seit geraumer Zeit die älteren Mitbürger unserer Stadt in Angst und Schrecken versetzt hat. Harry Rother heißt er. Ein eher feiges Kerlchen, deshalb hat er sich auch nur an alten und hilflosen Opfer vergriffen.«

»Donnerwetter. Ich bin eben erst auf die Dienststelle gekommen«, entschuldigte sich Christoph.

»Dabei gab es merkwürdige Begleitumstände. Ich fürchte, mein Sohn«, Grothe sprach gelegentlich seine männlichen Untergebenen mit »Sohn« an, »da wird einiges an Erklärungsbedarf auf Sie zukommen. Aber der Reihe nach. Heute Nacht meldete sich ein unbekannter Anrufer bei den Husumer Nachrichten. Er nannte eine Stelle im Schlosspark, unweit des Wasserturms, und sagte, dort würde die Zeitung etwas Berichtenswertes finden. Daraufhin machte sich eine Mitarbeiterin der Lokalredaktion auf den Weg. Sie stieß auf etwas Außergewöhnliches.«

Grothe ließ ein schallendes Lachen hören und reichte Christoph über den Schreibtisch hinweg die aufgeschlagene Seite.

Unter der Überschrift »Schubser endlich gefasst« war ein großer kräftiger Mann zu sehen, der einen Baum umarmte. Das Besondere an der Fotografie war, dass der Mann dort mit heruntergelassener Hose stand.

»Was Sie nicht sehen können«, erläuterte Grothe, »ist, dass der Kerl an den Baum gefesselt war. Mit Einmalhandschellen, wie die Polizei sie verwendet. Er war so verzweifelt, dass er bereits im Schlosspark der herbeigerufenen Streife ein volles Geständnis ablegte. Ja, er ist der ›Schubser‹, und er hat die Überfälle auf Senioren und den jungen Behinderten am Hafen begangen. Und gestern hatte er einen Penner im Visier, der damit prahlte, eine Nachzahlung des Arbeitsamtes in der Tasche zu haben. Er war dem Betrunkenen in den dunklen Park gefolgt und wollte ihn an einer günstigen Stelle überfallen. Das Opfer hat sich aber als ausgesprochen widerstandsfähig erwiesen, den Täter überwältigt und mit einem Knüppel, der in der Dunkelheit einem Totschläger ähnelte, vielleicht aber auch ein Gummiknüppel war, wie die Polizei ihn nutzt, genötigt, die Hose herunterzulassen. Dann hat der Unbekannte ihm gedroht, ihn an den Baum gefesselt und sich entfernt. Der ›Schubser‹ hat eine lange Zeit notgedrungen den Baumstamm umarmt, bis das Mädchen von der Presse auftauchte, ihn erst aus allen Richtungen fotografiert hat, um dann die Streife zu verständigen.«

Christoph war sprachlos über die Neuigkeiten, obwohl in ihm sofort ein böser Verdacht keimte. Grothe schien seine Gedanken erraten zu haben.

»Das, mein Sohn, wird eine Sache sein, die von der Kripo aufzuklären ist. Auch wenn die Senioren darüber froh sein werden, dass die Bedrohung auf unseren Straßen ein Ende hat, dürfte das alles kein Ruhmesblatt für die hiesige Polizei sein. Ich will mich ja nicht in Ihre Angelegenheiten einmischen, aber vielleicht sollten Sie beim Verhör des ›Schubsers‹ auf die Gegenwart Ihres Kollegen Große Jäger verzichten.«

Dann widmete sich der Polizeidirektor wieder den Vorgängen auf seinem Schreibtisch. Christoph kannte dieses Ritual. Wortlos verließ er den Raum.

Noch bevor er die Tür seines Büro öffnete, hörte er von drinnen eine lautstarke Auseinandersetzung zwischen Große Jäger und Mommsen. Eigentlich war es nur Große Jäger, der lauter als notwendig sprach.

»Ihr mit eurem Scheiß-Tee. Die Brühe kann doch keiner trinken. Richtige Männer brauchen Kaffee. Stark. Schwarz. Und in großen Bechern.«

»Es ist deine Sache, Wilderich, dass du keinen Tee magst«, antwortete Mommsen. »Niemand zwingt dich dazu, ihn zu trinken. Aber Christoph und ich sind nun einmal Liebhaber des feinen Getränks. Du bist der Einzige hier im Büro, der Kaffee trinkt.«

»Und das ist für dich Grund genug, nur Tee zu kochen? Warum kannst du nicht auch meinen Kaffee aufsetzen?«, polterte Große Jäger und sah kurz auf, als Christoph ins Zimmer trat.

Mommsen wollte antworten, aber Christoph unterbrach ihn. »Moin, Wilderich. Ich glaube, wir müssen mehr als ein ernsthaftes Wort miteinander reden.«

Große Jäger winkte ab, setzte sich an seinen Schreibtisch, legte seine Füße auf die herausgezogene Schreibtischschublade und zündete sich eine Zigarette an.

»Ich kann mir denken, worauf du anspielst. Aber ich war die ganze Nacht in meiner Wohnung. Leider war niemand zu Besuch, nicht mal 'ne Arzthelferin, keiner hat mich angerufen, und ich bin von niemandem gesehen worden.«

»Dann hast du folglich schon die Husumer Nachrichten gelesen?«

»Nee, das mach ich immer im Büro.«

»Und woher weißt du von den Ereignissen im Schlosspark?«

»Ich habe andere Quellen«, entgegnete Große Jäger unwirsch. »So einfach ist das nicht.«

»Du willst mir doch nichts unterstellen. Niemand sollte ohne hinreichende Beweise verdächtigt werden.« Dann sprang Große Jäger in die Höhe. »Ach, ihr könnt mich alle mal …« Wütend verließ er den Raum und knallte die Tür hinter sich zu.

Christoph sah Mommsen an. »Da gehört viel Engagement zu, als Solist das fertig zu bringen, was dem ganzen Polizeiapparat über lange Zeit nicht gelungen ist. Das klappt ja nicht in einer einzigen Nacht. Da musst du schon ein paar Tage unterwegs sein. Trotzdem gibt es Dinge, die jenseits des Tolerierbaren liegen. Unser Kollege ist ein richtig gutes ›Schnüffelschwein‹. Unbestritten. Aber manchmal ist er leider etwas mehr ›Schwein‹ als ›Schnüffel‹«.

Mommsen zuckte nur mit den Schultern. Was hätte er dazu auch sagen sollen.

Erst nach einer guten halben Stunde kehrte Große Jäger zurück. Wortlos setzte er sich an seinen Schreibtisch und rauchte. Es verging eine weitere halbe Stunde, bis er sich umdrehte und mit seinem Stuhl an Christophs Arbeitsplatz heranrollte.

»Da«, sagte er und legte einen zerknitterten Briefumschlag vor Christoph. »Das habe ich in der Post gehabt.«

»Herrn Erich Jäger«, las Christoph. Ein Absender war nicht angegeben.

»Was ist das?«

»Ich habe auf eine dieser Kleinanzeigen in der Zeitung geantwortet. Du weißt schon: Sofortige Hilfe auch in kritischen Situationen. Garantiert ohne Schufa-Auskunft. Das«, Große Jäger tippte mit seinem Finger auf den Umschlag, »habe ich dafür bekommen. Du kannst dir das Lesen sparen.«

»Weshalb zeigst du mir es denn?«

»In dem Brief findest du eine Telefonnummer, unter der du weitere Informationen erhältst.«

»Lass mich raten.«

»Gib dir keine Mühe. 0190er Nummer. Genau genommen 0190 8. Das ist die teuerste Verbindung mit drei Mark siebzig pro Minute.«

»Du meinst Euro.«

Große Jäger zog die Augenbrauen hoch. »Ich sagte Deutsche Mark. Jedenfalls habe ich mir zehn Minuten den Quark angehört. Viel Musik. Bitte haben Sie ein wenig Geduld. Dann klärt dich ein endlos leierndes Band auf, wie du ein sorgenfreies Leben führen kannst. Absoluter Mist. Wirkliche Informationen kommen dabei nicht rüber. Ich habe aufgelegt, nachdem ich um fast vierzig Mark ärmer war. Aber das ist noch nicht alles.«

»Das reicht doch schon.«

»Eben nicht. Man kann sich gegen eine *kleine* Schutzgebühr – die Höhe wird nicht genannt – Antragsunterlagen für einen Sofortkredit anfordern. Und jetzt wird es ganz spannend: Dahinter steckt Nordic Financial Consulting aus Schleswig.«

Christoph und Mommsen wechselten einen Blick.

»Es ist hinterher immer einfach zu behaupten, man hätte ein seltsames Gefühl im Bauch gehabt. Aber irgendwie kam mir das Unternehmen eigenartig vor.«

Mommsen stimmte Christoph zu. »Ich hätte auch nicht sagen können, warum, teile aber deine Meinung.«

»Wir haben derzeit keine Möglichkeit, hinter die Kulissen zu blicken. Trotzdem würde mich interessieren, wer hinter dieser Finanzberatung steckt«, sagte Christoph.

»Vom Liechtensteiner Treuhänder erfahren wir nichts. Vordergründig ist alles legal«, antwortete Große Jäger. »Ich glaube, ein Gespräch mit der Geschäftsführerin wäre spannend.«

»Die hält sich aber, wie uns Schöppe erklärte, unter südlicher Sonne auf und ist angeblich nicht erreichbar.«

»Und wenn wir das Personal noch einmal in die Zange nehmen? Oder Manfred Schöppe?«

»Der leugnet, etwas mit dem Betrieb zu tun zu haben. Wir können ihm das Gegenteil auch nicht nachweisen«, antwortete Christoph. »Er hat in Hamburg etwas Ähnliches betrieben, bis er damit Insolvenz anmelden musste. Aus dieser Zeit laufen auch noch die Ermittlungen wegen Betrugs gegen ihn. Aber ein weiterer Besuch in Schleswig wäre sicher nicht verkehrt. Deine Unterlagen, Wilderich, würde ich ganz unverbindlich den Kollegen vom K3 – Wirtschaftskriminalität – zukommen lassen. Vielleicht finden die ein Haar in der Suppe.«

»Schon geschehen«, knurrte der Oberkommissar. »Für wen hältst du mich? Dafür fahre ich dieses Mal mit nach Schleswig«, beschloss er mit einer Stimme, die keinen Widerspruch duldete, und stand auf.

*

Der Ford-Kombi schnurrte ohne Probleme über die Landstraße. Dank seiner robusten Bauart schien es nichts auszumachen, dass Große Jäger fuhr. An dessen ständiges Fluchen über andere Verkehrsteilnehmer hatte Christoph sich gewöhnt. Heute schien der Oberkommissar aber unkonzentriert. Ständig bewegte er das Lenkrad, sodass das Auto nicht die Spur hielt, sondern in eine leichte Pendelbewegung versetzt wurde.

»Ist etwas mit dem Wagen?«, fragte Christoph.

»Nee! Sollte es?«

»Weil du nicht geradeaus fährst.«

»Das liegt daran, dass ich die Hälfte meiner Aufmerksamkeit einem Opel widme, der uns seit Husum verfolgt.«

Christoph klappte die Sonnenblende herunter und bemerkte im kleinen Spiegel das Fahrzeug, dass in angemessenen Anstand hinter ihnen herfuhr.

»Ich beschleunige jetzt«, kündigte Große Jäger an. Die Tachonadel zeigte hundertzwanzig. Der Abstand vergrößerte sich ein wenig, doch auch der Opel hatte das Tempo erhöht. Er näherte sich ihnen, als Große Jäger trotz freier Strecke auf achtzig reduzierte. Der Verfolger passte sich der neuen Geschwindigkeit an.

»Jetzt möchte ich es wissen«, verkündete Große Jäger. Im nächsten Ort, Treia, bremste er den Dienstwagen auf unter dreißig Stundenkilometer ab, sodass dem Opel, wollte er nicht auffallen, nichts anders übrig blieb, als sich direkt an ihre Stoßstange zu hängen.

Mitten im Ort blinkte der Opel links und bog in eine Seitenstraße ab.

»Manchmal sieht man Gespenster, wo keine sind«, schalt sich Große Jäger selbst

»Besser so, als unaufmerksam durchs Leben zu gehen«, versuchte ihn Christoph zu trösten, nachdem beide festgestellt hatten, dass sich der Verfolger als Mutter mit zwei lebhaften kleinen Kindern auf dem Rücksitz entpuppt hatte.

»Wir sollten zuvor noch einmal Manfred Schöppe einen Besuch abstatten«, schlug Christoph vor und leitete Große Jäger zum Wikingerturm. Der Hausmeister, der bei ihrem ersten Besuch so eifrig gefegt hatte, blieb unsichtbar. Auch ihr Läuten blieb erfolglos. Christoph versuchte es in der Marina. Die »Sabine II« schaukelte sanft in der schwachen Dünung. Alles war verschlossen. Von Manfred Schöppe war nichts zu sehen.

»Der hat sich aus dem Staub gemacht und besucht seine Freundin in der Südsee«, mutmaßte Große Jäger.

»Das wäre nicht klug, denn er würde damit gegen Auflagen verstoßen. Das Gericht hat angeordnet, dass er während der Ermittlungen in Sachen Betrugsverdacht das Land nicht verlassen darf.«

»Na schön, dann leite mich mal zum Büro auf dem Holm. Ich bin gespannt, was die Herrschaften mit meinen Telefongroschen gemacht haben.«

Sie fanden einen Parkplatz direkt vor dem Gebäude am Kirchplatz. Auf ihr Klingeln öffnete die junge Frau, die sie bereits bei ihrem ersten Besuch empfangen hatte. Sie erkannte Christoph wieder und sah ihn an, dabei munter weiter ihr Kaugummi bearbeitend.

»Wir möchten gern mit Herrn Schöppe oder Frau Bruck-Hersanger sprechen«, bat Christoph, nachdem die Angestellte kein Wort von sich gegeben hatte.

»Die sind nicht da«, erwiderte sie.

»Dürfen wir trotzdem hereinkommen?«

Sie drehte sich um und führte die beiden Polizeibeamten in ein Büro. Es waren wieder die beiden Angestellten anwesend, die Christoph schon kannte. Der junge Mann telefonierte, während Frau Richter, als sie den Besuch bemerkte, sich von ihrem Platz erhob und ihnen entgegenkam. Ohne ein Wort der Begrüßung sagte sie: »Wir sollten uns dort hineinsetzen.« Dann führte sie die beiden in den Besprechungsraum.

»Unsere Geschäftsführerin ist verreist. Das habe ich Ihnen schon neulich gesagt«, fuhr sie Christoph in einem scharfen Ton an.

»Langsam, junge Frau«, mischte sich Große Jäger ein. »Erstens endet jede noch so lange Reise. Zweitens gibt es Behörden, die neugierig sind. Dazu gehört das Finanzamt. Und wir. Also, noch einmal in aller Ruhe: Wir möchten mit Frau Bruck-Dingsbums sprechen.«

Der Oberkommissar hatte die forsch auftretende Frau aus dem Konzept gebracht.

»Ich kann Ihnen nicht sagen, wann Frau Bruck-Hersanger zurück sein wird.«

»In jedem *normalen* Betrieb weiß man, wann die Angestellten aus dem Urlaub zurückkehren.«

»Aber nicht hier.«

»Also ist das kein *normaler* Laden?«

»Was wollen Sie damit sagen? Wollen Sie uns etwas unterstellen?«

Große Jäger beugte sich vor und legte seine Hände auf die Platte des wuchtigen Tisches.

»Wer hat hier das Sagen, wenn sich Ihre Chefin die Sonne auf den Bauch scheinen lässt?«

»Ich trage die Verantwortung für das Tagesgeschäft.«

»Mich interessieren Ihre Geschäfte. Die Endlosansage Ihrer 0190er-Nummer, Ihre Sofort-Kredite, die auf die Polizei mehr als dubios wirken. Soso. Sie sind das also.«

Die Frau wechselte abrupt die Gesichtsfarbe. Erst wurde sie rot, dann blass.

»Ich bin hier nur für den Ablauf des Alltagsgeschäfts zuständig«, stammelte sie. »Mit konzeptionellen Dingen habe ich nichts zu tun.«

»Wer denn?«

»Unsere Geschäftsführerin«, wich die Frau aus.

»Und wer erteilt die Kreditzusagen?«

»Auch damit habe ich nichts zu tun.«

»Also vergibt Ihr Unternehmen im Augenblick gar keine Kredite, obwohl Sie sie *sofort* versprochen haben. Alle Interessenten müssen demnach warten, bis Frau Doppelname wieder im Lande ist. Da belügen Sie ja Ihre Interessenten. Das nennt man falschen Wettbewerb.«

Christoph wurde es siedend heiß. Große Jäger, das war seiner Argumentation zu entnehmen, verstand von dieser Thematik noch weniger als die Frau. Trotzdem probierte er es auf seine Weise, indem er forsch vorpreschte und die Angestellte einzuschüchtern versuchte. Auch diesmal schien er damit Erfolg zu haben.

»Ich erledige nur Anfragen und organisiere die allgemeine Verwaltung«, gab Frau Richter kleinlaut zu. »Alles andere wird nicht in diesem Büro bearbeitet.«

»Sondern?«, fragte Große Jäger mit donnernder Stimme.

»Die Vorgänge werden abgeholt. Damit entziehen sie sich meinem Gesichtskreis.«

»Und wer holt sie ab?«

Die Frau sah ängstlich von Große Jäger zu Christoph und wieder zurück. »Herr Schöppe«, gab sie schließlich kleinlaut zu.

»Also steckt der hinter diesem Laden?«

»Das kann ich nicht sagen. Ich weiß nur, dass er offiziell nichts mit uns zu tun hat.«

»Womit beschäftigen Sie sich sonst noch in diesem Unternehmen?«, mischte sich nun Christoph ein.

Ein fast dankbarer Blick Frau Richters streifte ihn. Sie schien sichtlich froh zu sein, dass der ungehobelte und unrasierte Polizeibeamte von ihr abließ.

»Wir führen Vermögensberatungen und Verwaltungen durch. Wenn Sie eine optimale Betreuung für Ihr Geld wünschen, so übernehmen wir es professionell. Durch eine besonders kluge und diversifizierte Anlagestrategie erwirtschaften wir für Sie eine überdurchschnittlich hohe Rendite.«

»Die natürlich auch mit einem überproportional hohem Verlustrisiko verbunden ist«, entgegnete Christoph.

»Da taucht die Frage auf: Steht das Angebot noch oder sitzt der Anbieter schon?«, kommentierte Große Jäger. Frau Richter strafte ihn für diese Zwischenbemerkung mit einem bösen Blick, sah dann aber wieder Christoph an.

»Dazu kann ich nichts sagen. Wir hier im Büro sind nur für die Herstellung der Kontakte zuständig. Alles andere, die Kontraktierung und die Anlage der Gelder, erfolgt außerhalb.«

»Und wer macht das?«

»Das weiß ich nicht.«

»Auch Herr Schöppe?«

Sie zuckte hilflos mit den Schultern. »Ich weiß es wirklich nicht«, stammelte sie.

»Wissen Sie, wo wir Herrn Schöppe finden können?«

Sie nannte die Adresse Wikingerturm.

»Dort haben wir ihn nicht angetroffen.«

»Dann kann ich Ihnen wirklich nicht weiterhelfen.«

Frau Richter gab ihnen noch eine Handynummer. Dort meldete sich immer nur die Mobilbox.

»Ist der Laden eine Geldwaschanlage der russischen Mafia?«, fragte Große Jäger auf der Rückfahrt. »Wenn Schöppe von denen genauso zur Mittäterschaft erpresst wurde, wie wir es bei den anderen vermuten, könnte er vielleicht nachgegeben haben und organisiert jetzt das Geschäft. Über Erfahrung mit windigen Transaktionen scheint er ja zu verfügen.«

»Das könnte möglich sein«, stimmte Christoph zu und lauschte auf dem Rest der Rückfahrt den Kommentaren, die der Oberkommissar zum Straßenverkehr abgab.

*

Vom Büro aus hatte Christoph Anna Bergmann angerufen. Sie hatten sich für den Abend verabredet.

»Du hast lange nichts von dir hören lassen«, hatte sie ihm vorgeworfen. Er hatte sich eine Erklärung oder gar eine Rechtfertigung erspart.

Jetzt war er auf dem Weg in den südlichen Landesteil. Er wollte dem letzten Namen auf der ominösen Telefonliste einen Besuch abstatten. Quickborn war sein Ziel.

Wie oft ich in diesem Fall schon durch Dithmarschen gefahren bin, überlegte er unterwegs, als in der Ferne die Autobahnbrücke über dem Kanal auftauchte. Ein gewaltiges Bauwerk, Herausforderung an die Ingenieure, die mit der über vierzig Meter hohen Brücke und den langen Auffahrten eine enorme Leistung vollbracht hatten. Gewaltige Erdmassen waren zu bewegen gewesen. In diesem flachen Landstrich, der an einigen Stellen sogar unterhalb des Meeresspiegels lag und auch Deutschlands tiefste Landstelle aufwies, war das Brückenbauwerk die mit Abstand höchste Erhebung. Eine Weile später tauchte die nächste Brücke auf, die Hochbrücke über die Störniederung bei Itzehoe. Hier hatte man sich den Ausbau der Autobahn gespart, die vierspurige Straße auf drei Fahrstreifen reduziert und in dieser Weise die schon früher errichtete Querung genutzt. Christoph reduzierte seine Geschwindigkeit auf das vorgeschriebene Maß, da er wusste, dass diese Stelle ein beliebter Standort für die mobilen Blitzanlagen der zentralen Verkehrsüberwachung war.

Der Weg führte weiter durch das flache Land. Rechts lag die Elbmarsch mit ihrem weithin bekannten Obst- und Gemüseanbau bei Glückstadt.

Bei Pinneberg verließ er die Autobahn, fuhr durch das in großen Teilen noch unberührte Himmelmoor und erreichte schließlich Quickborn. Von früheren Besuchen wusste er, dass die Reize dieser Kleinstadt eher hinter den Hecken der großen Anwesen lagen. Der Ort selbst zeigte sich dem Besucher spröde. Es fehlte jeglicher Charme. Und wie um dieses Bild noch zu verstärken, hatte man mitten im Ort eine riesige Brache angelegt, die früher einmal Bahnhof und Vorplatz gewesen war.

Sein Navigationssystem führte ihn an einem Areal vorbei, das von Schulen und dem Freibad eingenommen wurde. Dann musste er an einer Schranke warten. Aus einer kreuzenden Straße quälten sich in unorthodoxer Fahrweise weitere Fahrzeuge hervor, die um ihn herum ein schier unentwirrbares Knäuel bildeten. Nicht umsonst, überlegte er, waren die Einheimischen mit ihrem Pinneberger Kennzeichen auf den Straßen der Region gefürchtet.

Es dauerte eine Ewigkeit, bis die Kleinbahn vom nahen Bahnsteig sich wieder in Bewegung setzte und das Gewusel vor der Schranke sich wie von selbst auflöste. Gleich hinter dem Bahndamm entstand ein neuer Stau, weil die Mehrheit der Autos auf den Parkplatz eines Supermarktes abbiegen wollte. Danach hatte er die Straße wieder für sich. Er folgte den Anweisungen der Stimme seines GPS-Systems. Rechts. Rechts. Geradeaus. Links. Das Straßenschild zeigte ihm, dass er am Ziel war. Langsam ließ er seinen Wagen die ruhige Wohnstraße entlangrollen, bis rechts ein Haus auftauchte, das sich allein durch seine Größe von den anderen unterschied. Vor dem Gebäude aus weißem Kalksandstein lag ein großer gepflasterter Parkplatz, der zugleich als Zufahrt zur seitlich versetzt angebauten Doppelgarage diente. Obwohl ausreichend Abstellmöglichkeiten für mehrere Fahrzeuge vorhanden waren, stand nur ein einzelner schwarzer Jaguar XJR dort. Die Klappe des Kofferraums war geöffnet, und ein untersetzt wirkender Mann stellte einen Koffer sowie eine Aktenmappe hinein. An seiner Schulter baumelte ein Notebook.

Er unterbrach seine Aktivität und sah auf, als Christoph vor dem Haus hielt und ausstieg. Der Mann verharrte in der halb gebückten Haltung und beobachtete aufmerksam den fremden Besucher.

»Guten Tag. Sind Sie Herr Smitkov?«

Der Mann richtete sich auf, nahm das Notebook von der Schulter und verstaute es ebenfalls im Kofferraum. Als er sah, dass Christoph sich näherte und einen Blick in den Kofferraum warf, schlug er den Deckel mit der flachen Hand zu. Die Frage nach seiner Identität ließ er unbeantwortet. Stattdessen musterte er den Besucher.

»Herr Smitkov?«, fragte Christoph erneut.

»Wer möchte das wissen?«, antwortete der Mann mit einer Gegenfrage.

»Mein Name ist Johannes. Kripo Husum«, stellte sich Christoph vor.

»Husum?« Die Stimme war dunkel, hatte einen ruhigen, angenehmen Klang. Die Aussprache war allerdings hart, wie es oft bei Osteuropäern anzutreffen ist. »Wo ist Husum?«

Christoph hatte nicht die Absicht, eine Lektion in Sachen Geographie zu erteilen. »Dort befindet sich meine Dienststelle.«

»Können Sie sich ausweisen?«

Christoph hielt ihm seinen Dienstausweis hin. Der Mann begnügte sich nicht mit einem kurzen Blick, sondern nahm das Dokument in die Hände und musterte es kritisch. Dann gab er es zurück.

»Ich heiße Smitkov«, erklärte er.

Während der Prozedur hatte Christoph sein Gegenüber aufmerksam studiert. Smitkov war tadellos gekleidet. Die dunkelgraue Hose hatte eine akkurate Bügelfalte, das makellose blütenweiße Hemd stammte sicher auch von einem Edelschneider. Die dezent gestreifte Krawatte passte hervorragend zum Anzug. Das Gesicht mit den buschigen Augenbrauen war von gesundem Braun, vielleicht eine Spur zu dunkel. Strahlend weiße Zähne und ein glatt rasiertes Kinn, das Energie und Durchsetzungsvermögen verriet. Der gesamte Eindruck wurde durch dunkles, leicht welliges Haar gekrönt, das in genau dem richtigen Maß mit silbernen Fäden durchsetzt war, um nicht nur interessant zu wirken, sondern dem ganzen Mann den Anstrich von Seriosität zu verleihen.

»Was führt Sie aus Husum zu mir?«

»Können wir das vielleicht im Haus besprechen?«

Smitkov schüttelte energisch den Kopf. »Sorry, aber wie Sie sehen, bin ich im Begriff aufzubrechen. Ich habe Termine einzuhalten.«

Er streckte seinen Arm aus und warf einen Blick auf eine elegante Armbanduhr, der aber die Protzigkeit einer Rolex fehlte.

»Das mag sein, Herr Smitkov. Trotzdem muss ich Ihnen ein paar Fragen stellen.«

»Ist das so bedeutsam, dass ich dafür meine Termine verpassen muss?«

Der Mann war hartnäckig. Doch das konnte Christoph auch sein.

»Nachdem *ich* mich ausgewiesen habe, würde ich auch gern Ihren Pass sehen.«

»Muss das sein? Sie sehen doch, dass ich hier wohne. Sie kennen schließlich meine Adresse.«

Christoph streckte Smitkov fordernd die Hand entgegen.

Der Mann ging zur linken Hintertür seines Wagens, öffnete den Schlag und holte einen eleganten Hermès-Aktenkoffer vom Rücksitz. Diesem entnahm er eine lederne Brieftasche, in der er seine Papiere aufbewahrte. Christoph sah in der in der Tasche einen Umschlag der Lufthansa, in dem üblicherweise Tickets aufbewahrt werden.

»Sie wollen verreisen?«

Smitkov reichte Christoph den Ausweis. »Darf ich das nicht?«

»Wohin soll es denn gehen?«

»Ich glaube nicht, dass es für Sie von Interesse ist.«

Das Legitimationspapier war ein Bundespersonalausweis, vor zwei Jahren von der örtlichen Stadtverwaltung ausgestellt. Georghe Smitkov war dreiundvierzig Jahre alt und hatte seinen Wohnsitz in dem Haus, vor dem sie jetzt standen. Er besaß die deutsche Staatsangehörigkeit.

»Darf ich auch einmal Ihren Reisepass sehen?«

Smitkov sah Christoph mit seinen dunklen Augen prüfend an. »Den habe ich nicht dabei.«

»Den benötigen Sie aber für die Reise.«

Der Mann war nicht aus der Ruhe zu bringen. »Es gibt viele Reiseziele, für die mein Personalausweis ausreichend ist«, antwortete er gelassen. Er stützte sich auf dem Dach seines Wagens ab. »Was wollen Sie eigentlich von mir?«

»Ich ermittle in mehreren Mordfällen.«

Kein Muskel zuckte im Gesicht des Mannes. »Mordfälle? Und dann kommen Sie zu mir? Ich darf annehmen, dass es sich um einen Irrtum handelt.«

Statt einer Antwort fixierte Christoph die Augen seines Gegenübers. Sie sahen sich eine ganze Weile starr an. Keiner wollte nachgeben. Es kostete Christoph eine gewaltige Anstrengung, dem Blick standzuhalten.

In diesem Moment donnerte eine Düsenmaschine im Landeanflug auf Hamburg-Fuhlsbüttel über ihre Köpfe.

Smitkov warf einen Blick auf seine Uhr. »War's das? Ich versäume sonst meinen Termin.«

Christoph zog das Bild Reiches hervor. »Kennen Sie diesen Mann?«

Sein Gegenüber, wenn er Reiche schon einmal gesehen haben sollte, machte nicht den Fehler, es sofort zu verneinen. Er ließ sich einen Moment Zeit, bevor er seinen Blick wieder Christoph zuwandte. »Nein! Das Bild sagt mir nichts. Wer soll das sein?«

»Der Mann heißt Frank Reiche.«

»Nie gehört. Und den suchen Sie?«

Smitkov beherrschte sich vollendet. Entweder kannte er Reiche wirklich nicht, oder er überspielte es hervorragend. Aus seiner Reaktion konnte Christoph keine verwertbaren Schlüsse ziehen.

»Nein«, antwortete er. »Den haben wir gefunden. Doch als wir ihm das erste Mal begegneten, war er tot.«

»Schlimm, was für tragische Dinge selbst in unserem zivilisierten Land geschehen.«

»Sagen Ihnen die Namen Schöppe, Auhagen, Dugovic oder Mitrolitis etwas?«

»Nie gehört. Auhagen, sagten Sie? Ist das nicht ein Badeort an der Küste?«

Christoph bemerkte, dass ihn Smitkov jetzt vorführen wollte. Der Mann war mit Sicherheit nicht so ungebildet, wie er mit solchen Bemerkungen vortäuschen wollte.

»Ich wünsche Ihnen viel Erfolg bei Ihren Ermittlungen. Doch jetzt muss ich wirklich fahren.«

Smitkov stieg, ohne Christophs Antwort abzuwarten, in seinen Jaguar. Doch statt den Motor sofort zu starten, sah Christoph, wie er die Zündung betätigte, aber nicht den Anlasser.

Christoph kehrte zu seinem Wagen zurück, den er am Straßenrand geparkt hatte. Als er abfuhr, saß Smitkov immer noch in seinem Wagen und bewegte den Mund. Offenbar telefonierte er. Überhaupt sah es aus, als würde der im Zwiegespräch so souverän wirkende Mann während des Telefonats explodieren. Seine Gestik verriet, dass er sich dem Dialog mit einer besonderen Lebhaftigkeit widmete.

Christoph vermied es, das Grundstück Smitkovs zum Wenden zu nutzen. Er fuhr bis zur nächsten Querstraße, drehte dort und rollte langsam am Haus des Mannes vorbei. Der saß immer noch stark gestikulierend in seinem Auto, obwohl er doch vorgegeben hatte, unter Zeitdruck zu stehen.

Langsam machte sich bei Christoph der Magen bemerkbar. Er hatte außer einem schnellen und eher kargen Frühstück heute noch nichts weiter zu sich genommen. Vielleicht gab es im Stadtzentrum die Möglichkeit, eine Kleinigkeit zu essen. Er fuhr den bekannten Weg zurück, musste unterwegs abrupt bremsen, als eine Gruppe halbwüchsiger Radfahrer aus einem Fußweg herausgeschossen kam und, ohne nach links oder rechts zu blicken, quer über die Straße fuhr. An der Bahnschranke musste er wieder warten. Nachdem sich der rot-weiße Balken endlich in die Höhe begeben hatte, entstand erneut ein Pulk von Fahrzeugen auf der Kreuzung hinter den Bahngleisen. Er folgte einer Reihe von Fahrzeugen, die links zum Bahnhofsplatz abbogen. Die Reihe der früher das Areal einschließenden Flachbauten mit lebhaften Geschäften war durch Baulücken unterbrochen und wirkte wie das Gebiss eines Kindes beim Wechsel zu den zweiten Zähnen.

Er folgte der abknickenden Straße, bis ein Stück weiter ein paar Geschäfte und lebhafterer Verkehr auf den Gehwegen andeuteten, dass er im Zentrum war. Natürlich gab es hier keine Parkplätze, sodass er den Block umrundete und in einer Seitenstraße die Zufahrt zu einer Tiefgarage fand, deren Dach als Parkdeck diente. Er ließ seinen Wagen in das Untergeschoss rollen und stellte ihn in einer der freien Lücken ab. Ein helles Viereck zeigte ihm, dass dort eine Betontreppe ans Tageslicht führte.

Er fand sich in einem kleinen Geschäftszentrum wieder. »Klöngasse«, verkündete ein Namensschild. Am Ende der lebhaft frequentierten Zone stieß er wieder auf die Bahnhofstraße, in der er das Eulencafé aufsuchte und sich dabei erinnerte, dass Quickborn die »Eulenstadt« genannte wurde.

Das Gespräch mit Smitkov war nicht ergiebig gewesen, überlegte Christoph, während er auf seine Bestellung wartete. Er rief Mommsen an.

»Du weißt, wen ich eben besucht habe?«, umschrieb Christoph den Zweck seines Aufenthaltes, weil er Smitkovs Namen nicht vor den Ohren der anderen Cafébesucher nennen wollte.

»Sicher«, gab Mommsen zurück.

»Kannst du etwas über ihn in Erfahrung bringen? Außerdem würde mich interessieren, wen er vor etwa einer halben Stunde von seinem Handy aus angerufen hat.«

Mommsen versprach, sich darum zu kümmern.

Die Stärkung tat Christoph gut. Und während er zahlte und einen kurzen Blick durch das Fenster auf die Straße warf, glaubte er, in einem Passanten Ähnlichkeiten mit dem Schatten entdeckt zu haben, der ihm nur einmal deutlich begegnet war. Das war vor dem Haus gewesen, in dem Fabian Auhagen wohnte. Doch der nur schemenhaft hinter dem Glas auftauchende Mann war schnurstracks am Café vorbeigegangen, ohne einen Seitenblick in das Innere zu werfen.

Ich sehe jetzt schon Gespenster, schalt sich Christoph und trat auf die Straße.

Hier in Quickborn schienen alle Menschen in Eile zu sein. Es fehlte die Gelassenheit Nordfrieslands, an die er sich inzwischen so gewöhnt hatte, dass er sie nur wahrnahm, wenn sie fehlte.

Langsam schlenderte er durch die Gasse zurück. Die Bewegung an der frischen Luft tat ihm gut, deshalb nahm er auch nicht sofort den Weg zum Parkhaus, sondern umrundete noch ein kleines Karree. Er blieb vor der Auslage einer Buchhandlung stehen und beobachtete im Schaufenster das Treiben in seinem Rücken. Er konnte aber niemanden entdecken, der aussah, als würde er ihm folgen.

Entschlossen wandte er sich der offenen Treppe zur Tiefgarage zu. Sie führte zu einem türlosen Durchlass in die Düsternis des Untergeschosses. Wenn man aus dem Hellen kam, mussten sich die Augen erst an das schummrige Licht anpassen. Im Dunkeln hinter einem Mauervorsprung ahnte er einen Schatten mehr, als dass er ihn sah. Instinktiv versuchte er sich umzudrehen. Er gewahrte die

Silhouette eines Menschen, der ein wenig größer als er selbst zu sein schien. Oder waren es nur die diffusen Lichtverhältnisse in der Garage? Bevor er das Geschehen zuordnen konnte, spürte er einen heftigen Schlag seitlich gegen den Hals, der ihm den Atem nahm. Vor seinen Augen tanzten rote Sterne, die in sich selbst zu explodieren schienen und sich dabei auflösten, um Raum für nachwachsende weitere Sterne zu machen. Während er nach Luft rang und versuchte, die Orientierung zurückzugewinnen, erhielt er den nächsten Schlag. Der traf ihn knapp oberhalb des Bauchnabels. Es war kein Schmerz, den Christoph verspürte, aber er klappte wie ein Taschenmesser zusammen. Obwohl sich das alles in Bruchteilen von Sekunden ereignete, hatte er den Eindruck, es wäre eine Ewigkeit. Er fiel auf die Knie, bemühte sich immer noch, wieder Luft in die Lungen zu bekommen. Der Angriff war so unvermittelt und heftig, dass er weder zu einer Gegenwehr noch zu einer reflexartigen Schutzbewegung fähig war.

Luft! Du musst atmen, schoss es ihm durch den Kopf, weil er weiterhin keinen Sauerstoff bekam. Der zweite Schlag in den Bauch zeigte Wirkung. Eine Welle brennenden Schmerzes breitete sich über den ganzen Leib aus. Bei seinen verzweifelten Bemühungen, nach Luft zu ringen, mussten Teile des Mageninhalts in die Luftröhre gelangt sein.

Es schien ihm, als würde eine Tüte über seinen Kopf gestülpt. Atemnot und die Schmerzen der Schläge hatten ihm Tränen in die Augen getrieben, sodass er nichts mehr erkennen konnte. Seine Hände hielten immer noch den höllisch schmerzenden Leib umklammert, bis er merkte, dass jemand etwas von seinem Kopf zog. Jetzt war zumindest das Milchige vor den Augen verschwunden. Ein paar kräftige Hände umklammerten seine Arme und zogen sie gewaltsam über seinen Kopf in die Höhe.

»Atmen! Atmen!«, hörte er eine Stimme aus dem Nichts. »Los! Nun hol doch Luft!«

Endlich! Inmitten seines Würgens und Hustens glaubte er, dass eine Prise Luft seine Lungen erreichte. Er hustete und würgte weiter. Langsam, ganz langsam strömte es wieder zu den Bronchien.

Er beugte sich vor und hustete Schleim ab. Jemand beugte sich zu ihm herunter, obwohl er nicht mitbekommen hatte, dass sich Schritte genähert hatten.

»Geht's wieder? Kann ich Ihnen helfen?«, fragte eine Männerstimme, um sich an eine andere Person zu wenden. »Ruf mal den
Rettungswagen.«

Christoph versuchte sich auf die Knie zu stützen, um von dort
aus in die Höhe zu kommen. Eine Hand legte sich auf seine Schulter. Die Männerstimme mahnte: »Bleiben Sie ganz ruhig sitzen.
Gleich ist Hilfe da. Es geht wirklich schnell.«

Christoph rollte sich zur Seite und kam, halb gegen die Wand
liegend, zum Sitzen. Ein Gesicht tauchte vor seinen Augen auf.
Hinter einer dunklen Hornbrille blickten besorgt zwei Augen.

»Alles wieder in Ordnung?«

Christoph wollte antworten, aber nur ein Krächzen entrang sich
seinem Kehlkopf. Nachdem auch ein zweiter Versuch, in die Höhe
zu kommen, gescheitert war, blieb er einfach in seiner Haltung sitzen.

War zuerst nur das hilfsbereite Paar anwesend, strömten jetzt
immer mehr Schaulustige in die Garage. Irgendwer musste im Ein-
kaufszentrum erzählt haben, dass sich im Parkdeck etwas ereignet
hatte. Christoph sah in die Gesichter der Leute, die ihn mit großen
Augen anglotzten.

Von weitem näherte sich jetzt der auf- und abschwellende Ton
eines Martinshorns. Kurz darauf preschte ein grün-silberner VW-
Bulli in die Tiefgarage. Zwei Polizisten drängten sich durch die
Menschenansammlung und blieben vor Christoph stehen.

»Meine Frau hat Sie gerufen«, erklärte der Mann den Beamten,
der sich zuvor zu Christoph herabgebückt hatte.

»Haben Sie den Mann gefunden?«

»Ja. Wir kamen oben vom Penny-Markt und wollten zu unserem Wagen, als wir ihn«, dabei zeigte der Mann auf Christoph, »hier
liegen sahen. Er bekam keine Luft.«

»Haben Sie sonst etwas bemerkt?«, fragte der Polizist.

»Nein, das ist alles«, erklärte der hilfsbereite Bürger. »Mehr haben wir nicht gesehen. Oder, Brigitte?«, richtete er die Frage an seine Frau.

»Nein. Mehr haben wir nicht mitbekommen«, bestätigte diese.

Der zweite Uniformierte hatte sich zu Christoph herabgebeugt
und ihm mit einer Taschenlampe ins Gesicht geleuchtet. »Wie fühlen Sie sich?«

Christoph wollte antworten, aber das Sprechen fiel ihm immer noch schwer.

»Der Arzt ist unterwegs«, beruhigte ihn der Polizist und versuchte, Christophs Puls zu fühlen.

»Los, Leute, macht Platz«, drang eine Stimme aus dem Hintergrund, und ein großer Bärtiger schob sich durch die Neugierigen. Er trug einen silbernen Metallkoffer in der Hand.

»Hallo, Doktor Frantz«, wurde er von dem Polizisten begrüßt, der sich um die Zeugen kümmerte.

Der Arzt beugte sich zu Christoph herab, hob vorsichtig ein Augenlid an, sah in den Rachenraum und begann dann mit einer ersten Untersuchung.

»Was ist hier geschehen?«, wollte er wissen.

»Das weiß keiner genau«, antwortete der Mann, der Christoph zuerst angesprochen hatte. »Vielleicht ein Herzanfall?«

Christoph schüttelte schwach den Kopf. »Ich bin überfallen worden«, gab er mit schwacher Stimme von sich. Dann zeigte er auf seine Jackeninnentasche.

»Sie sind beraubt worden?«, fragte der Polizist.

»Nein, ich bin …«, versuchte Christoph zu antworten, aber der Doktor schritt energisch dazwischen.

»Das muss Zeit haben. Erst einmal will ich den Mann untersuchen.«

Doch Christoph wehrte sich. Gegen den Widerstand des Arztes fingerte er seinen Dienstausweis hervor und reichte ihn dem Polizisten.

»Ein Kollege. Aus Husum. Von der Kripo«, raunte dieser seinem Kollegen zu. Dann hockte er sich neben den Arzt. »War es dienstlich?«

Christoph nickte.

»Sollen wir eine Fahndung auslösen?«

Jetzt schüttelte Christoph den Kopf. »Nein. Das macht keinen Sinn. Ich kann Ihnen nicht sagen, nach wem Sie fahnden sollen.«

Die beiden Polizisten sahen sich ratlos an. Endlich kam einer von ihnen auf die Idee, die Schaulustigen zu vertreiben.

»Auf den ersten Blick kann ich nichts feststellen. Aber meine Möglichkeiten hier sind begrenzt«, sagte Dr. Frantz. »Wir werden Sie jetzt nach Pinneberg ins Krankenhaus bringen. Dort wird man Sie gründlich durchchecken.«

Energisch schüttelte Christoph den Kopf. »Ich will nicht ins Krankenhaus«, protestierte er. Dabei blieb er auch, obwohl der Arzt ihn von der Notwendigkeit einer stationären Aufnahme zu überzeugen suchte.

»Was sollen wir jetzt mit Ihnen anfangen?«, wollte der erste Polizist wissen. »Das beste ist, wir nehmen Sie mit zur Wache.« Dann wandte er sich zum Mediziner. »Ist das okay, Herr Doktor?«

Der Arzt nickte. »Auf mich hört ja doch keiner. Ich möchte Ihnen noch einmal ans Herz legen, dass …« Doch dann winkte er ab. Zu den beiden Uniformierten gewandt meinte er: »Ich bin jederzeit erreichbar, falls es erforderlich sein sollte.«

Die Polizisten halfen Christoph in den Bulli. Das hilfsbereite Ehepaar erklärte sich bereit, den Beamten zur Wache zu folgen, um dort seine Aussage zu hinterlegen.

Der Erste Hauptkommissar Ulrich Schröder war ein hoch gewachsener, schlanker Mann. In Christophs Gegenwart nahm er das Protokoll auf und las es vor.

»Ich, Jochen Klingenberg, und meine Ehefrau Brigitte, waren zum Einkauf im Penny-Markt in der Klöngasse. Wir hatten unser Fahrzeug in der Tiefgarage abgestellt. Als wir zum Pkw zurückkehren wollten, hörten wir auf der Treppe ins Untergeschoss undefinierbare Geräusche. Als wir die Garagenebene erreichten, sahen wir einen Mann in Richtung der Ausfahrt flüchten. Aufgrund der diffusen Lichtverhältnisse können wir ihn nicht näher beschreiben. Wir kümmerten uns um den Überfallenen, der am Boden kauerte und nach Luft rang.«

»Haben Sie mir die Plastiktüte vom Kopf gezogen?«, mischte sich Christoph ein.

Herr Klingenberg sah ihn mit großen Augen an. »Nein. Sie hatten keine Plastiktüte über dem Kopf.«

»Aber Sie haben mit die Arme in die Luft gezogen und mir zugerufen: Atmen! Los! Nun hol doch Luft!«

Das Ehepaar Klingenberg sah sich an. Dann schüttelte der Mann den Kopf. »Ich habe Sie nicht angefasst. Ich hätte auch gar nicht gewusst, was ich hätte tun sollen.« Es klang fast wie eine Entschuldigung.

»Merkwürdig«, sagte Christoph und sah den Leiter der Quickborner Polizei an. »Ich könnte schwören, dass es sich so zugetragen hat, wie ich es eben schilderte. Dann muss noch ein unbekannter Helfer da gewesen sein. Vielleicht war er es, den das Ehepaar hat flüchten sehen. Aber warum sollte mich jemand überfallen und niederstrecken und mir eine Plastiktüte über den Kopf ziehen, um sich anschließend um mich zu kümmern und mich wieder von der Tüte zu befreien? Oder war wirklich ein Dritter zugegen, dem die Aktion zu weit ging? Vielleicht sollte mir ein Denkzettel verpasst werden, und der erste Täter ist nach Meinung des zweiten zu weit gegangen.«

»Und wenn es sich um einen einzelnen Täter handelte, während der zweite Unbekannte sich erst um Ihre Rettung kümmerte, um dann den eigentlichen Täter zu verfolgen?«, wandte Schröder ein.

»Das klingt ebenso mysteriös. Warum hat sich der Verfolger dann nicht bei der Polizei gemeldet?«

Der Stationsleiter wandte sich an einen der beiden Polizisten, die beim Einsatz vor Ort waren. »Das ist übrigens der Kollege Ben Hegermann. Habt ihr etwas dergleichen gesehen oder mitbekommen? Und wo ist die Plastiktüte?«

Der Streifenbeamte bedauerte. »Das hören wir jetzt zum ersten Mal. Wir haben nichts von einer Plastiktüte gewusst.«

Der ganze Vorfall ist merkwürdig, überlegte Christoph. War er nur das zufällige Opfer eines Überfalls, das beraubt werden sollte? Dagegen sprach die gezielte Brutalität, mit der der Angreifer gegen ihn vorgegangen ist. Auch bei den Banküberfällen und der Ermordung Reiches war übermäßige Brutalität mit im Spiel gewesen. Es war nicht auszuschließen, dass es jemand gezielt auf ihn abgesehen hatte. War es derjenige, von dem sie vermuteten, dass er die Polizei bei ihren Nachforschungen beobachtete? Und in welchem Zusammenhang stand Smitkov mit diesem Überfall? Das kurze Gespräch mit dem Exilbulgaren hatte Christoph keine wesentlichen Erkenntnisse vermittelt. Jetzt war Christoph gespannt, ob Mommsen hatte ermitteln können, mit wem Smitkov so bewegt telefoniert hatte.

»Ich glaube, es geht jetzt wieder«, sagte Christoph. »Ich werde mich auf den Heimweg machen.«

»Das werden Sie nicht«, beschied der Stationsleiter mit Bestimmtheit. »Wir haben vorhin Ihre Dienststelle informiert. Man wird Sie abholen.«

Jeder Widerstand war zwecklos. Christoph blieb nichts anderes übrig, als sich zu fügen. Er litt immer noch unter Kopfschmerzen.

Er hörte vom Quickborner Hauptkommissar, dass die hiesige Polizeistation mit acht Beamten und einem Diensthund besetzt sei und die Aufgaben, wie auch anderswo, nur knapp zu bewältigen seien.

Es mochte eine weitere halbe Stunde vergangen sein, als Christoph auf dem Flur ein Poltern hörte. Er ahnte, wer ihn abholen würde. Im selben Moment stürmte Große Jäger in den Raum. Er schoss auf Christoph zu, beugte sich zu ihm herab und polterte los: »Mensch, was machst du denn für 'n Scheiß? Dich darf man nicht für fünf Schritte allein lassen.«

Die tabakgeschwängerte Atemwolke, die Christoph aus dem Mund des Oberkommissars erreichte, war zur Belebung wirkungsvoller als jedes Medikament. Noch bedeutsamer aber war der Ausdruck in Große Jägers Augen. Es war eine Mischung aus Sorge und Erleichterung. Wie um dies zu unterstreichen, ließ der Oberkommissar seine Pranke auf Christophs Schulter fallen. »Mensch, bin ich froh, dass es so glimpflich abgegangen ist.«

Mommsen, der Große Jäger wie selbstverständlich begleitet hatte, tauchte jetzt aus dem Hintergrund auf. Er reichte Christoph die Hand. Der junge Kommissar brauchte keine Worte, um seine Erleichterung auszudrücken.

Große Jäger zündete sich eine Zigarette an. Dann wandte er sich an Schröder. »Hübsch hässlich habt ihr's hier in Quickborn.«

Ihn traf ein missbilligender Blick des Stationsleiters.

»Diesen Spruch hat Heinz Rühmann vor sechzig Jahren erfunden.«

»So? Der kannte Quickborn auch schon?«

»Wir sind die junge Stadt im Grünen«, antwortete Schröder, doch bevor er weiter erklären konnte, fiel ihm der Oberkommissar ins Wort.

»Schade um diesen Ort. Immer dann, wenn die Bürger etwas angelegt haben, sieht es blitzsauber und gepflegt aus. Aber das Stadtzentrum? Da steht ein Loch neben dem nächsten. Warum habt ihr so viel Brachland hier? Rund um den Bahnhof sieht es trostlos aus. Und wo ist das eigentliche Zentrum? Ich habe es nicht entdecken können.«

»Das ist schon richtig. Unsere Stadt hat kein Flair. Auf den ersten Blick sieht es trostlos aus. Unser Bahnhof war ein richtiges Schmuckstück. In den letzten Jahren, was sage ich, Jahrzehnten, gab es immer Investoren, die aber durch aberwitzige Vorstellungen der Stadt wieder vergrault wurden. So gibt es bis heute viele unbebaute Grundstücke. Das beginnt gleich am Entree zum Zentrum. Die Kreuzung, über die ihr gekommen seid, ist seit über zwanzig Jahren unbebaut. Und der frühere Bahnhofsplatz ist eine riesige Brache. Dafür hat man sogar die zentrale Bushaltestelle ins Abseits verlegt.«

»Und woran liegt das?«

Schröder wiegte den Kopf. »Es ist schwierig für mich, dazu Stellung zu nehmen.« Dabei zupfte er ein wenig an seiner Uniform. »Manche unserer Bürger sagen, wir haben in der Stadt ein Bauverhinderungsamt. Hinter der Fassade, die nicht gerade einladend ist, lebt es sich hier aber hervorragend. Die Einwohner dieser Stadt sind offenbar alle ein wenig erfolgreicher als der Durchschnitt in anderen Gemeinden. Das ist auch an den Häusern mit den großen Grundstücken unschwer erkennbar. Und diese positive Sozialstruktur macht sich für uns als Polizei bemerkbar. Wenn es hier Probleme gibt, dann sind die durchweg aus Hamburg importiert. Von den Einheimischen, überproportional mit Prominenz durchsetzt, hört und sieht man nichts. Nicht einmal die örtliche Kaufmannschaft bekommt sie zu Gesicht, die ebenso wie das Stadtbild unter der mangelnden Förderung der Verwaltung massiv leidet.«

Große Jäger gab eine Art Grunzlaut von sich.

»Ihr solltet mal in den Norden kommen, dann zeigen wir euch, wie man Urbanität und Lebensqualität verbindet.«

Mommsen warf ihm einen fast spöttischen Blick zu. »Du Zugereister« hätte man darin lesen können.

»Trotz des hehren Plädoyers für diesen Ort ... Hier gibt es Spitzbuben mit weißem Kragen und dickem Konto.«

»Die finden sich überall«, antwortete Schröder.

Große Jäger schüttelte energisch den Kopf und vergaß dabei, dass er eine Zigarette in den Mundwinkeln hielt. Die Asche verteilte sich durch diese hektische Bewegung um ihn herum.

»Nein«, beharrte er starrköpfig. »Bei uns gibt es solche Ganoven nicht. Da werden keine Polizisten überfallen.«

»Gibt es polizeiliche Erkenntnisse über Georghe Smitkov?«, mischte sich jetzt Christoph ein.

Hauptkommissar Schröder wiederholte den Namen. »Der sagt uns nichts. Wohnt der hier?«

»Ja.« Christoph nannte die Anschrift.

»Nein, sorry. Der ist uns noch nie begegnet.«

Sie verabschiedeten sich von den örtlichen Polizisten.

Große Jäger fuhr mit dem Dienst-Kombi zurück, während Christoph sich in seinem Volvo von Mommsen heimbringen ließ.

»Ich habe übrigens herausgefunden, mit wem Smitkov telefonierte, nachdem er sich von dir verabschiedet hatte.«

»Und?«

»Das war nicht einfach, weil Smitkov offenbar über ein Dutzend Handys verfügt. Unter der Vielzahl das zu finden, welches er gerade nutzte, hat Mühe bereitet. Zur fraglichen Zeit hat er mit einem Prepaid-Handy telefoniert, das auf ihn selbst eingetragen ist, danach hat er fast ununterbrochen eine ganze Stunde lang mit verschiedenen Gesprächspartnern, mit der Deutschen Bank in Hamburg, einer internationalen Seehafenspedition und eine Reihe weiterer Teilnehmer gesprochen. Nummern, hintern denen aber ausschließlich bekannte und seriöse Namen stehen.«

»Das ist dumm ... Die Sache mit dem Prepaid-Handy. Damit wissen wir immer noch nicht, ob mir Smitkov den Schläger hinterhergeschickt hat. Und er selbst wird es uns kaum verraten.«

Der Rest der Fahrt durch das nächtliche Schleswig-Holstein verlief ereignislos.

ACHT

In Filmen prügeln die Helden aufeinander ein, ohne dass es sie zu beeindrucken scheint. Insbesondere John Wayne war einer der Protagonisten gewesen, der jede noch so derbe Schlägerei wegsteckte, ohne erkennbare Wirkung zu zeigen.

Christoph fühlte sich alles andere als wie ein Held. Der Kopf brummte noch, und auch der Leib war nicht beschwerdefrei, obwohl er sich das Wochenende über geschont hatte. Deshalb hatte Christoph auf der Dienststelle angerufen und dort hinterlassen, dass er zuvor noch Dr. Hinrichsen aufsuchen wollte.

Als er die Praxis betrat, sah Anna Bergmann hinter dem Empfangstresen auf.

»Willst du dich entschuldigen kommen?«, fragte sie. »Wir hatten uns für Freitagabend verabredet. Ich finde es nicht schön, wenn du mich einfach sitzen lässt, ohne mir eine Nachricht zukommen zu lassen. Selbst dein Handy hast du abgeschaltet.«

Er hatte das Mobiltelefon abgeschaltet, als der Vibrationsalarm ihn mitten im Verhör des Ehepaars Klingenberg auf der Quickborner Wache überraschte. Später hatte er nicht mehr an Anna gedacht.

Er erzählte ihr von seinem unfreiwilligen Abenteuer. So ganz war sie noch nicht versöhnt, verschaffte ihm aber eine Sonderbehandlung, indem sie ihn auf einen Stuhl im Eingangsbereich verwies. So konnte er unter Umgehung der anderen wartenden Patienten als Nächster ins Behandlungszimmer.

Dr. Hinrichsen untersuchte ihn gründlich, machte umfangreiche Ultraschalluntersuchungen und brummte schließlich: »Sieht so aus, als wären Sie mit einem blauen Auge davongekommen.«

Nicht das Auge, sondern die Beule am Kopf sowie die blauen Flecken auf der Bauchdecke verursachten immer noch Beschwerden.

Nachdem er das Behandlungszimmer wieder verlassen hatte, bat er bei Anna um gut Wetter. »Heute Abend? Ganz bestimmt?«

Sie versuchte, ein mucksches Gesicht zu machen, was ihr aber nicht ganz gelang.

»Gut«, sagte sie und zeigte dabei zwei Reihen weißer Zähne, »und ... pass auf dich auf.«

Es war ein kühler Morgen, obwohl ein blauer Himmel einen schönen Tag versprach. Durch die Verkehrsführung, die ihn im Bogen um das Zentrum herumführte, brauchte er mit dem Auto fast genauso lange wie zu Fuß, nicht zuletzt aufgrund der Müllabfuhr, die sich mit den Paketdiensten arrangiert zu haben schien, nur um die engen Straßen zu verstopfen und den Husumern praktisch demonstrieren zu wollen: Ihr solltet in eurer Stadt der kurzen Wege lieber zu Fuß gehen.

»Na, alles klar?«, begrüßte ihn Große Jäger im Büro und musterte ihn kritisch. »Nun spiel hier nicht den Harten. Es reicht hin, wenn du dich im Dienst verprügeln lässt. Ein wenig Ruhe hätte dir für heute nicht geschadet.«

»Ich kann nicht behaupten, du wärst im Unrecht. Es geht aber schon wieder. Und zu Hause würde mich ohnehin nur der Gedanke plagen, wer mir so übel mitgespielt hat. Wobei ich auch Zufallsopfer sein kann, jemand, der von einem Unbekannten überfallen wird.«

Große Jäger zog kräftig die Nase hoch. »Das glaubst du doch selbst nicht. Dieser Bulgare hat dir seinen Schläger hinterhergeschickt.«

»Auch das könnte möglich sein. Trifft das aber zu, hätte Smitkov, der auf mich einen klugen und überlegenen Eindruck machte, einen Fehler begangen. Im Gespräch mit mir trat er nicht nur selbstbewusst auf, sondern er hat auch bemerkt, dass wir noch nicht viel wissen. Wenn er mich anschließend verprügeln lässt, wäre das mehr als unklug. Er kann sich vorstellen, dass wir ihn dann als Ersten im Verdacht haben. Und außerdem halte ich ihn für so gescheit, dass er nicht glaubt, die Polizei durch solche Maßnahmen einschüchtern zu können.«

Große Jäger rümpfte die Nase. »Und wenn du nicht nur einen Denkzettel erhalten solltest, sondern man dich völlig von der Bildfläche räumen wollte?«

Bei diesen Worten des Oberkommissars schrak Mommsen hoch. Er setzte die Teekanne, aus der er Christoph einschenken wollte, mit zu viel Schwung auf Große Jägers Schreibtisch ab, sodass sie überschwappte.

»Pass doch auf«, fluchte Große Jäger und hatte schon ein benutztes Papiertaschentuch zur Hand, um die Feuchtigkeit aufzutupfen.

»Das klingt sehr abwegig«, sagte Christoph. »Bei uns in Nordfriesland werden Polizisten weder eingeschüchtert noch gejagt. Nein. Ich kann mir nicht vorstellen, dass wir tätlich angegriffen werden.«

»Und was hat es mit unserem Verfolger auf sich? Wieso haben wir den Eindruck, man würde uns nachspüren und unsere Ermittlungen beobachten?«, warf Mommsen ein.

Christoph reichte ihm die Teetasse, bevor er antwortete. »Zugegeben, dass manches merkwürdig erscheint. Aber daran, dass Smitkov der Auftraggeber für den Überfall war, mag ich nicht glauben. Da liegt es näher, dass der Beobachter, sofern es ihn wirklich gibt, durch meinen Besuch in Quickborn aufgescheucht wurde. Oder, aber das klingt sehr abwegig, wir haben mit Smitkov doch einen wichtigen Faden aufgenommen, und jemand denkt dreimal um die Ecke. Wenn Smitkov nun entgegen meiner Vermutung doch den Schläger losgeschickt hat …«

»Aber vorher hast du dem selbst widersprochen, weil du sagtest, so dumm wäre er nicht, weil wir ihn sofort verdächtigen würden«, warf Große Jäger ein.

»Ja. Und weil dieser Verdacht so nahe liegend ist, schließen wir ihn aus, und wenn Smitkov genauso kombiniert hat und eben noch einen Schritt weitergeht, dann …«

»… könnte er doch den Überfall inszeniert haben, weil er glaubt, wir würden nur zweistufig denken können. Mann, ist das kompliziert«, stöhnte der Oberkommissar. »Darauf muss ich erst einmal …«

»… eine rauchen«, schloss Mommsen den Dialog.

Wenn Telefone heute einen Ton von sich geben, sind es elektronisch erzeugte, die nichts mehr gemein haben mit dem noch mechanisch erzeugtem Klingeln alter Bakelitapparate.

»Starke«, meldete sich der Anrufer, nachdem Christoph abgenommen hatte. »Ich habe von Ihren Eskapaden am letzten Freitag gehört. Wie kommen Sie dazu, sich in eine solche Situation zu begeben? Was hat sich überhaupt zugetragen?«

Christoph ging nicht auf den Vorwurf des Kriminaloberrats ein und schilderte den Ablauf des Überfalls.

»Wieso waren Sie allein unterwegs? Und was suchen Sie überhaupt in Südholstein? Hätten die örtlichen Kollegen nicht die Befragung übernehmen können?«

»Wie Sie schon richtig sagten: Es war eine harmlose Befragung. Und dadurch, dass wir nicht erst eine andere Dienststelle einweihen mussten, haben wir uns alle viel Zeit und Mühe gespart. Ferner war der direkte Kontakt zu Smitkov für uns von entscheidender Bedeutung, um uns einen persönlichen Eindruck von ihm zu machen.«

»Also ist er jetzt Ihr Verdächtiger, ohne dass Sie es begründen können? Ihnen fehlen alle Beweise.«

»Georghe Smitkov ist genauso viel oder wenig verdächtigt wie alle anderen Beteiligten in diesem Fall.«

»Mit anderen Worten: Sie sind überhaupt noch nicht vorangekommen.«

»Das kann man so nicht sagen. Immerhin haben wir die Identität des unbekannten Toten geklärt und damit faktisch auch den ersten Mord in Leck. Opfer und Täter sind identifiziert.«

»Und das Motiv?«

An dieser Stelle musste Christoph passen. Er wollte dem Kriminaloberrat weder etwas von der These mit der russischen Mafia erzählen noch von der Vermutung der Husumer, sie würden beobachtet und verfolgt.

»Da haben wir Ideen, die es aber noch zu untermauern gilt«, antwortete Christoph ausweichend.

»Es wäre begrüßenswert, wenn Sie und Ihre Leute zügig vorankämen, jetzt, wo sie mit Frau Hauck auch noch Verstärkung bekommen haben«, schloss Dr. Starke das Telefonat.

Nachdem Christoph den Hörer aufgelegt hatte, hob er in einer abwehrenden Geste beide Hände in Richtung Große Jäger. »Du musst jetzt keinen Kommentar abgegeben.«

Der Oberkommissar grinste, dass sich das Schwarzgrau seiner Bartstoppeln in Richtung Ohren bewegte. Dann öffneten sich seine Lippen ein wenig. Tonlos, aber für die beiden anderen im Raum unmissverständlich konnte er ein »Scheiß-Starke« nicht unterdrücken.

»Ich werde noch einmal nach Apenrade fahren und mit der Freundin von Reiche sprechen. Vielleicht weiß Anneliese Schmidt doch noch etwas, was sie uns beim ersten Besuch verheimlicht hat. Zumindest ist sie unsere letzte Spur, wenn ich unterstelle, dass weder Smitkov noch Schöppe aus Schleswig reden werden, von Mitrolitis ganz zu schweigen. Dabei fällt mir ein: Ist eigentlich Dugovic wieder aufgetaucht?«

»Ich habe noch einmal mit den Dithmarschern gesprochen. Die sind so clever, dass sie bei ihren Streifen gelegentlich am Haus vorbeigefahren sind. Dort hat sich aber nichts getan. Sorry, wenn ich es in der Aufregung der jüngsten Ereignisse nicht erzählt habe«, entschuldigte sich Mommsen. »Aber ich glaube, ich sollte dich nach Apenrade begleiten.«

»Das ist gut gemeint von dir«, mischte sich Große Jäger ein, »aber dafür bin ich schon eingeplant.«

»Das ist gut gemeint von euch beiden«, beschied Christoph, »aber wir werden keinen Betriebsausflug unternehmen. Ich fahre allein. Und das ist endgültig.« Dabei sah er Große Jäger fest an.

*

Christoph hatte ihren Dienstwagen gewählt, um nicht eine weitere Diskussion über die Abrechnung von Fahrten mit dem privaten Pkw zu provozieren.

Nach den Erfahrungen der Vergangenheit warf er öfter einen Blick in den Rückspiegel, konnte aber nichts Auffälliges entdecken. Er war schon eine Weile unterwegs, hinter Süderzollhaus, als sich ihm eine Gelegenheit bot, einen vorwegfahrenden Lastwagen zu überholen. Routinemäßig kontrollierte er noch einmal den Verkehr hinter sich, als er im Spiegel einen kurz auf die Überholspur ausweichenden Wagen sah, der aber sogleich wieder rechts einscherte.

So langsam leidest du wirklich unter Verfolgungswahn, schalt er sich. Dann wurde er wieder vom Verkehr abgelenkt. Doch er hatte sich nicht getäuscht. Die Autobahn Richtung Grenze, die er mittlerweile erreicht hatte, war nur mäßig frequentiert. Die Fahrzeuge fuhren mit großen Abständen. Und da er beim Einbiegen entgegen üblicher Gepflogenheit nicht übermäßig beschleunigte, wurde sein Verfolger, obwohl er sich geschickt verhielt, überrascht, als auch er auf die Autobahn einbog.

Christoph musste lachen, als er Mommsens gelben Mini entdeckte. Selbst wenn der Innenminister es persönlich untersagt hätte, so wären seine beiden Kollegen ihm doch gefolgt. Wer hätte eine Glucke wie Große Jäger auch stoppen können. Er ließ die beiden im Glauben, sie wären unentdeckt.

Gewohnheitsmäßig reduzierte er beim Passieren der Grenzanlage Ellund die Geschwindigkeit und wunderte sich, dass ein älterer Mercedes »Europa ohne Grenzen« wörtlich nahm und ihn rasant überholte. Das Fahrzeug mit dem weißen »D« auf blauem Grund entfernte sich schnell Richtung Norden. Offensichtlich hatte der Fahrer noch nichts davon gehört, dass der ausgeglichene dänische Staatshaushalt auch durch die drakonischen Strafen für Raser mit finanziert wird.

In Aabenraa parkte er wieder auf dem Platz am Ende der Reperbanen, den ihm Bjarne Thorbensen bei seinem ersten Besuch beschrieben hatte. Christoph überlegte, ob es nicht klüger gewesen wäre, den dänischen Inspektor von seinem Besuch zu informieren. Nein, es sollte ein informelles Gespräch sein.

Die Haustür war unverschlossen, sodass Christoph direkt an der Wohnungstür klingeln konnte. Obwohl er glaubte, Geräusche in der Wohnung wahrgenommen zu haben, blieb die Tür verschlossen. Nichts rührte sich. Nach einer Weile versuchte er es erneut. Auch dieses Mal blieb alles stumm.

Er klopfte gegen das Holz. Erfolglos. Anneliese Schmidt öffnete nicht, obwohl sie zu Hause schien.

Christoph wollte die Frau anrufen. Es dauerte eine Weile, bis sich sein Handy auf einen dänischen Netzbetreiber eingestellt hatte. Dann wählte er die Nummer. Es meldete sich der Anrufbeantworter. Seine Dänischkenntnisse reichten aus, um den allgemeinen Text zu interpretieren. Nach dem Pfeifton sprach er in das Mikrofon.

»Hallo, Frau Schmidt. Hier ist Christoph Johannes von der deutschen Polizei. Erinnern Sie sich? Ich habe Sie neulich mit meinem dänischen Kollegen besucht. Wir sind in unseren Ermittlungen weiter vorangekommen, und ich würde mit Ihnen gern noch ein paar Fragen erörtern. Ich werde mich jetzt auf die andere Straßenseite stellen, damit Sie mich sehen können.«

Er überquerte die ruhige Straße und stellte sich gegenüber auf.

Hinter der Gardine vernahm er eine vorsichtige Bewegung. Schließlich wurde sie ein wenig zur Seite geschoben, und Anneliese Schmidts blasses Gesicht tauchte auf. Sie nickte ihm kurz zu.

Als er erneut klingelte, wurde die Tür einen Spalt geöffnet. Hastig warf die Frau einen Blick ins Treppenhaus, ob noch mehr Besucher dort stehen würden.

»Ich bin allein«, beruhigte Christoph sie. Frau Schmidt öffnete die Tür ganz und ließ ihn herein. Hinter seinem Rücken hörte er, wie der Eingang von innen wieder verriegelt wurde.

Nachdem er im Wohnzimmer Platz genommen hatte, sah er die Frau an. In ihrem schmalen, blassen Gesicht hatten sich tiefe Furchen gegraben. Die Augen lagen, umgeben von dunklen Schatten, tief in den Höhlen. So sahen Menschen aus, die krank sind. Oder sich außerordentlich fürchten.

»Geht es Ihnen nicht gut?«, begann Christoph.

Anneliese Schmidt sah ihn lange an, bevor sie antwortete. »Wundert es Sie? Schließlich ist Frank tot.«

»Das ist bestimmt ein schwerer Schock für Sie gewesen. Das verstehe ich. Aber deshalb verbarrikadiert man sich nicht. Vor wem fürchten Sie sich?«

Ihre Augen flackerten. Sie wich seinem Blick aus, dabei massierte sie unablässig ihre Finger.

»Ich möchte mit meiner Trauer allein sein. Das ist alles.«

Christoph schüttelte leicht den Kopf. »Ich gehe davon aus, dass Sie aber an der Beisetzung teilnehmen möchten.«

Ihre Antwort kam schnell. Zu schnell. »Das weiß ich noch nicht.«

»Wann werden Sie wieder zur Arbeit gehen?«

Sie sah ihn überrascht an, als hätte er sie an etwas erinnert, an das sie selbst überhaupt nicht gedacht hatte.

»Das ist noch offen.«

Die Frau bedrückte etwas, aber sie wollte nicht darüber reden. Er musste es auf anderem Wege versuchen. Sie hatte sich in ihrer Wohnung eingegraben und mied jeden Kontakt zu anderen Menschen.

»Hätten Sie vielleicht ein Glas Wasser für mich?«, bat er in der Hoffnung, die Antwort zu erhalten, die ihn weiterbrachte.

»Selbstverständlich. Sie sprang von ihrem Platz auf, ließ sich aber gleich wieder fallen. »Verzeihung, aber ich habe keines mehr im Hause.«

Das hatte Christoph hören wollen.

»Sie wagen sich nicht vor die Tür. Ihre Vorräte an Lebensmitteln erschöpfen sich. Frau Schmidt, wovor fürchten Sie sich? Ich versichere Ihnen, wir können Ihnen helfen. Vertrauen Sie uns und den dänischen Kollegen. Wir wissen inzwischen eine ganze Menge.«

Dann berichtete er in Kurzform davon, dass sie die Identität des Toten aus Reiches Wohnung ermittelt hätten und auch Spuren nachgingen, die auf eine osteuropäische kriminelle Vereinigung hinwiesen.

Anneliese Schmidt atmete hörbar auf. Sie holte tief Luft, konnte ihm aber nicht antworten, da sie ein heftiger Schluckauf befallen hatte.

»Ich hole Ihnen ein Glas Wasser«, sagte Christoph und suchte die Küche. Im dritten Schrank fand er ein leeres Glas und befüllte es mit Leitungswasser. Dann kehrte er ins Wohnzimmer zurück. Frau Schmidt hatte sich nicht vom Platz gerührt. Wenn sie das nächste ruckartige Zusammenziehen des Zwerchfells plagte, hielt sie beide Hände vor dem Mund und sah Christoph mit großen Augen an.

Es verging eine Weile, bis sie sich so weit beruhigt hatte, dass sie wieder sprechen konnte.

»Es ist so furchtbar«, stammelte sie. »Frank ist da in etwas hineingeraten, ohne zu ahnen, auf was er sich eingelassen hat.« Vorsichtig nippte sie an ihrem Wasserglas. »Für mich ist es eine fremde Welt. Ich verstehe nichts von diesen Geschäften. Aber für Frank lief es nicht besonders gut in der letzten Zeit. In seiner Verzweiflung ließ er sich mit einem Kreditvermittler ein, der ihm zu Wucherzinsen Geld gab. Obwohl Frank wusste, dass es gegen alle Vernunft war, vertraute er zwei großen Kunden, die ihm Aufträge für das beginnende Weihnachtsgeschäft versprachen, dann aber wieder zurückzogen. So konnte er weder den Kredit noch die Zinsen zurückzahlen.«

Ähnliches hatten sie schon vermutet. Viele der an diesem Fall beteiligten Personen waren in eine kritische wirtschaftliche Lage geraten.

»Dann hat man ihn unter Druck gesetzt?«, fragte Christoph, weil Frau Schmidt schwieg.

Sie nippte erneut an ihrem Glas. »Ja. Man hat ihm einen neuen Termin gesetzt. Danach kamen die Drohungen.«

»Welcher Art waren diese?«

Sie ließ ihren Blick stumm im Raum umherschweifen.

»Man drohte, seine Existenz zu vernichten. Ich war zufällig bei einem solchen Telefonat anwesend. ›Die ist schon zerstört‹, hatte Frank sarkastisch geantwortet. Das hätte er nicht tun sollen. Damit provozierte er nur die weitere Eskalation.«

»Was meinen Sie damit?«

»Dann wurden sie brutal. Es sei seine Sache, wie er das Geld auftreiben würde. Irgendetwas würde ihm schon einfallen.«

»Hat man Frank Reiche gegenüber angedeutet, dass er sich durch Beteiligung an ungesetzlichen Maßnahmen finanziell entlasten könnte?«

Sie sah Christoph irritiert an. »Wie soll ich das verstehen?«

»Sollte er sich an Straftaten beteiligen? Diebstahl? Raub? Überfälle?«

Sie pustete energisch Luft durch die Nase. »Wie kommen Sie darauf? Für so etwas hätte sich Frank auch in der größten Not nicht hergegeben. Er war doch kein Krimineller. Nein! Er sollte das Geld beschaffen, dass er ihnen schuldete. Wie, das sei seine Sache. Und wenn er ihren Forderungen nicht nachkommen würde, so hatten sie gedroht, wäre möglicherweise nicht nur seine finanzielle Existenz, sondern auch seine Gesundheit bedroht.«

»Und wie hat Herr Reiche reagiert?«

»Angst hatte er. Fürchterliche Angst. Er hat alles versucht, das Geld zusammenzubekommen. Aber alle seriösen Quellen waren erschöpft. Deshalb hatte er sich ja auch mit denen eingelassen.«

»Sie sprechen immer von *denen*. Kennen Sie Namen?«

Sie schüttelte den Kopf. »Nein. Ich kenne weder Namen noch Anschrift. Ich habe auch nie einen Kreditvertrag zu Gesicht bekommen.«

Merkwürdig, dachte Christoph. Sie hatten von der Spurensicherung auch keinen entsprechenden Hinweis erhalten. Jürgensen Leute arbeiteten zuverlässig. Es war kaum anzunehmen, dass ihnen solche Unterlagen entgangen wären.

»Und weshalb haben Sie Angst? Sind die Leute, die Frank Reiche bedroht haben, danach bei Ihnen aufgetaucht?«

Anneliese Schmidt sah Christoph lange an. Dann stand sie auf, ging langsam zum Fenster und sah durch die geschlossenen Gardinen auf die Straße. Sie wandte ihm den Rücken zu, als sie ein kaum wahrnehmbares »Ja« hauchte.

Eine Weile war Stille im Raum. Nur schwach drangen die Geräusche der Stadt von außen herein.

»Sind Sie erpresst worden? Wollte man, dass Sie Frank Reiches Schulden zurückzahlen? Oder haben Sie sogar eine Bürgschaft übernommen?«

Sie sah stumm aus dem Fenster. Dann antwortete sie mit dünner Stimme. »Ich habe keine Bürgschaft übernommen. Aber es stimmt, man verlangt von mir, dass ich die Schulden übernehme.«

»Verfügen Sie denn über das Geld?«

»Natürlich nicht. Ich habe mein Einkommen. Das ist nicht die Welt. Angespartes habe ich auch nicht.«

»Also können Sie ebenso wenig wie Frank Reiche zahlen?«

»Richtig.«

»Und deshalb haben Sie jetzt Angst. Hat man Sie auch schon bedroht?«

Erneut schwieg sie. Es dauerte eine Ewigkeit, bis sie sich zu Christoph umdrehte. Tränen liefen ihr über das Gesicht.

»Einer von denen war hier und hat gesagt, ich könne das Geld verdienen.«

Christoph ahnte Böses. Diese Leute schreckten vor nichts zurück.

»Sie meinen, man wollte Sie zur Prostitution nötigen?«

Mit ihrer Zungenspitze versuchte sie die Tränen aufzufangen. Als das nicht gelang, wischte sie sich mit dem Ärmel durch das Gesicht.

»Es gibt in Deutschland viele Unterkünfte mit Gastarbeitern aus Osteuropa, hat mir einer von den Leuten erzählt. Die wären fern von daheim. Das ändere aber nichts daran, dass sie Männer wären. Dorthin wollte man mich fahren. Das könnten dann durchaus zehn bis zwölf Männer pro Durchgang sein. Durchgang! So nannte es dieser Widerling.«

Anneliese Schmid würgte. Es schien, als müsste sie sich übergeben.

Christoph stand auf. Er ging ihr entgegen und fasste sie vorsichtig an den Unterarmen. Sie ließ es geschehen.

»Sie sind sehr mutig, dass Sie sich mir anvertraut haben. Ich versichere Ihnen, dass wir alles unternehmen werden, diese Verbrecher der Gerechtigkeit zuzuführen. Ich werde auch meinen dänischen Kollegen benachrichtigen und ihn bitten, für Ihren Schutz zu sorgen. Haben Sie die Möglichkeit, vorübergehend irgendwo anders zu wohnen? Bei der Familie? Einer Freundin?«

Sie schüttelte stumm den Kopf.

»Eine letzte Frage noch. Wann war der Mann bei Ihnen? Vor oder nach Franks Tod?«

»Davor«, flüsterte sie. »Am Tag, bevor Frank ermordet wurde.«

Er sprach der Frau noch einmal Mut zu und verließ dann das Haus. Etwas seitlich versetzt stand der gelbe Mini auf der anderen Straßenseite. Große Jäger lehnte sich gegen den Wagen und nahm noch einen tiefen Zug aus seiner Zigarette. Dann grinste er Christoph über die ganze Breite seines unrasierten Gesichts an.

Christoph berichtete von den Neuigkeiten, die er eben erfahren hatte.

»Jetzt kennen wir endlich das Motiv. Wir haben es hier mit professionellen Geldeintreibern der harten Sorte zu tun«, stellte Große Jäger fest.

»Damit schließt sich auch der Kreis. Fast alle Beteiligten hatten enorme wirtschaftliche Probleme. Mit einer Ausnahme«, antwortete Christoph.

»Georghe Smitkov scheint nicht in das Raster zu passen«, kommentierte Mommsen. »Daraus könnten wir den Schluss ziehen, dass er der Mann hinter diesen Aktionen ist.«

»Oder er ist eine Art Statthalter, der uns mit etwas Glück zu den Hintermännern führt«, gab Christoph zu bedenken. »Aber der Mann ist eine schwer zu knackende Bastion. Außerdem ist das unsaubere Kreditgeschäft eine Domäne von Manfred Schöppe gewesen. Vielleicht sollten wir uns den Mann noch einmal vornehmen.«

Somit war der Entschluss gefasst, die Rückfahrt nach Husum über Schleswig vorzunehmen.

Unterwegs meldete sich Klaus Jürgensen über Funk. Große Jäger, der zu Christoph in den Dienstwagen gewechselt war, nahm das Gespräch entgegen.

»Habt ihr heute wieder Wandertag mit eurer Truppe?«, begann der Kriminaltechniker.

»Nee, wir sind dem Ratschlag eines überschlauen Kollegen gefolgt und haben eine Kur an der Ostküste eingelegt. Bei uns ist das Klima zu gesund, und wir möchten gern erforschen, ob uns nicht auch die permanente Erkältung unseres geschätzten Kollegen Kriminalklempner ereilt, wenn wir an der Ostküste lustwandeln.«

Wie zur Bestätigung nieste Jürgensen, räusperte sich dann und ließ den Anwurf des Oberkommissars unkommentiert.

»Kiel hat uns eine erste Antwort aus Minsk geschickt.«

»Aus Weißrussland? Das ging aber fix«, warf Große Jäger ein.

»Vorurteile. Es läuft ja nicht jeder den Dingen *hinterher* wie ihr Nordfriesen. Oder kannst du mir einen Olympiasieger nennen, der aus Husum kommt?«

»Dafür hätte sich Winston Churchill hier sehr wohl gefühlt.«

»Ich weiß: No sports. Nun aber zurück zur Sache. Pjotr Schewtschenko war achtunddreißig Jahre alt. Er gehörte einer Spezialeinheit der Sowjetarmee an, die nach dem Zerfall der Sowjetunion aufgelöst wurde. Offensichtlich war er zum Zeitpunkt der Loslösung von Russland auf der falschen Seite der Grenze. Jedenfalls haben wir keine Information darüber, dass er sich danach in irgendeiner Weise in der Armee, Polizei oder geheimdienstlich betätigt hat. Genau genommen wissen wir gar nichts über ihn. Er ist zu keinem Zeitpunkt strafrechtlich in Erscheinung getreten. Womit er sich den Lebensunterhalt verdient hat, geht auch nicht aus den Unterlagen hervor. Kurzum: ein total unbeschriebenes Blatt. Dagegen bist du mit deinen Einträgen in Flensburg schon fast ein potenzieller Krimineller.«

»Nun mal sachte«, polterte Große Jäger zurück. »Aus Flensburg kommt doch nichts Gescheites. Oder willst du eure Punktebuchhalter als Erfolg bezeichnen? Dann gibt's da noch den Scheiß-Starke. Und das einzig Positive, die Rumerzeugung, habt ihr schon lange eingestellt.«

»So würde ich das nicht sehen. Flensburg hat viele gute Seiten. Zum einen gibt es mich, darüber hinaus noch das Flens und, nicht zu vergessen, Beate Uhse.«

»Einverstanden«, brummte der Oberkommissar. »Damit kann ich leben. Nun, los – mach schon.«

Prompt musste Jürgensen niesen.

»Na – siehste. Geht doch. Ich wünsch dir noch einen schönen Tag.«

»Danke«, sagte der Kriminaltechniker lachend. »Euch auch einen fröhlichen Betriebsausflug.«

»In dem Bericht war nichts von einem zweiten Mann angemerkt, einem guten Freund oder alten Spezi aus der Militärzeit. Schade, ein solcher Hinweis wäre hilfreich gewesen. Wenn der Mann beim Militär war, so kann er in der Hierarchie noch nicht weit gewesen sein. Die Sowjetunion ist vor fünfzehn Jahren auseinander gefallen. Da war er gerade dreiundzwanzig.«

Große Jäger sah Christoph an. »Das ist ein Alter, in dem man durchaus im Rahmen einer harten Ausbildung gelernt haben kann, wie man Gewissenlosigkeit in Brutalität umsetzt. Und eine Liste seiner ehemaligen Kameraden aus der Spezialeinheit werden wir kaum bekommen.«

»Einen ähnlichen Gedanken hatte ich auch. Es ist nicht auszuschließen, dass der zweite Gangster aus dem gleichen Umfeld stammt. Aber wie wäre die Verbindung zu Smitkov?«

»Wenn der auch bei einer Sondereinheit war?«

Christoph schüttelte den Kopf. »Das klingt unwahrscheinlich. Zumindest die Verbindung. Smitkov ist Bulgare. Die wurden von den Sowjets nicht ernst genommen und schon gar nicht in Geheimnisse dieser Art eingeweiht. Da muss es eine andere Verbindung geben. Und wie könnten die beiden Weißrussen, wenn wir unterstellen, dass es nicht noch mehr sind, zu Schöppe stehen?«

»Vielleicht ist Smitkov auch unschuldig, und die beiden Schläger sind von Schöppe engagiert worden. Die Schaffung eines Kontakts sollte nicht zu schwer sein. Das läuft über verdeckte Zeitungsanzeigen oder übers Internet.«

Christoph musste seinem Kollegen Recht geben.

Sie hatten den Parkplatz am Schleswiger Wikingerturm erreicht. Mommsen stellte seinen gelben Mini direkt nebenan ab. Sie waren gerade ausgestiegen, als wie aus dem Nichts der Hausmeister auftauchte, den sie bei ihrem ersten Besuch kennen gelernt hatten. Offenbar schien sich auch er an sie zu erinnern.

»Hallo«, grüßte er. »Sie wollen wieder zu Herrn Schöppe?«

»Ja«, antwortete Christoph schnell, bevor Große Jäger einen seiner unerwünschten Kommentare abgeben konnte.

»Der müsste zu Hause sein. Übrigens«, der Hausmeister legte eine bedeutungsschwere Pause ein, »ist inzwischen der andere Typ wieder aufgetaucht. Sie wissen, der von der Konkurrenz, der anderen Versicherung, wie Sie mir erzählten.«

»Wann war das?«

»Noch nicht so lange her. Heute Vormittag. Ich glaube, dieses Mal hat er Schöppe erreicht.«

»Dem würde ich doch zu gern etwas wegen Verstoßes gegen die internen Wettbewerbsrichtlinien der Versicherungsvertreter ans Zeug flicken«, erfand Christoph eine nicht existierende Regel. »Sie haben sich nicht zufällig gemerkt, mit welchem Auto der Kollege unterwegs war?«

Der Hausmeister pustete fast entrüstet die Wangen auf. »Wo denken Sie hin.« Dann zwinkerte er vertraulich mit den Augen. »Natürlich habe ich das. Der Bursche sah wenig Vertrauen erweckend aus.«

»Richtig. Er hat große Ähnlichkeit mit einem russischen Preisboxer«, versuchte Christoph den Mann aus der Reserve zu locken.

»Nee! Da irren Sie sich. Wenn russische Faustkämpfer so aussehen, dann wundert es mich überhaupt nicht, wenn die keine Medaillen mehr gewinnen. Der war fast noch älter als Sie.« Dabei sah er Christoph an. »Oh, Entschuldigung. Ich wollte Ihnen nicht zu nahe treten. Das sollte heißen, dass er nicht mehr zwanzig war. Graue Strähnen in den Haaren, eine Mittelglatze und einen Bart, hier – so um den Mund rum, bis zum Kinn.« Mit der Hand fuhr sich der Hausmeister über die Lippen und führte die Finger unter dem Unterkiefer zusammen, um Größe und Form des Barts anzudeuten. »Das war bestimmt kein Russe. Urdeutsch würde ich sagen.«

»Und mit welchem Auto war er unterwegs?«

»Mit einem blauen Passat. Aus Stormarn. Hier ist das Kennzeichen. OD. Strich. NY. Ich habe mir die Nummer notiert. Das mach ich öfter bei fremden Wagen, die hier parken. Man kann ja nie nich wissen, was die so im Schilde führn.« Dann sah der Mann im grauen Kittel hoch und zeigte mit ausgestrecktem Arm in die Richtung, der die Beamten ihren Rücken zugewandt hatten. »So 'n Pech aber auch. Schöppe fährt gerade weg. Da.«

Sie wandten sich um und sahen einen weinroten Fünfer-BMW davonfahren.

»Danke für Ihre Hilfe«, konnte Christoph dem verdutzen Hausmeister noch zurufen, während Große Jäger sich schon hinters Lenkrad des Dienst-Kombis geworfen hatte.

Mommsen schwang sich auf die Rückbank.

»Ja, halt!«, rief der Hausmeister. »Was ist mit dem Mini? Soll der hier stehen bleiben?«

»Das macht nichts«, antwortete Große Jäger, bevor er die Tür zufallen ließ. »Der ist ohnehin gestohlen.«

Mit großen Augen und einem heftigen Kopfschütteln ließen sie den verblüfften Mann stehen und versuchten, dem BMW zu folgen.

Christoph griff zum Funkgerät. »Ich habe eine Halteranfrage«, gab er der Zentrale durch und nannte das Kennzeichen.

»Verstanden«, dröhnte die Stimme aus dem Lautsprecher. »Wir melden uns wieder.«

Schöppe fuhr zügig, aber nicht zu schnell. Er bog auf die Bundesstraße Richtung Rendsburg ab und fuhr in Jagel auf die Autobahn Richtung Süden. Er zog den BMW auf die linke Spur und blieb dort. Gottlob bemühte er nicht die volle Kraft des Wagens. Dann hätten sie unter Umständen das Nachsehen gehabt.

»Sieh mal, der hat die linke Spur für sich gekauft«, schimpfte Große Jäger über Schöppe, der auch bei größeren Lücken nicht dran dachte, den Hauptfahrstreifen zu nutzen. »Ich bin mal gespannt, wo der hinwill.«

»Wenn wir Pech haben, macht er Urlaub in der Schweiz«, unkte Mommsen. »Oder er holt sich neues Geld aus Luxemburg.«

»Liechtenstein«, korrigierte Große Jäger. »Dort sitzt der Treuhänder, der das Aktienkapital der Nordic Financial Consulting verwaltet.«

»Stammkapital, nicht Aktienkapital. Das Unternehmen ist eine GmbH«, korrigierte Christoph.

Der Oberkommissar warf ihm einen Blick zu. »Ja, Papi. Ist das nicht egal? Weißt du überhaupt, was die Abkürzung GmbH heißt?«

Als keiner antwortete, erklärte es Große Jäger: »Gesellschaft mit beschissener Haftung.«

»Das sehen die Beteiligten aber anders«, antwortete Christoph. »Bei denen steht die Abkürzung für: Gehste mit, biste hin.«

Auf der nur spärlich befahrenen Autobahn gab es niemanden, der Schöppe bisher das Recht des Linksfahrens streitig gemacht hatte. Sie waren inzwischen an der Rader Hochbrücke angekommen, die bei Rendsburg über den Nord-Ostsee-Kanal führte. Der BMW hatte die Geschwindigkeit reduziert und fuhr mit etwa zwanzig Stundenkilometern mehr als erlaubt über das Bauwerk.

»Ob er hinter Rendsburg nach Kiel abbiegt?«, überlegte Große Jäger, um mit einem Seitenblick auf Christoph fortzufahren: »Da kommen alle Spitzbuben her.«

Doch Schöppe blieb auf der Autobahn Richtung Süden. Bei Bordesholm, wo der Kieler Zweig dazustieß, wurde es voller. Auch Neumünster mit seinen drei Auffahrten führte dem Verkehrsweg weitere Fahrzeuge zu, sodass es zunehmend schwieriger wurde, Anschluss zu halten.

»Was macht der denn jetzt?«, fragte der Oberkommissar, als der BMW bremste, sich rechts einordnete und an der Ausfahrt Großenaspe blinkte. »Der verlässt die Piste.«

Sie fuhren ebenfalls den Weg zur Bundesstraße hoch und sahen den BMW, der in südlicher Richtung abgebogen war. »Was will der in Bad Bramstedt?«, fragte Große Jäger.

»Das ist ein Kurort. Dort laufen viele reiche Frauen herum. Irgendwie muss sich der gute Mann doch ernähren, jetzt, wo sein eigener Laden pleite ist«, erklärte Christoph.

Tatsächlich steuerte Schöppe den Marktplatz des beschaulichen Städtchens an und parkte seinen Wagen in der Nähe des Rolands. Neben Wedel an der Elbe und Bremen, wo der bekannteste Vertreter stand, zierte auch in Bad Bramstedt eine Roland-Skulptur das Stadtzentrum.

Große Jäger hatte Mühe, den Dienstwagen so zu platzieren, dass er nicht auffiel. Doch Schöppe schien arglos zu sein. Er sah sich um, blickte dann auf seine Uhr, ließ seinen Blick erneut suchend über den Platz schweifen und wandte sich dann zum Rand des Zentrums hin, wo sich die Straße teilte.

»Ich pirsch hinterher. Mich kennt er nicht«, brummte der Oberkommissar und stieg aus. Wie ein Müßiggänger folgte er Schöppe.

Aus der Ferne sahen Christoph und Mommsen, wie Schöppe

unschlüssig umherwanderte, schließlich umkehrte und wieder in ihre Richtung kam. Darauf verschwanden zuerst Schöppe und dann Große Jäger ins Gasthaus »Zum Bramstedter Wappen«, das auf der anderen Seite des Platzes lag.

Nachdem sie eine Viertelstunde gewartet hatten, erinnerte sich Christoph, dass sie von der Zentrale immer noch keine Antwort zur Halteranfrage bekommen hatten.

»Warum dauert eine einfache Anfrage so lange?«, wollte Christoph wissen.

»Das ist nicht so einfach«, antwortete der Kollege am anderen Ende der Leitung. »Da gibt es ein kleines Problem.«

»Und? Das wäre?«

»Ist das Kennzeichen richtig, dass Sie mir genannt haben?« Er wiederholte es.

»Ja«, bestätigte Christoph. »Das ist korrekt.«

»Das gibt es nicht«, kam zögerlich die Antwort aus dem Äther. »Die Nummer ist nicht gespeichert.«

»Hmmh«, meinte Mommsen. »Da haben wir ja richtig hineingegriffen.«

»So schlimm finde ich es gar nicht«, meinte Christoph und erntete dafür einen verständnislosen Blick. »Das beweist uns doch, dass unser Verfolger nicht sauber ist. Wir können uns sicher sein, dass wir unter Beobachtung der Gegenseite stehen. Aber merkwürdig ist es schon. Wer hat ein so reges Interesse daran, die Polizei zu verfolgen? Und warum? Was wissen wir, oder besser: Was glaubt die Gegenseite, was wir wissen könnten, das für sie gefährlich ist?«

Dann meldete sich Große Jäger auf dem Handy. »Der Typ sitzt hier mutterseelenallein, schaut ständig auf die Uhr und trinkt Latte macchiato. Und ich hab jetzt ein Problem. Ich muss mal für Königstiger.«

»Wieso ist das ein Problem? Du wirst deinen Gang zum Entsafter, wie du immer zu sagen pflegst, doch allein bewerkstelligen können.«

»Das ist es nicht«, dröhnte die Stimme des Oberkommissars aus dem kleinen Lautsprecher. »Nicht der Entsafter. Das Problem ist größer.« Dann klickte es, und die Verbindung war unterbrochen.

In der nächsten Stunde tat sich nichts. Große Jäger hatte sich wieder zurückgemeldet und berichtet, dass Schöppe unruhig wirkte. »Es sieht aus, als würde er jemanden erwarten.« Es verging eine weitere Stunde, bis der Oberkommissar erneut anrief. »Achtung. Er hat eben bezahlt.«

Kurz darauf trat Schöppe auf die Straße. Er blieb unschlüssig vor dem Lokal stehen, orientierte sich nach beiden Seiten und schlenderte dann langsam in Richtung seines Autos.

»Ob er versetzt wurde?«, fragte Mommsen.

»Das sieht nicht so aus. Es hat eher den Anschein, als hätte er die Zeit überbrückt.«

»Warum ist er nicht später gefahren? Das macht doch keinen Sinn, Schleswig vor der Zeit zu verlassen, um hier in Bad Bramstedt die Zeit totzuschlagen.«

»Das könnte ein Zeichen für Nervosität sein«, meinte Christoph. »Er hat es in seiner Wohnung nicht mehr ausgehalten.«

»Der hat Hummeln im Hintern«, kommentierte Große Jäger, der sich mit einem Stöhnen auf die Rückbank quetschte. »Mann, war der Typ unruhig. Der hat ständig auf seine Uhr gesehen, viermal die Speisekarte auswendig gelernt und jede Glühbirne einzeln gezählt.«

»Hat er dich ins Visier genommen?«

Der Oberkommissar lachte. »Mich? 'nen einheimischen Arbeitslosen, der sich ein Bier am Nachmittag gönnt?«

Christoph ließ den Motor an und folgte dem BMW, der das Zentrum in südlicher Richtung verließ. Schöppe bog am Ende des Marktplatzes nach rechts ab.

»Das ist interessant«, murmelte Christoph.

»Das kannst du wohl sagen«, stimmte Große Jäger zu. Auch er hatte das Richtungsschild gelesen: »Quickborn 20 km«.

Irgendwer im Landkreis musste gehört haben, dass Kreisverkehre den nicht vorhandenen Massenverkehr beschleunigen. Jedenfalls unterbrach ein solches Rondell auf der schnurgeraden Straße den Verkehrsfluss. Ein Stück weiter führte die wie mit dem Lineal gezogene Straße durch ein großes Waldgebiet. Nur gelegentlich kam ihnen ein einzelnes Fahrzeug entgegen.

Sie folgten dem BMW in großem Abstand. Ein ganzes Stück vor Quickborn flackerten die Bremsleuchten auf, dann bog der Wagen nach rechts auf ein Waldgrundstück ab. Schon von weitem sahen sie das Hinweisschild des Hotels »Waldfrieden«.

Christoph reduzierte die Geschwindigkeit, um Schöppe Gelegenheit zum Aussteigen zu geben. Dann bog auch er auf das Hotelgrundstück ein. Das durch eine große Rhododendronhecke geschützte ehemalige Jagdhaus lag mitten im Hochwald. Das verwinkelte Gebäude mit dem markanten Spitzgiebel und dem zinnbewehrten Rundtürmchen kuschelte sich richtiggehend ins Grün hinein. Im Hintergrund befand sich ein im gleichen Stil gehaltener weiterer Bau, der früher die Remise gewesen sein mochte.

Sie waren noch auf der Zufahrt, als sie Schöppe den Weg kreuzen sahen. Mit einem Aktenkoffer in der einen und einem Bordcase in der anderen Hand strebte er dem Hoteleingang zu. Sein Fahrzeug hatte er unter den Bäumen geparkt.

Christoph fuhr bis ans Ende der freien, besandeten Fläche und stellte den Dienst-Kombi ebenfalls unter die Bäume.

»Schöppe kennt uns drei. Deshalb wäre es unklug, ihm zu folgen. Warten wir einmal, ob er sich mit jemandem verabredet hat, den wir kennen«, schlug Christoph vor.

Kurz darauf hörten sie auf den groben Kieseln das Knirschen eines sich nähernden Wagens. Durch die Bäume sahen sie einen blauen Passat, der langsam den Weg entlangrollte. Im Wagen konnte man eine einzelne Person ausmachen. Er hielt auf der Höhe des geparkten BMW kurz an und fuhr dann im Schritttempo weiter. Vor dem Anbau zögerte der Fahrer, entschloss sich dann aber, nach links abzubiegen, entgegen der Richtung, in der die drei Beamten standen. Langsam fuhr der Wagen hinter das Hotel und entschwand ihren Blicken.

»Ich glaube es nicht«, sagte Große Jäger. »Das Kennzeichen, das es nicht gibt. OD-NY. Der Wagen, den uns der Hausmeister aus Schleswig beschrieben hat.«

»Nun wird es spannend. Wieso haben sich Schöppe und der Unbekannte hier in Quickborn verabredet? Die Sache wird immer undurchsichtiger. Wer ist dieser Unbekannte?«

»Der Mann im Hintergrund?«, mutmaßte Mommsen, aber Christoph schüttelte den Kopf.

»Das glaube ich nicht. Wenn es der ist, der die Fäden zieht, lässt er sich nicht dazu herab, uns persönlich zu beschatten. Aber wir suchen immer noch den zweiten Russen, den Kumpel von Pjotr Schewtschenko, mit dem er die Überfälle in den letzten Jahren begangen hat und von dem wir vermuten, dass er Reiche ermordet hat. Vorsicht, der Mann ist gewalttätig. Wir sollten vorsichtshalber das MEK benachrichtigen«, mahnte Christoph.

»Damit die hier mit Tatütata ankommen und nichts vorfinden?«, sagte Große Jäger. »Außerdem wissen wir gar nicht, ob es wirklich der ist, für den wir ihn halten. Ich werde nachsehen.«

»Lass mich das machen«, schlug Mommsen vor und hatte bereits die Tür geöffnet. Wie ein Schatten verschwand der junge Kommissar im Unterholz.

»Da hast du wohl Recht«, knurrte ihm Große Jäger hinterher und tippte Christoph von hinten auf die Schulter. »Wir beiden Ollen sind nicht mehr das ideale Gespann, um irgendwelchen Ganoven hinterherzulaufen.«

»Unsere Stärken sind Erfahrung und Überzeugungskraft«, erwiderte Christoph mit einem leisen Lächeln.

»Na ja, damit bist du nicht weit gekommen, als sie dich in der Tiefgarage in die Mangel genommen haben.«

Es waren höchstens drei Minuten vergangen, als der Oberkommissar unruhig wurde. »Verdammt, wo bleibt der Junge nur?«

»Der ist gerade weg«, beruhigte ihn Christoph und hörte, wie hinter seinem Rücken die Zigarettenschachtel raschelte. Dann hörte er das Geräusch des Feuerzeuges. Er war zwar nicht begeistert, dass ihm Große Jäger den Qualm um die Ohren blasen würde, unterließ es aber, eine entsprechende Bemerkung zu machen. Der Oberkommissar mit seiner nicht zu unterdrückenden Fürsorglichkeit war übernervös und musste ganz einfach rauchen.

Sie schwiegen eine Weile und beobachteten die Umgebung. Nach einer geraumen Zeit hörten sie das muntere Geschrei zweier Kinder, die mit ihren Eltern aus einer großen Glastür, die zu den Remisen führte, herauskamen. In den elegant umgebauten Nebengebäuden waren Hotelzimmer untergebracht. Der Vater ging mit den beiden Kleinen zu einem Van, während die Frau einen Schlüssel in der Hand schwenkte und zum Haupthaus des Hotels ging. Offensichtlich gab es dort einen Hintereingang, der zur Rezeption führte.

»Verdammt. Ich gehe Mommsen suchen«, fluchte Große Jäger. »Wir hätten den Jungen nie allein losgehen lassen dürfen.«

Christoph hielt ihn am Ärmel fest. »Beruhige dich. Erstens ist er kein Kind mehr, sondern für so etwas besser geeignet als wir beiden

Alten. Außerdem ist er gut ausgebildet und kann vorzüglich auf sich aufpassen. Und Drittens ist Mommsen kein Hasardeur, sondern bewegt sich mit Vorsicht und Vernunft.«

Doch Große Jäger war nicht zu beschwichtigen. Ich werde ihn notfalls mit Handschellen im Fahrzeug festhalten müssen, überlegte Christoph nicht ganz ernsthaft.

Es dauerte noch unendlich erscheinende weitere zehn Minuten, bis sie einen Schatten sahen, der sich von hinten ihrem Wagen näherte. Gleich darauf ließ sich Mommsen auf den Beifahrersitz fallen.

»Mensch, Kind, wo warst du nur so lange«, warf ihm Große Jäger vor und konnte in seiner Stimme die Erleichterung nicht verbergen.

»Hast du dich um mich gesorgt?«, fragte der junge Kommissar grinsend.

»Quatsch. Du musst schon selbst auf dich aufpassen.« Es war dem Oberkommissar anzumerken, dass es ihm unangenehm war, dass man ihm seine Besorgtheit anmerken konnte.

»Interessant«, begann Mommsen seinen Bericht. »Zwischen den Rhododendren und dem Haus führt ein schmaler Weg zum Haupteingang, der auf der anderen Seite liegt. Am Haus ist ein Wintergarten angebaut. Ich vermute, dass er einen Teil des Restaurants beherbergt. Zwei Tische waren besetzt. Aber alle Leute machten einen harmlosen Eindruck. Spaziergänger oder Gäste, die mit dem Nachmittagskaffee etwas spät dran sind.«

»Von Schöppe oder dem Unbekannten war nichts zu sehen?«, fragte Christoph.

»Nein. Auf der anderen Seite befindet sich ein großzügig angelegter Garten mit Teich und Gartenhäuschen. Da war aber niemand. Es war nur eingedeckt für eine spätere Veranstaltung. Hinter dem Hotel führt ein Weg im Halbkreis durch den Wald zurück zur Straße. Eine zweite Zufahrt. An diesem Weg steht etwas im Hintergrund ein weißer Bungalow. Aus dem kam ein stattlicher Mann im dunklen Anzug heraus, der im Kücheneingang des Hotels verschwand. Ich vermute, dass es der Hoteldirektor war, der im Bungalow wohnt. An dieser zweiten Zufahrt parkten Fahrzeuge unkonventionell auf dem Rasen. Dort steht auch unser blauer Passat. Verschlossen. Vom Fahrer war weit und breit nichts zu sehen. Ich habe einen Blick in den Wagen geworfen. Leer.«

»Das heißt, der Unbekannte hat sich im Hotel mit Schöppe getroffen«, stellte Große Jäger fest.

»Wir wollten uns ohnehin mit Schöppe unterhalten. Deshalb waren wir nach Schleswig gefahren«, sagte Christoph. »Gehen wir hinein und plaudern ein wenig mit den Herren.«

»Warte einmal«, bremste ihn Mommsen und wies auf ein weiteres Fahrzeug, das über die Zuwegung rollte, um dann direkt neben dem Haupthaus zu parken. Dem schwarzen Jaguar entstieg Georghe Smitkov.

»Die Sache wird immer spannender«, meinte Große Jäger. »Das scheint eine Vollversammlung zu werden. Lautet unsere Frage möglicherweise nicht: Smitkov *oder* Schöppe, sondern *und*?«

»Bleibt nur noch offen, wer von beiden den Hut aufhat.«

Der smarte Geschäftsmann war ausgestiegen. Er trug businesslike eine Konferenzmappe aus hellem Leder unterm Arm. Ohne sich umsehen, wandte er sich dem Hoteleingang zu.

»Wo sind die beiden anderen geblieben?«, fragte Große Jäger. »Merkwürdig, dass Mommsen sie bei seiner Erkundung nicht gesehen hat.«

»Vielleicht sind die drei zur Wahrung der Diskretion in einem Hotelzimmer verabredet«, erwiderte Christoph.

Sie warteten noch eine Viertelstunde, bis Christoph das Signal zum Aufbruch gab. Große Jäger wandte sich dem Hintereingang zu, während Christoph und Mommsen um das Gebäude herumgingen.

Zu beiden Seiten des Eingangs bewachten zwei steinerne Hunde das Entree. Rechts führten ein paar Stufen in den angebauten Wintergarten, den Mommsen ihnen vorhin beschrieben hatte. Zwei Kellner mit bis zum Boden reichenden weißen Schürzen richteten die Tische für die abendlichen Gäste her. Doch keine ihrer Zielpersonen war zu sehen. Von der zur linken Hand liegenden Rezeption kam ihnen der Mann im dunklen Anzug entgegen, von dem sie vermuteten, dass er der Direktor war.

»Guten Abend«, grüßte er freundlich. »Haben Sie bestellt? Darf ich Ihnen behilflich sein?«

»Vielen Dank«, sagte Christoph, »aber wir sind verabredet.«

»Mit wem?«, fragte der hilfsbereite Patron und blickte auf, als Große Jäger von der anderen Seite zur kleinen Gruppe dazustieß.

Der Oberkommissar zeigte mit dem Daumen über die Schulter in die Richtung, aus der er gekommen war.

»Er sitzt dahinten«, raunte er. »Allein.«

»Wenn ich vorangehen darf«, bot der Hoteldirektor an, doch Christoph lehnte ab.

Außer dem Wintergarten gab es noch einen gemütlich eingerichteten Raum, der ebenfalls auf die Abendgäste wartete.

Sie folgten Große Jäger, der sie durch eine kleine Halle führte, die nach oben offen war. Mittelpunkt des Raumes war ein großer Kamin, über den zwei Werkzeuge, die Hellebarden glichen und zum Torfstechen benutzt wurden, an der Wand hingen. Wuchtige Sessel luden zum Aperitif, Mokka oder zur Zigarre nach dem Diner ein.

Ganz hinten in der Ecke befand sich noch ein weiterer kleiner Raum, der fast den intimen Charakter eines Separees aufwies.

Am Tisch, der für zwei Personen gedeckt war, saß Smitkov. Er sah auf, als die drei Beamten eintraten, und zog leicht die linke Augenbraue in die Höhe. Wenn er überrascht war, so ließ er es sich nicht anmerken.

Mit seiner manikürten Hand griff er zum Sherryglas, nippte daran, betupfte sich vorsichtig mit der schweren Damastserviette die Lippen und sagte: »Guten Abend. Das überrascht mich, Sie hier zu sehen. Was führt Sie aus Büsum hierher?«

»Husum«, antwortete Christoph. »Wir kommen aus Husum.«

Smitkovs Blick, mit dem er die drei musterte, schien fast ein wenig amüsiert.

Jetzt war auch der Hoteldirektor hinzugetreten. Argwöhnisch musterte er die drei Beamten. Insbesondere Große Jäger schien sein Missfallen zu erregen.

»Ist alles in Ordnung?«, fragte er an Smitkov gewandt.

»Danke. Die Herren wollen gleich wieder gehen«, sagte dieser, worauf sich der Patron diskret entfernte.

»Zuvor haben wir noch ein paar Fragen an Sie«, sagte Christoph. »Dürfen wir uns setzen?«

Smitkov hatte nicht vor, die Polizisten zum Gespräch einzuladen. »Das kommt mir ungelegen. Ich erwarte geschäftlichen Besuch. Morgen – nein! Warten Sie.« Er legte die Zeige- und Mittelfinger an die Schläfe. »Morgen bin ich auf Reisen. Übermorgen, sagen wir am Nachmittag, stehe ich Ihnen gern zur Verfügung. Wenn Sie mich jetzt bitte entschuldigen würden.«

»So läuft das nicht«, polterte Große Jäger dazwischen. »Terminabsprachen können Sie mit anderen treffen. Wir machen unsere Planungen immer noch ohne Sekretärin. Wenn mein Boss sagt: ›Jetzt!‹, dann meint er es auch so.«

Christoph musste innerlich schmunzeln. Der Oberkommissar hatte ihn bisher noch nie als »Boss« bezeichnet. Es war eine seiner Finten, um dem ungerührten Smitkov zu verstehen zu geben, dass er es nicht mit »irgendwem« aus tiefster Provinz zu tun hatte.

Dann angelte sich Große Jäger einen Stuhl und ließ sich demonstrativ am Tisch nieder, an dem Platz, der für den zweiten Besucher reserviert war. Er fischte seine Zigarettenschachtel hervor und zündete sich eine Zigarette an. Mit dem Unterarm schob er Platzteller, Besteck und Serviette zur Seite.

»Und nun bitte ich Sie, unsere Fragen zu beantworten. Wo waren Sie gestern? Mit wem haben Sie telefoniert, nachdem sich mein Boss von Ihnen verabschiedet hat? Und wir haben noch eine Menge weiterer Fragen an Sie. Also?«

Zum ersten Mal zeigte Smitkov eine Spur von Unsicherheit. Er blickte an den drei Beamten vorbei. Es schien, als wäre es ihm unangenehm, in dieser Situation überrascht zu werden.

»Sind Sie hier mit Manfred Schöppe verabredet?«, fragte Christoph, dem Smitkovs Regung nicht entgangen war.

Der Geschäftsmann zögerte einen Moment.

»Gut«, meinte er schließlich. »Wenn Sie es als unaufschiebbar betrachten, so kann ich dem kaum etwas entgegensetzen.«

Er stand auf, schob vorsichtig seinen Stuhl nach hinten.

»Dieser Ort ist wohl wenig geeignet für das – Gespräch, wie Sie es nannten. Wollen Sie mir nach Hause folgen?«

Große Jäger war auch aufgestanden. »Vielleicht ist das örtliche Polizeirevier ein besserer Platz«, schlug er vor.

»Wie Sie meinen«, erwiderte Smitkov und wollte den Raum verlassen, wurde aber von Christoph und Mommsen, die im Durchlass zur Hotelhalle standen, daran gehindert.

Warum hat es der Mann plötzlich so eilig, überlegte Christoph. Wollte er nicht, dass sie seinem Besucher begegnen? War der Unbekannte aus dem Passat mit ihm verabredet? Wenn die zwei nicht miteinander sprachen, jetzt, nachdem sie Kontakt zu Smitkov aufgenommen hatten, würde man nie beweisen können, dass sie sich kannten, auch wenn der Passat-Fahrer den Fehler gemacht hatte, sich hierher zu begeben.

»Wir werden uns auf der Quickborner Polizeistation unterhalten«, entschied Christoph. Zu viert verließen sie das Hotel.

»Ich zahle später«, gab Smitkov dem Hotelmanager zu verstehen, der professionell reagierte und angesichts der Ereignisse in seinem Haus mit keiner Miene seine eigene Meinung zu erkennen gab.

Vor der Tür wollte sich der Geschäftsmann seinem Jaguar zuwenden.

»Wenn es Ihnen nichts ausmacht, bieten wir Ihnen eine Fahrgelegenheit«, sagte Christoph.

Der Mann schien überrascht. »Warum kann ich nicht mit meinem eigenen Wagen fahren? Glauben Sie, ich will mich dem Gespräch durch Flucht entziehen? Oder haben Sie mich verhaftet?«

»Wir möchten Ihnen nur einige Fragen stellen. Danach werden wir Sie wieder zu Ihrem Auto bringen.«

Smitkov schien das nicht recht zu sein. »Das macht bei den Leuten einen schlechten Eindruck, wenn ich von der Polizei eskortiert werde. Ich genieße einen untadeligen Ruf und möchte, dass es so bleibt.«

»Wir bestehen aber darauf«, sagte Christoph.

Der Mann beugte sich dem Vorgehen der Polizisten.

»Gibt es eine Stelle, bei der ich mich über Ihre Handlungsweise beschweren kann?«, fragte er. Zu keinem Zeitpunkt hatte er seine ruhige Tonlage verändert, auch wenn er jetzt sichtlich verärgert war.

»Das steht Ihnen frei. Ich werde Ihnen nachher meine Dienststelle nennen. Sie können jederzeit eine Dienstaufsichtsbeschwerde gegen mich erwirken.«

»Das möchte ich nicht ausschließen. Schließlich ist es schon ein massiver Eingriff in meine Rechte, was Sie hier machen. Ich bin auf Ihre Erklärung gespannt.«

Sie hatten den Ford erreicht.

»Mein Kollege wird Sie jetzt kurz untersuchen, bevor wir in das Fahrzeug einsteigen. Das ist reine Routine«, sagte Christoph.

Smitkov protestierte nicht, sondern stellte sich mit leicht gespreizten Beinen vor Mommsen, der mit beiden Händen die Konturen des Mannes nachfuhr.

»Haben Sie geglaubt, ich wäre bewaffnet?«, amüsierte sich Smitkov.

In diesem Moment zischte etwas zwischen den Köpfen Christophs und Smitkovs hindurch. Noch ehe sie reagieren konnten, schlug Smitkov die Hände über dem Kopf zusammen, während die drei Polizisten über die Schultern blickten. In diesem Augenblick zersprang mit einem lauten Knall die Scheibe der hinteren Tür. Fast gleichzeitig war ein metallenes »Plong« zu hören.

Instinktiv ließen sich die drei fallen, dabei riss Große Jäger Smitkov mit sich und bedeckte den verdutzten Mann halb mit seinem massigen Körper.

»Da schießt jemand auf uns«, sagte Christoph.

»Das glaub ich nicht. Wo sind wir hier gelandet?«, erwiderte Große Jäger. Er hatte ebenso schnell wie Mommsen seine eigene Waffe gezogen. Außer dem Entsichern der beiden Waffen war nichts zu hören.

»Woher kam das?«, fragte Mommsen, während Große Jäger Christoph ansah und seine zwei Reihen gelber Zähne blicken ließ. »Du hast wohl keine Zimmerflak an Bord?«, meinte er, weil Christoph keine Waffe in der Hand hielt.

»Die stärkste Waffe des Polizisten ist das Wort«, erwiderte Christoph.

»Glückwunsch, dann schieß mal mit Halbsätzen zurück«, griente der Oberkommissar. Ebenso wie Mommsen suchte er die Umgebung ab. »Siehst du etwas?«, fragte er Mommsen.

»Nein. Nichts. Woher kamen die beiden Schüsse?«

»Ich habe nichts gehört. Vermutlich benutzt der Typ einen Schalldämpfer. Ich schätze, er sucht dort hinter der Ecke Deckung. Da, neben dem Anbau.«

Dann schwiegen sie einen Moment. Von ihrem Gegner war nichts zu hören. Auf der am Hotelgelände vorbeiführenden Straße rauschte ein Auto vorbei. Sonst war nur das leise Brummen der Abluftanlage der Hotelküche zu vernehmen.

»Wer hat es da auf Sie abgesehen?«, fragte Christoph den völlig verwandelten Smitkov, der seine ganze Selbstsicherheit verloren hatte und immer noch halb unter dem Oberkommissar kauerte.

»Ist es Ihr Gast? Der Passat-Fahrer?«

Smitkov sah Christoph an und öffnete zweimal den Mund, als würde er antworten wollen.

»Es wäre hilfreich für uns, wenn Sie uns sagen, wer dort auf uns geschossen hat. Wir könnten uns dann auf unseren Gegner einstellen. Ist es der russische Killer?«

»Ich kenne keinen russischen Killer«, stammelte Smitkov. »Ich habe keine Ahnung, wovon Sie reden. Ich war hier zu einem Geschäftsessen verabredet.«

»Mit Schöppe?«

Jetzt schwieg der Mann. Wenn er mehr wusste, so wollte er es nicht preisgeben.

»Ruf du Verstärkung«, raunte Große Jäger Christoph zu. »Ich werde ich mir die Sache aus der Nähe ansehen.«

»Ich habe eine andere Idee«, schlug Mommsen vor. »Wenn er noch auf uns lauert, können wir nicht die freie Fläche des Parkplatzes überqueren. Gib du mir Feuerschutz. Ich werde den Parkplatz im Schutz des Unterholzes umrunden. Wenn ich drüben bin, gebe ich dir ein Zeichen. Dann kannst du folgen.«

»Seid vorsichtig«, gab ihnen Christoph mit auf den Weg.

»Und was ist mit mir? Wollen Sie mich hier allein lassen? Das können Sie doch nicht.« Zum ersten Mal klang Smitkovs Stimme nicht mehr gefasst.

Christoph sah ihn an. »Ich werde Ihnen hier Gesellschaft leisten.«

»Ja, aber … Sie sind doch gar nicht bewaffnet«, stammelte Smitkov.

»Das macht nichts«, tröstete Große Jäger. »Einen Polizistenmord werden Sie nicht miterleben, weil der Gangster zuerst Sie erschießt, bevor mein Kollege ihn mit Tannenzapfen bewirft.« Dann kroch der Oberkommissar zu einem nahe gelegenen Baumstamm. Von Mommsen war nichts mehr zu sehen.

Es war kein weiterer Schuss gefallen. Die hereinbrechende Dunkelheit hatte den unsichtbaren Gegner verschluckt. Es blieb nur zu hoffen, dass nicht aus Versehen ein unbeteiligter Hotelgast auftauchte und die freie Fläche zwischen ihnen und der Hausecke betrat, von der sie vermuteten, dass es der Standort des Schützen war. Gottlob blieb es ruhig.

Christoph hörte neben sich Smitkovs hastigen Atem. Der hatte sich ganz flach gemacht. Es sah fast aus, als würde er sich eingraben wollen. Mit einem unruhigen Flackern in den Augen beobachtete der Geschäftsmann die andere Parkplatzseite. Immer wieder ließ er, ebenso wie Christoph, seine Augen über die efeubewachsene Fassade der ehemaligen Remise gleiten. Doch alle Fenster waren verschlossen. Rechts vom Anbau, durch einen schmalen Grundstücksstreifen getrennt, stand ein weiteres kleines Gebäude, eine Garage, deren Obergeschoss ebenfalls zu einem Gästezimmer ausgebaut war. Eine Treppe führte an der Außenseite hinauf.

Jetzt tauchte vorsichtig ein Schatten hinter der Garage auf. Ein Kopf schob sich um die Ecke, dann erschien Mommsens Gesicht. Der junge Kommissar hielt sein Handy in der Hand und schwenkte es kurz. Christoph sah, wie Große Jäger den Daumen in die Höhe streckte. Dann nahm der Oberkommissar sein Mobiltelefon ans Ohr. Christoph konnte nicht verstehen, was die beiden miteinander sprachen. Danach robbte Große Jäger ein Stück zurück.

»Mommsen sagt, auf der Rückseite der Garage bewegt sich jemand durch das Unterholz. Er will rechts herum, während ich den Parkplatz überquere und mich von links heranschleiche.«

Christoph hatte den Eindruck, dass die Situation trotz der Gefährlichkeit dem Oberkommissar sichtlich Vergnügen bereitete.

Im Entengang watschelte Große Jäger zu dem Baum zurück, hinter dem er sich zuvor verschanzt hatte. Im Zeitlupentempo zog er sich am Stamm hoch. Dann nahm er Blickkontakt mit Mommsen auf, der eine Zeit lang verschwunden war. Offensichtlich hatte er noch einmal das Terrain auf der Rückseite der Garage sondiert.

Mommsen machte eine Winkbewegung, die Große Jäger bedeutete, er könne kommen.

Dann rannte der Oberkommissar los.

Christoph erinnerte sich an Wildwestfilme aus seiner Jugendzeit. Sein Kollege hatte Ähnlichkeit mit einer auf das Kameraobjektiv zurasenden Büffelherde. Große Jäger fand auf der anderen Seite hinter der Garagenecke Deckung. Wenn der geheimnisvolle Schütze dort immer noch lauerte, musste er jetzt glauben, dass eine ganze Hundertschaft im Anmarsch war.

Große Jäger blinzelte um die Ecke und sah eine Gestalt, die mit gezückter Waffe an der Querwand entlangschlich, vorsichtig Fuß für Fuß vorsetzend.

Der Mann sah hoch. Er musste den Oberkommissar auch entdeckt haben, machte aber merkwürdigerweise keine Anstalten, auf ihn zu schießen oder in Deckung zu gehen. Es schien, als würde sich der Unbekannte auf ein anderes Ziel konzentrieren.

Zu dieser Seite der Gasse zwischen dem Hotelanbau und der Garage konnte der Unbekannte nicht mehr entkommen. Große Jäger sah, wie sich auf der anderen Seite der Querwand eine bewaffnete Hand um die Ecke schob, dann folgte Mommsens halbes Gesicht.

»Polizei. Lassen Sie die Waffe fallen. Sie sind umstellt. Jeder Widerstand ist zwecklos!«

Der Unbekannte sah erst zu Mommsen, dann zur anderen Seite, auf der sich Große Jäger ein wenig aus der Deckung gewagt hatte. Der Mann machte keine Anstalten, seine Pistole in Richtung eines der beiden Polizisten zu schwenken. Mit spitzen Fingern fasste er den Lauf seiner Pistole von vorn und hielt die Waffe am ausgestreckten Arm von sich. Dann stapfte er auf Große Jäger zu. Mommsen machte ein paar schnelle Sätze und war jetzt zwei Schritte hinter dem Mann.

Christoph beobachtete beides von der anderen Parkplatzseite. Jetzt, nachdem sie den Schützen gefasst hatten, richtete er sich wieder auf.

»Sie dürfen auch aufstehen«, sagte er zu Smitkov, der immer noch am Boden kauerte und halbwegs unter den Dienst-Kombi gekrochen war. Er sah Christoph mit großen Augen an. Nur zögernd kam er in die Höhe und sah dabei angstvoll zur anderen Parkplatzseite.

Dort war der ertappte Schütze bei Große Jäger angekommen und blieb zwei Schritte vor ihm stehen. Mit ausgestrecktem Arm reichte er ihm die Pistole, während Mommsen mit gezückter Waffe im Rücken des Mannes sicherte.

Dann sah Christoph, wie die drei ein paar Worte wechselten. Es war der Unbekannte, der sie verfolgt hatte. Christoph erkannte ihn wieder. Er hatte etwa Christophs Größe und war nicht mehr ganz jung. Christoph schätzte ihn auf über fünfzig. Die schlanke Gestalt war sportlich trainiert und stand ein wenig im Widerspruch zu den lichten Haaren, zwischen deren Schwarz bereits viel Grau schimmerte.

Die drei wechselten ein paar Worte, dann zog der Mann mit zwei Fingern ein Papier aus der Innentasche seiner Jacke und reichte es Große Jäger.

Aufmerksam studierte der Oberkommissar das Dokument, nickte Mommsen zu und gab dem Mann Papier und Waffe zurück. Christoph konnte sich darauf keinen Reim machen.

War das ein Privatdetektiv, der die Polizei observiert hat?

Mommsen hatte seine Waffe gesenkt, ebenso Große Jäger. Sie behielten ihre Pistolen aber ebenso in der Hand wie der Unbekannte. Jetzt kamen die drei auf Christoph und Smitkov zu. Christoph wollte ihnen entgegenkommen, aber der Oberkommissar rief ihm zu: »Bleib in Deckung.«

Mit hastigen Sprüngen hatten die drei den Parkplatz überquert.

»Das ist irre«, begann Große Jäger. »Darf ich vorstellen? Helge Thiel. Kollege aus Kiel. Erster Hauptkommissar beim LKA.«

Dann lachte er, weil Christoph keinen allzu intelligenten Eindruck machte.

Der Mann streckte Christoph die Hand entgegen.

»Hallo«, sagte er in unverkennbarem Norddeutsch. »Wir kennen uns schon.«

Christoph erwiderte den festen Händedruck. »Wenn Sie uns die ganze Zeit gefolgt sind, dann haben wir schon aus der Distanz miteinander zu tun gehabt.«

»Ich war Ihnen schon ganz nah«, sagte der Kieler Polizist schmunzelnd. »In der Tiefgarage.«

»Waren Sie der Unbekannte, der mir die Tüte vom Kopf gezogen hat? Der mich als Erster fragte, wie es mir geht?«

»Genau. Dann musste ich Sie leider verlassen, weil ich dem Übeltäter nachgeeilt bin. Aber der Kerl war schneller und ist mir entwischt.«

»Herzlichen Dank für Ihre Hilfe. Trotzdem glaube ich, dass Sie uns einiges erklären müssen.«

»Das denke ich auch«, antwortete Helge Thiel. »Doch lassen Sie uns zuerst nach dem Burschen suchen, der auf Smitkov geschossen hat.«

»Auf mich?«, fragte der Mann ungläubig. »Man hat auf mich geschossen? Ich vermute viel eher, dass der Anschlag der Polizei galt.«

»Nein«, erklärte ihm Christoph, der die Idee des LKA-Beamten aufgriff. »Der Anschlag war Ihnen zugedacht. Der Schütze hat gesehen, dass Sie in unserer Begleitung sind. Offenbar befürchtet er, dass Sie uns etwas verraten könnten. Ich freue mich schon auf die Unterhaltung mit Ihnen, Herr Smitkov.«

Smitkov machte keinen glücklichen Eindruck, schwieg aber. Seine Miene hellte sich erst auf, als Große Jäger sagte: »Vermutlich hat der Bursche das Weite gesucht. Den bekommen wir nicht mehr.«

»Oder es ist einer von der intelligenten Sorte, der sich jetzt in einem der Hotelzimmer aufhält und einen harmlosen Touristen mimt. Wir sollten Verstärkung anford...«, meinte der Kieler Kommissar, wurde aber in seinen Ausführungen durch den heranrollenden VW-Bulli der Quickborner Polizeistation unterbrochen. Drei Uniformierte entstiegen dem Wagen, darunter die beiden schon bekannten Ulrich Schröder und Ben Hegermann.

Christoph gab eine kurze Lagebeschreibung. »Wir müssen das Terrain absuchen und die Räume inspizieren. Aber Achtung! Es ist Vorsicht geboten. Der Mann ist bewaffnet und macht rücksichtslos von der Schusswaffe Gebrauch.«

»Sollten wir nicht auf das SEK warten?«, schlug der Quickborner Revierleiter vor.

»Nein«, entschied Thiel. »So viel Zeit bleibt uns nicht. Also, los.« Er zeigte auf den dritten Beamten der Schutzpolizei, der nicht mit Namen vorgestellt wurde. »Sie bleiben hier und werfen einen Blick auf den Mann.« Er zeigte auf Smitkov. »Zwei sichern die Rückseite«, wies der Kieler Kommissar an.

»Ich«, meldete sich Mommsen.

Ben Hegermann machte einen Schritt auf Mommsen zu. »Ich begleite den Kollegen.«

»Gut«, sagte Thiel. »Dann man los.«

Im leichten Trab verschwanden die beiden im Durchgang zwischen Hotelanbau und der einzeln stehenden Garage.

»Wir sollten uns von der Rezeption eine Liste mit der Zimmerbelegung besorgen«, schlug Christoph vor und wandte sich, ohne eine Antwort abzuwarten, dem Haupthaus zu.

Der Hoteldirektor zeigte sich überrascht, als Christoph sich auswies und seine Bitte vortrug.

»Selbstverständlich«, antwortete er hilfsbereit und fuhr mit dem Finger über die aktuelle Seite seines Belegungsplans. Dann notierte er eine Reihe von Zimmernummern auf einen Zettel.

»Wer wohnt in diesen Räumen?«

Der Manager überlegte kurz. »Hier wohnen zwei ältere Damen. Die eine benötigt eine Gehhilfe. Dieses Zimmer hat ein junges Ehepaar mit zwei Kindern belegt. Die sind vorhin weggefahren. Hier – das können Sie auch streichen. Das ist ein Ehepaar aus Münster. Stammgäste. Die kenne ich schon seit Jahren. Diese beiden Einzelzimmer ebenso. Zwei ältere Herren, so um die siebzig. Kommen zweimal jährlich zum Golfspielen.«

Es blieben drei Räume übrig. In einem hatte sich ein Paar eingemietet. Der Schlüssel hing nicht am Brett.

»Vermutlich sind die Herrschaften auf dem Zimmer. Und die beiden anderen Räume gehören Einzelreisenden. Männlich. Beide sind das erste Mal in unserem Haus. Ein Zimmer befindet sich im Anbau, zweiter Eingang, und dann im Erdgeschoss. Das zweite Zimmer ist hier im Haupthaus.«

»Mit welchem Namen sind die eingetragen?«

»Der im Haupthaus heißt Hermann-Josef Frings. Der im Anbau nennt sich Gorbatschow.«

Mit diesen Informationen kehrte Christoph zur kleinen Gruppe zurück, die sich in den Schutz der Bäume zurückgezogen hatte.

»Wir sollten uns zuerst diesen Gorbatschow vornehmen«, schlug Christoph vor.

»Wie heißt der?«, fragte Große Jäger ungläubig. »Habe ich richtig gehört?«

»Hast du.«

»Oh wie sinnig«, gab der Oberkommissar zurück. »Dann wollen wir ihn mal besuchen. Ich bin nämlich der dicke Kohl und will mit dem Typen in die Sauna.«

Sie traten nacheinander durch die Tür in den Flur des Anbaus. Geradeaus führte eine zweite Glasdoppeltür in den Erdgeschossflur. In einer Glasvitrine war handbemaltes Vitroporzellan ausgestellt. Eine kleine Anrichte, zwei Stühle und ein runder Tisch vervollständigten das Mobiliar des Eingangbereichs. Rechts führte eine Treppe in die obere Etage. Von dort kam ein älterer weißhaariger Mann herab und stutzte, als er die vier Männer mit ihren gezückten Waffen in der Hand sah.

Christoph hielt einen Finger vor den Mund und bedeutete dem Hotelgast, leise zu sein. Dann winkte er ihn zu sich heran.

»Verlassen Sie bitte das Gebäude und gehen Sie ins Haupthaus«, bat er. Der Weißhaarige nickte und verschwand lautlos nach draußen. Ein Blick zurück überzeugte Christoph, dass der Mann nicht zu den Neugierigen gehörte, die vor dem Ort des Geschehens stehen bleiben und der Ereignisse harren.

Von dem mit rotem Teppich ausgelegten Flur zweigten die weiß lackierten Zimmertüren ab. Tüten-Wandlampen an der mit Blumenranken bedruckten Tapete beleuchteten den Gang nur mäßig.

Die Zimmernummer war mit goldenen Lettern auf dem Türblatt angebracht. Große Jäger und der Quickborner Stationsleiter Schröder platzierten sich, die Waffe im Anschlag, links und rechts vom Eingang. Thiel stellte sich seitlich von der Tür auf, Christoph daneben.

Der Oberkommissar klopfte energisch gegen das Holz. Dann warteten sie ab.

Es dauerte eine Weile, bis sie hinter der Tür ein Geräusch hörten. Dann fragte eine dunkle Männerstimme mit hartem osteuropäischen Klang: »Ja? Wer ist da?«

»Würden Sie bitte öffnen«, sagte Christoph.

Einen Moment herrschte Stille. Dann fragte die Stimme erneut: »Wer ist denn da?«

»Hier ist die Polizei. Öffnen Sie bitte die Tür, strecken Sie Ihre Arme vor und kommen Sie heraus.«

Dann war Stille. Sie hörten im Zimmer ein Geräusch. Es klang, als würde eine Tür geöffnet.

»Mensch, der haut über die Terrasse ab«, wisperte Große Jäger.

»Da sind Mommsen und der Kollege«, flüsterte Christoph zurück.

Das Geräusch wiederholte sich.

»Hört sich an, als hätte er die Tür wieder geschlossen. Wahrscheinlich hat er die beiden im Garten entdeckt«, kommentierte Uli Schröder.

Hinter der Tür war nichts zu vernehmen.

Große Jäger klopfte erneut gegen das Holz.

»Kommen Sie raus. Alles andere ist zwecklos. Das Gebäude ist umstellt«, forderte Christoph den Unbekannten erneut auf.

Nach einer ganzen Weile meldete sich die tiefe Bassstimme aus dem Inneren.

»Ist gut. Ich öffne jetzt die Tür.«

Sie hörten, wie der Schlüssel im Schloss gedreht wurde.

Es dauerte viele Herzschläge, bis sich der Türgriff im Zeitlupentempo abwärts bewegte. Dann öffnete sich die Tür zentimeterweise.

Die Anspannung war jetzt unermesslich. Christoph spürte, wie das Adrenalin durch seinen Körper schoss. Er warf einen Blick auf Große Jäger.

Der hatte die Augen zu einem Spalt zusammengekniffen und fuhr sich mit der Zunge über die Lippen. Dabei blickte er starr geradeaus auf den sich verbreiternden Türspalt. Wenn der Oberkommissar nervös war, so war ihm das nicht anzumerken.

Langsam tauchte eine Hand auf. Sie war kräftig, die gepflegten, auf der Oberseite mit schwarzen Haaren bewachsenen Finger waren nach vorn gestreckt. Es war die linke Hand.

Große Jäger sprang vor, sodass er dem Mann aus dem Hotelzimmer gegenüberstand, die Waffe immer noch im Anschlag. Erst nachdem auch Uli Schröder sich vor Gorbatschow aufgebaut hatte, griff der Oberkommissar zu den Handschellen, die an seinem Gürtel baumelten, und ließ die Metallklammern um die Handgelenke des Mannes klicken.

Es war, als atmeten alle gleichzeitig aus.

Gorbatschow wirkte keine Spur aufgeregt.

»Was soll das Ganze?«, fragte er in Christophs Richtung.

»Eine reine Routinemaßnahme«, erwiderte Christoph. Sie schoben den Mann ins Hotelzimmer und folgten ihm.

Thiel öffnete vorsichtig die Terrassentür und rief leise in den Garten: »Alles erledigt. Ich komme jetzt hinaus.«

»Verstanden«, kam Mommsens Stimme aus dem Dunkel des Gärtchens hinter dem Haus zurück. Wenig später drängten auch die beiden Beamten, die die Rückfront abgesichert hatten, in das Hotelzimmer.

»Was wollen Sie von mir?«, fragte Gorbatschow erneut. »Ich erwarte eine Erklärung.«

»Sie sind Herr Gorbatschow?«, antwortete Christoph mit einer Gegenfrage.

Der Mann schüttelte den Kopf. »Nein. So habe ich mich nur an der Rezeption angemeldet. Ich habe nie verstanden, warum in einem Land, das die Freiheit seiner Bürger propagiert, eine Anmeldung mit Namen erforderlich ist.«

»Wie heißen Sie richtig?«

»Andrej Baranowitsch. Ich bin Tourist aus Minsk. Pass und Visum finden Sie dort.« Mit einem Kopfnicken zeigte er auf ein Sakko, das über einer Stuhllehne hing.

»Darf ich?«, fragte Thiel und hatte schon in die Tasche gegriffen, ohne die Antwort abzuwarten.

Die drei Husumer sahen sich an. Ein Weißrusse. Wie der tote Pjotr Schewtschenko.

»Stimmt«, bestätigte der Kieler Kommissar. »Alter: fünfundvierzig. Und das Visum der deutschen Botschaft scheint auch echt zu sein.«

»Wo denken Sie hin?«, empörte sich Baranowitsch.

»Haben Sie eine Waffe?«, fragte Christoph.

»Was soll ich damit?«

Helge Thiel ging auf den Mann zu und ergriff seine Hände. Wenn er sich bisher friedfertig verhalten hatte, so zeigte er plötzlich Widerstand. Ruckartig riss er die gefesselten Hände vor seinen Bauch. Aus seinen dunklen Augen funkelte er den LKA-Beamten böse an. Doch der feste Griff der beiden uniformierten Polizisten brach seine Gegenwehr.

Thiel beugte sich zur rechten Hand des Delinquenten herab und schnupperte daran. Nichts. Das Ganze wiederholte er an der linken Hand. »Sie haben vor kurzem eine Waffe in der Hand gehabt. Ich rieche es«, stellte er fest.

Baranowitsch sah ihn an. »Ich sage nichts mehr«, antwortete er.

»Wir nehmen Sie vorläufig fest«, sagte Christoph und spulte den Text der bei Verhaftungen üblichen Rechtsbelehrung ab.

»Haben Sie das verstanden?«, fragte er anschließend.

Der gefesselte Mann nickte wortlos.

Dann untersuchten sie das Hotelzimmer. Sie fanden nur Kleidungsstücke und Utensilien, die ein Tourist üblicherweise mit sich führt. Eine Waffe fanden sie nicht.

Als die beiden Schutzpolizisten Baranowitsch unter den Arm fassten und ihn nach draußen führten, stockte der Mann zunächst. Dann ließ er sich widerstandslos begleiten. Er hatte während der ganzen Zeit geschwiegen. Sie traten ins Freie und wandten sich dem Polizeibulli zu, in dem der dritte Uniformierte mit Smitkov wartete.

Als sie vor der Schiebetür des grün-weißen Polizeiwagens auftauchten, bemerkte Christoph ein Erschrecken in Smitkovs Augen.

»Sie wollen diesen Mann doch nicht etwa in einem Wagen mit mir transportieren«, protestierte er. »Schließlich hat er versucht, auf Sie zu schießen.«

»Das galt Ihnen«, erwiderte Große Jäger. »Und nun interessiert uns brennend, warum.«

Smitkov sah den Weißrussen verächtlich an. Dann begann er auf ihn einzureden. Er bediente sich einer Sprache, von der Christoph vermutete, dass es Russisch war. Am Tonfall konnte man erkennen, dass es alles andere als eine freundliche Begrüßung war.

»He, he – sprich Deutsch«, fuhr Große Jäger dazwischen. »Wir möchten gern etwas mitbekommen von eurem trauten Zwiegespräch.«

Doch Smitkov ließ sich nicht bremsen. Der Oberkommissar wollte erneut dazwischen fahren, wurde aber diskret von Thiel durch ein Zupfen am Ärmel daran gehindert.

Baranowitsch hörte sich Smitkovs Schimpftirade reglos an. Erst als der smarte Geschäftsmann schwieg, antwortete er mit einem prägnanten »Pahhh!«.

»Wenn ich das übersetzen könnte, würde das mit Sicherheit für eine Anklageerhebung reichen«, mutmaßte Große Jäger.

»Stimmt«, bestätigte Thiel. »Herr Smitkov hat unseren Schützen aufs Heftigste beschimpft, ihn einen Idioten genannt und gefragt, was um Himmels willen in ihn gefahren wäre, dass er auf ihn geschossen hätte.«

Alle schauten erstaunt auf den Kieler LKA-Beamten. Smitkov war vor Schreck der Unterkiefer nach unten gerutscht. Zum ersten Mal machte er einen nahezu dümmlichen Eindruck. Auch Baranowitsch hatte verstanden, dass Smitkov mit seiner unbedachten Erregung einen großen Fehler begangen hatte.

»Sie verstehen Russisch?«, fragte Christoph.

Helge Thiel nickte. »Ich komme von der Spezialdienststelle für Organisierte Kriminalität und habe Russisch gelernt. Mühsam«, fügt er an. »Auch wenn Schleswig-Holstein kein Brennpunkt der Organisierten Kriminalität ist, so hat deren Bekämpfung aufgrund der geographischen Lage im Ostseeraum eine herausragende Stellung.«

»Donnerlüttchen«, staunte Große Jäger. »Das traut der Rest der Republik uns gar nicht zu. Hinter Holstein, auf der anderen Elbseite, glauben die doch, wir würden nur Eier- und Fischdiebe jagen.«

»Siehst du«, beruhigte ihn Christoph. »Wie du richtig angemerkt hast. Die anderen wohnen *hinter* Holstein. Doch zurück zur Sache. Ich möchte mir jetzt auch den Herrn Frings ansehen, der sich im Haupthaus eingemietet hat. Ich fürchte, der Herr ist uns bekannt. Das Hotel hat zwei Eingänge. Vielleicht solltest du, Harm, mit einem unserer uniformierten Kollegen zum Vordereingang gehen.«

Mommsen nickte, und Ben Hegermann schloss sich ihm an.

Die anderen drei betraten das Hotel durch den Seiteneingang. An der Rezeption empfing sie der Hoteldirektor. Mit einer Gelassenheit, als würde er eine Bestellung der Vorspeisen aufnehmen, fragte er: »Waren Sie erfolgreich, meine Herren?«

Christoph nickte nur. »Wo finden wir Herrn Frings?«

»Der wohnt hier im Haupthaus. Oben.« Der Direktor zeigte mit dem Finger in die nach oben offene Halle. Dort war eine Galerie zu sehen. Allerdings führte keine Treppe empor.

»Wie kommen wir dort hinauf?«

»Wenn Sie zum Nebeneingang zurückgehen. Dort ist die Treppe.«

Als die drei die Halle durchquerten, sahen sie oben auf der Galerie Schöppe. Der hatte sie auch bemerkt. Er stutzte einen Moment, drehte sich auf dem Absatz um und verschwand in seinem Zimmer.

Während Christoph und Thiel die Treppe hochhetzten, lief Große Jäger ins Freie.

»Ich sichere die Rückseite«, rief er, stieß aber vor der Tür mit Mommsen zusammen. »Lauf ums Haus«, befahl er ihm und eilte Christoph hinterher.

Die im Obergeschoss um die Halle laufende Galerie war schmal.

Sie sahen eine nur angelehnte Tür. Das musste Schöppes Zimmer sein. In der Eile hatte er keine Zeit gefunden, sie zu schließen. Sie stießen sie vorsichtig auf. Thiel und der mit keuchendem Atem aufschließende Große Jäger hatten ihre Dienstwaffen gezogen.

»Mensch, so oft wie heute hatte ich meinen Ballermann die letzten Jahre nicht in den Händen«, raunte der immer noch nach Luft ringende Oberkommissar.

Doch die Vorsicht war vergeblich. An der gegenüberliegenden Wand stand die Balkontür offen. Schöppe hing halb über die Brüstung gelehnt. Das rechte Bein war noch diesseits des Geländers, während das linke außen im Freien pendelte. Das Bild ähnelte einer Szene aus einer Comedy-Darstellung.

»Nun spring schon. Der junge Fabian Auhagen aus Husum ist auch gesprungen«, schimpfte Große Jäger, zerrte aber am Oberarm Schöppes und zog ihn auf den Balkon zurück. Dann schlossen sich die Handschellen um seine Handgelenke.

Christoph klärte den Mann über seine Rechte auf.

Sie durchsuchten ihn. Er war unbewaffnet.

Christoph warf einen Blick in die Aktenmappe. Dabei sah ihm Thiel über die Schulter.

»So etwas hatte ich erwartet«, stellte Christoph fest. »Lauter Kreditverträge. Die Herren wollten sich hier treffen, um die nächsten Wucherverträge unter Dach und Fach zu bringen.« Christoph klopfte auf die Unterlagen. »Das sind lauter neue Reiches, Auhagens, Dugovics und wie sie alle heißen.«

Als sie den Polizeibulli erreichten, in dem Uli Schröder und sein Kollege mit den beiden anderen Verhafteten warteten, machte Smitkov gar nicht den Versuch, vorzutäuschen, er würde Schöppe nicht kennen.

»Du kennst es«, zischte er ihn an. »Am Ende müssen alle zahlen. Auch du. Und die Zinsen werden auch nicht vergessen.«

Schöppe blieb stumm. Aber einen glücklichen Eindruck machte er nicht.

Während die drei Beamten der Schutzpolizei Baranowitsch mitnahmen, wurde Smitkov in Thieles Passat verfrachtet, wobei Mommsen ihn unterstützte. Christoph und Große Jäger bildeten in ihrem Ford-Kombi mit der zerschossenen Scheibe und dem zitternden

Schöppe auf dem Rücksitz das Ende der kleinen Karawane, die zur Quickborner Polizeistation fuhr.

*

Der Raum war karg möbliert. Ihm fehlte alles Anheimelnde. Nicht einmal Bilder zierten die Wände. In der Polizeiorganisation war eine ländliche Polizeistation die kleinste Organisationseinheit, das letzte Glied in der Kette. Da blieb nichts mehr übrig für eine komfortable Ausstattung.

Am Tisch saßen Christoph, Große Jäger, Mommsen, der Kieler LKA-Beamte Thiel und der Stationsleiter, Hauptkommissar Uli Schröder.

Die drei Verhafteten waren in Arrestzellen sicher verwahrt. Keiner von ihnen hatte während der ganzen Prozedur Widerstand geleistet.

»Jetzt erklären Sie mir bitte, was das LKA mit dieser Sache zu tun hat und weshalb uns die eigenen Kollegen beschattet haben«, forderte Christoph Thiel auf.

Der lehnte sich entspannt auf dem Holzstuhl zurück. »Erst einmal sollten wir das förmliche Sie lassen«, schlug er vor. »Ich heiße Helge.« Dann strich er sich mit der Hand über den Bart.

»Smitkov war nach außen ein unbescholtener Bürger. Er hat sich nie etwas zuschulden kommen lassen. Gerissen und durchtrieben. Obwohl wir schon lange Verdacht hegten, dass hinter der Fassade mehr steckte, konnten wir ihm nichts anhaben. Nicht einmal die Steuer ist fündig geworden. Trotzdem musste da etwas sein. Also fingen wir an, ihn zu beobachten und über Interpol Erkundigungen einzuziehen.«

»Es muss doch einen ersten Hinweis gegeben haben«, unterbrach Christoph.

»Ja, den gab es. Aus Italien kam eine Anfrage an das BKA. Sie klang eigentlich harmlos. Man vermutete, dass Smitkov sich als Finanzier im internationalen Waffengeschäft betätigte. Wohlgemerkt, er selbst hat nicht mit Waffen gehandelt. Dafür war er zu vorsichtig. Man hatte aber den Verdacht, dass er die Geschäfte finanzierte. Er war sozusagen die Clearingstelle zwischen Käufer und Verkäufer. So fingen wir an, ihn zu beobachten.«

»Und? Seid ihr fündig geworden?«

Thiel kniff die Augen ein wenig zusammen. »Nicht direkt. Der Mann war auffallend oft in Zürich, in Luxemburg und auf den Kanalinseln. Das sind die Standorte in Europa, wo das große Geld gewaschen oder versteckt wird. Wir haben ihn überwacht, ihn beim Grenzübertritt durch den Zoll besonders filzen lassen. Nichts. Der Bursche ist aalglatt.«

»Hätte man nicht einmal in seine Unterlagen sehen können?«, mischte sich Große Jäger ein. »Oder Telefonüberwachung?«

Thiel schüttelte den Kopf.

»Mehr, als dem Anfangsverdacht zu folgen, war uns nicht möglich. Die Wohnraumüberwachung ist laut Bundesverfassungsgericht nur unter erschwerten Bedingungen möglich.«

»Toll«, warf der Oberkommissar dazwischen. »Da können Finanzamt und Sozialbehörde jedem Normalbürger in die Konten gucken, aber Verbrecher dürfen wir nicht jagen.«

»Tja, so ist es«, bedauerte Thiel. »Smitkov war Anfang der neunziger Jahre aus Bulgarien nach Deutschland gekommen. Zuerst war er als Wirtschaftsdolmetscher tätig. Sehr schnell merkte er, dass es lukrativer ist, die Geschäfte selbst zu machen. In kürzester Zeit baute er dank hervorragender Verbindungen ein Im- und Exportgeschäft auf und verkaufte alles. Hafenkräne, alte Industrieanlagen, Müll, Schrottautos – es gab nichts, was er nicht zu Geld machte. Doch das reichte ihm nicht. Er wollte mehr. Und so erschloss er sich weitere Betätigungsfelder im Untergrund. Und die wollten wir ihm nachweisen.«

»Wenn ich es richtig verstehe, war Smitkov Einzelgänger«, warf Christoph ein. »Was hat das mit Organisierter Kriminalität zu tun?«

»Organisierte Kriminalität ist die von Gewinn- oder Machtstreben getragene planmäßige Begehung von Straftaten, die einzeln oder in ihrer Gesamtheit von erheblicher Bedeutung sind, sofern sie von mehr als zwei Beteiligten verübt werden, die hierzu auf längere Zeit oder unbestimmte Dauer arbeitsteilig unter Verwendung gewerblicher oder geschäftsähnlicher Strukturen oder unter Anwendung von Gewalt oder anderer zur Einschüchterung geeigneter Mittel ausgeübt werden«, zitierte Thiel wörtlich die Definition. »Wir haben zuerst nur Smitkov gesehen, aber vermutet, dass er nicht allein tätig ist, sondern dass eine für uns nicht erkennbare Organisation dahinter steckt. So sind wir auf die Sache gestoßen. Tja, und ich bin aus diesem Team beim LKA der Frontmann.«

»Und wie hängen Schöppe und die weißrussischen Killer in der Sache?«, fragte Christoph.

»Von denen wussten wir nichts«, gestand Thiel ein. »Auf die seid ihr erst gestoßen.«

»Aber irgendwie müsst ihr doch auf unseren Fall gekommen sein?«

»Das mag mysteriös erscheinen, ist aber simpel. Eine Telefonüberwachung war uns nicht möglich. Natürlich kannten wir aber die Nummern der Handys, die auf Smitkov kontrahiert waren. Uns kam es merkwürdig vor, dass zwei der Mobiltelefone – übrigens ständig andere Nummern – sich in bestimmten Zeitabständen immer wieder durch Norddeutschland bewegten, obwohl Smitkov selbst zu Hause oder auf Geschäftsreise war. Das hat uns erstaunt, da der Mann ansonsten absoluter Einzelgänger war. So haben wir durch gute Beziehungen zum Netzbetreiber«, Thiel hüstelte leicht und warf einen Blick auf Hauptkommissar Schröder, weil er jetzt sensible Informationen von sich gab, »verfolgen können, wo sich die Telefone aufhielten. Beide waren in Nordfriesland unterwegs. Daher bin ich auch dorthin gefahren. Durch einen glücklichen Zufall fiel mir im Zielgebiet ein Pkw auf, der mir schon in Quickborn begegnet war. Ein Leihwagen, angemietet von Georghe Smitkov. Ich folgte dem Fahrzeug, verlor es in Leck aber aus den Augen. Ich bin die Straßen abgefahren, habe aber den Wagen nicht wiederfinden können. Am nächsten Tag habe ich noch einmal die Gegend abgesucht, weil ein Handy verstummt war, das zweite sich aber immer noch aus der Region meldete. Dabei bin ich auf einen Polizeieinsatz gestoßen.«

»Das waren wir in der Wohnung von Frank Reiche«, warf Große Jäger ein. »Dabei haben wir dich auf der anderen Straßenseite gesehen.«

»Genau«, bestätigte Thiel. »Nach Rücksprache mit meiner Dienststelle haben wir entschieden, unsere Identität im Interesse der Ermittlungen nicht preiszugeben. Wir wollten uns erst einmal die Ergebnisse der Kripo Husum anzuschauen.« Thiel lachte. »Wir haben nicht damit gerechnet, dass ihr so rasant an die Sache herangeht. Ihr habt euch großartig durchgebissen. Zu unserer großen Überraschung habt ihr einen ganzen Kreis von Kontaktpersonen aus dem Hut gezaubert, die uns bis dahin alle unbekannt waren.«

»Der geheimnisvolle Zettel mit den Telefonnummern«, stellte Christoph fest.

»Dann geschah der Mord in Husum. Auch darin habt ihr euch verbissen. Ihr habt die Verbindung zu den Banküberfällen und dem Mord in Lille hergestellt. Das war für uns der Zeitpunkt, um auf dem Dienstweg Verbindung mit euch aufzunehmen. So hat unserer Kriminaldirektor mit eurem Dr. Starke gesprochen. Der hielt es aber für klüger, euch nicht zu informieren. ›Wir lassen die Husumer noch ein wenig von der Leine‹, meinte er. ›Wenn die ins Leere laufen, werden die verdeckten Ermittlungen des LKA nicht gefährdet.‹ Euer Kriminaloberrat hat sogar die Mordkommission zurückgezogen.«

»Dann war der eingeweiht«, ereiferte sich Große Jäger, »und hat nichts gesagt. Der Sch…«

An dieser Stelle unterbrach ihn Christoph. »Darüber werden wir noch ein paar Worte zu wechseln haben.« Zu Thiel gewandt fuhr er fort: »Andererseits konnte Smitkov, als ich ihn aufsuchte, ruhig bleiben. Ihm war klar, dass wir ihn in keiner Weise mit dem Mord an Reiche in Verbindung bringen konnten. Dass Reiche wütend wurde und Pjotr Schewtschenko umbrachte, war ein bedauerlicher Betriebsunfall.«

»Ja, das ist alles, was ich zur Aufklärung beitragen kann«, schloss Thiel seinen Bericht. »Den Rest habt ihr Provinzler gelöst.«

»Gut, dann verhören wir doch erst einmal den weißrussischen Killer«, schlug Christoph vor.

Ben Hegermann führte Baranowitsch herein und wollte ihm die Handschellen abnehmen, aber Christoph deutete mit einem Kopfnicken an, dass der Mann gefesselt bleiben sollte. Ungefragt nahm er auf einem freien Stuhl Platz.

»Weshalb haben Sie sich widerstandslos verhaften lassen?«, begann Christoph das Verhör.

Baranowitsch zog die Mundwinkel hoch. »Ich bin Tourist aus Minsk«, behauptete er. »Ich habe ein gültiges Visum der Botschaft.«

»Sie sind schon oft in der Bundesrepublik gewesen?«

»Ist das verboten? Überall verkünden die Politiker, die Einreise nach Deutschland sollte vielen ermöglicht werden.«

»Und deshalb sitzt uns nun eine der fragwürdigen Visaerteilungen gegenüber, die uns dank großzügiger Auslegung des Liberalitätsgedankens das Leben schwer machen«, stöhnte Große Jäger. »Es wäre schön, könnten wir das Vernehmungsprotokoll als Anschauungsmaterial ans schwarze Brett in einem der Berliner Diplomatenclubs hängen.«

»Kein Politiker hat auf die Sicherheitsbehörden gehört, die vor solchen Konsequenzen gewarnt haben«, ergänzte Helge Thiel.

»Wollen Sie mit mir über Politik diskutieren?«, warf Baranowitsch dem Oberkommissar entgegen. »Ich sagte bereits, ich bin Tourist und möchte meinen Konsul in Berlin sprechen.«

»Das wird Ihnen ermöglicht werden. Aber zuvor sollten Sie uns einige Fragen beantworten. Sie haben auf uns geschossen«, sagte Christoph. »Das bedeutet, versuchter Mord an einem Polizisten.«

»Können Sie mir das beweisen? Haben Sie eine Waffe gefunden?«

»Sie unterschätzen uns. Wahrscheinlich liegt das daran, dass Sie Ihre bisherigen kriminellen Streifzüge durch Europa vornehmen konnten, ohne dabei erwischt worden zu sein.«

»Wir werden die Waffe finden, mit der Sie geschossen haben. Auch wenn es viel Mühe kosten wird, das Terrain um das Hotel abzusuchen. Es sei Ihnen versichert: Wir finden sie«, warf Thiel ein. »An Ihren Händen finden sich Schmauchspuren. Außerdem haben wir Fingerabdrücke aus halb Europa, die Sie eindeutig überführen. Wir können Ihnen die Banküberfälle in Hjørring und Bad Vilbel, den Mord in Lille, insbesondere aber das Verbrechen in Husum nachweisen. Außerdem gibt es jede Menge Zeugen, die bereitwillig aussagen werden und froh sind, dass Sie nicht mehr frei herumlaufen. Nein, Herr Baranowitsch. Ihre kriminelle Karriere endet hier und jetzt.«

Der Mann zuckte nicht mit der Wimper. Er wandte sich Thiel zu und sagte etwas auf Russisch. Der LKA-Beamte nickte ruhig.

»Sie können jede Art von Drohung aussprechen. Auch wenn Sie uns das gleiche Schicksal wie Frank Reiche prophezeien.«

Die anderen Polizisten sahen Thiel an. Der nickte zurück.

»Er hat gerade gestanden, Frank Reiche ermordet zu haben.«

»Dieser Bastard hat meinen Kumpel umgebracht«, fauchte Baranowitsch. Aus seinen Augen funkelte es böse. »Er hat ihn erschlagen wie ein Stück Vieh. Das habe ich gerächt.«

»Woher wussten Sie, dass Reiche Pjotr Schewtschenko ermordet hat?«

»Ich habe es aus ihm herausgeprügelt. Der Jammerlappen. Pjotr war zu einem Geschäftsbesuch bei diesem Kerl. Nachdem er nicht wieder zurückkam und sich auch nicht per Handy meldete, bin ich zu Reiches Wohnung gefahren. Im Wohnzimmer habe ich dann das Blut entdeckt und mir meinen Teil gedacht. Später habe ich Reiche telefonisch erreicht. Die Memme hat keinen zusammenhängenden Satz von sich gegeben. Überraschend hat er einem Treffen in Husum zugestimmt, doch dann versuchte er zu fliehen. Im Eingang dieser Buchhandlung holte ich ihn ein. Schon nach dem ersten Mal, nachdem ich seinen Schädel gegen die Wand geschlagen hatte, fing er an, um sein Leben zu flehen, und gestand, Pjotr erschlagen zu haben. Dieses elendige Schwein. Und genauso wie dieser Hund wirst du enden«, drohte er Thiel.

»Sie werden erst einmal wegen mehrfachen Mordes hinter Gefängnismauern verschwinden. Und bei der Art und Weise, wie Sie Ihre Taten begangen haben, wird das Gericht mit Sicherheit die besondere Schwere der Schuld feststellen. Ihre Drohung gegen uns ficht mich daher nicht an. Sollten Sie – wenn überhaupt – jemals wieder frei sein, werden Sie so alt und klapprig sein, dass Sie keine Kuh auf fünf Metern mehr treffen werden.«

Es schien, als wäre eine Verwandlung mit dem Mann vorgegangen. Er sah die Polizisten nachdenklich der Reihe nach an. Dann zuckte er resignierend mit den Schultern.

»Ich hätte früher aufhören sollen«, brummte er, »in meinem Alter sollte man nicht mehr jeden Job machen. Irgendwann kann man nicht mehr vor der Polizei weglaufen.«

»Wie wär's denn, wenn Sie dafür mit uns kooperieren?«

Für seinen Versuch erntete Große Jäger nur einen Seitenblick. »Du Arsch glaubst doch nicht, dass ich mich dazu herablasse, Handlager der Polizei zu werden«, fauchte Baranowitsch zurück. Dann versuchte er, die Hände vor der Brust zu verschränken, was ihm aber mit den Handschellen nicht gelang. Trotzig lehnte er sich zurück und ließ die Schultern fallen.

»In wessen Auftrag haben Sie auf uns geschossen?«, versuchte es Christoph erneut. »Hat Smitkov Sie angeheuert?«

Baranowitsch biss die Zähne zusammen, sodass seine Lippen einen schmalen Spalt bildeten. Dann musterte er aus seinen dunklen Augen der Reihe nach die anwesenden Beamten.

Sie versuchten es abwechselnd, den Mann zum Reden zu bringen, aber es half nichts. Er schwieg eisern.

»Der Haftbefehl gegen Sie ist nur eine Formsache. Kennen Sie die Anschrift Ihres Konsulats?«

Baranowitsch nickte. »Habe ich mit meinen Reiseunterlagen erhalten.«

»Notieren Sie uns bitte Anschrift und Telefonnummer Ihres Konsulats auf diesem Zettel«, brach Christoph das Verhör schließlich ab. Ben Hegermann guckte irritiert, als Christoph den jungen Polizisten aufforderte, Baranowitsch die Handschellen abzunehmen, damit er ungehindert schreiben konnte. Dann wurde der Killer aus Minsk abgeführt.

»Harm, kannst du von den anderen Inhaftierten Namen und Telefonnummer in Erfahrung bringen? Es wäre gut, wenn die beiden die Angaben handschriftlich notieren würden«, schickte Christoph seinen jungen Kollegen los. Als Mommsen den Raum verlassen hatte, fragte Christoph: »Nun haben wir gehört, was wir ohnehin schon vermutet hatten: Wir haben den Mörder gefasst. Und das Opfer war zugleich der Täter im ersten Mord. Bleibt eine letzte Frage: In wessen Auftrag haben die beiden Gewalttäter gearbeitet? Schöppe oder Smitkov?«

»Oder die haben zusammengearbeitet«, ergänzte Große Jäger.

»Das ist anzunehmen. Aufgrund der Kreditunterlagen, die Schöppe in seinem Aktenkoffer bei sich hatte, vermute ich, dass über das Schleswiger Finanzbüro die Kunden angelockt wurden. Dabei arbeitete Schöppe zweigleisig.«

»Was verstehst du darunter?«

»Leute, die Geld anlegen wollten und denen entweder die Rendite bei soliden Finanzpartnern nicht attraktiv genug war oder die Gelder zu verstecken hatten, bediente Schöppe auf eigene Rechnung. Mit haltlosen Versprechungen hat er Gelder eingesammelt und sich davon selbst großzügig bedient. Mit dieser Masche hat er sich bereits in Hamburg betätigt. Als das Rad, das er drehte, zu schnell wurde, hat er Insolvenz angemeldet und dabei viele Anleger um ihre Ersparnisse gebracht. Wir wissen, dass in diesem Fall die Staatsanwaltschaft ermittelt.«

»Und dann hat er die gleiche Masche in Schleswig erneut aufgezogen?«

»Richtig. Da aber gegen ihn ermittelt wurde, hat er seine Freundin Sabine Bruck-Hersanger vorgeschoben. Die hat aber lediglich ihren Namen hergegeben und wurde zur Belohnung auf einen Südseetrip abgeschoben. Das hatte den Vorteil, dass sie nicht stören konnte. Ebenso wurden ihr die Vermögenswerte überschrieben, die Schöppe bei seinem Deal in Hamburg beiseite geschafft hatte.«

»Ganz schön leichtsinnig, sich finanziell voll einer Frau auszuliefern«, warf Große Jäger ein.

»Unter normalen Umständen vielleicht«, gab Christoph zurück. »Aber Schöppe wusste ja, wie man Druck ausübt. Das hat er bei Smitkov gelernt.«

»Da unterstellst du jetzt aber etwas.«

»Richtig. In Schleswig hat Schöppe noch eine andere Idee verwirklicht. Er fing an, bei kleinen Leuten abzusahnen. Da war die Masche mit den Kleinanzeigen und der Endlosschleife am Telefon. Das bringt auch Geld. Kontinuierlich. Und die Dummheit der Anrufer bleibt straffrei für den Initiator. Außerdem hat er Kredite gewährt. Zu Wucherzinsen. An Menschen, die woanders kein Geld mehr bekommen haben. Auf irgendeine Weise hat er dabei Kontakt zu den beiden Weißrussen bekommen und sich derer als Geldeintreiber bedient, wenn die Schuldner nicht zahlen wollten – oder konnten. In manchen Fällen scheint es ja geklappt zu haben. Zum Beispiel in Heide bei diesem Mitrolitis. Nachdem er zusammengeschlagen wurde, hat er sein Auto verkauft. Bei Reiche hat man versucht, das Geld beizutreiben, indem man seine Freundin aus Apenrade zur Prostitution zwingen wollte.«

»Und das hast du alles schon gewusst?«, knirschte Große Jäger zwischen den Zähnen hervor.

»Nein«, lachte Christoph, »manches vielleicht geahnt. Aber zusammengereimt habe ich es mir erst vor kurzem. Die letzten Mosaiksteinchen fanden sich hier, zum Beispiel die Kreditunterlagen, die Schöppe dabeihatte. Ich gehe davon aus, dass er die Fälle mit Smitkov abstimmen wollte. Wahrscheinlich war Smitkov der Kreditgeber hinter den Kulissen. So wie Kollege Thiel uns erzählte, dass er Waffengeschäfte finanzierte, hat er sich wohl auch in diesem Metier getummelt.«

»Kaum zu glauben, dass er sich mit solchem Kleinkram abgab«, warf Große Jäger ein.

»Warum nicht? Die Menge macht's. Damit wissen wir aber immer noch nicht, wer der Auftraggeber für die beiden Schläger war.«

In der Zwischenzeit war Mommsen zurückgekehrt und hatte still dem Dialog gelauscht. Er nutzte die kleine Pause, um Christoph die Zettel mit den Namen und Telefonnummern auszuhändigen.

»Hat alles geklappt?«, fragte Christoph.

Mommsen nickte. »Warum nicht? Da steckt doch nichts hinter, oder?«

»Wenn unser Christoph schmunzelt, hat er noch einen im Ärmel«, mischte sich der Oberkommissar ein, als er Christoph vergnügt lächeln sah.

Der suchte in seiner Jackentasche nach einem Papier. Dann zog er eine Fotokopie hervor und legte sie vor sich auf den Tisch. Er verglich die Schrift mit den drei handschriftlichen Notizen, die er von den Inhaftierten vorliegen hatte. Fast gleichzeitig tippten er und Große Jäger auf eine der Unterlagen und sagten: »Das ist es.«

Eine der Handschriften stimmte mit dem Zettel überein, den sie in Reiches Wohnung gefunden hatten und der die verschlüsselten Telefonnummern enthielt.

»Auch gut organisierte Strukturen scheitern häufig an Kleinigkeiten«, stellte Christoph fest. Thiel stimmte ihm zu.

Für das Gericht würde ein Schriftsachverständiger bestätigen, was die Beamten hier mit bloßem Auge feststellen konnten: Die Notiz mit dem Zahlenrätsel war von Georghe Smitkov verfasst worden.

»Damit wissen wir, dass Smitkov die beiden Schläger losgeschickt hat. Wahrscheinlich ist er der Drahtzieher hinter den Kulissen«, fasste Christoph zusammen.

»Aber warum hat sein eigener Mann, Baranowitsch, vorhin auf ihn geschossen?«

Christoph sah Mommsen über den Rand der Brille an. »Ich schlage vor, wir fragen Smitkov selbst.«

Die beiden Schutzpolizisten verließen wortlos den Raum und kehrten kurz darauf mit dem Geschäftsmann zurück. Im Unterschied zu Baranowitsch trug der Mann keine Handschellen.

»Wir haben Sie als Hintermann entlarvt«, begann Große Jäger etwas voreilig. »Hier!« Er zeigte mit seinem nikotingelben Finger auf die handschriftliche Notiz. »Ihre Handschrift ist einwandfrei identisch mit dieser Nachricht, die wir am Tatort in Leck fanden.«

»Und? Was beweist das? War ich dort?«

»Nicht persönlich. Aber Sie haben den Auftrag für die Straftaten erteilt. Sie sind der Anstifter.«

Smitkov lehnte sich nahezu entspannt zurück. »Lächerlich. Ich bin Kaufmann. Ich mache Geschäfte. Legal und gesetzeskonform. Ich habe zu keinem Zeitpunkt jemanden zu einer Straftat angestiftet.«

»Und wie kommt diese Nachricht an den Tatort? Leugnen Sie, Pjotr Schewtschenko und Andrej Baranowitsch zu kennen?«

»Habe ich das gesagt? Die beiden sind mir bekannt. Ich habe sie vor der Öffnung des eisernen Vorhangs kennen gelernt.«

»Waren Sie auch beim Geheimdienst?«

Smitkov strahlte eine bemerkenswerte Gelassenheit aus. »Ich?« Er schüttelte den Kopf. »Ich bin deutscher Staatsbürger. Glauben Sie, unsere Verfassungsorgane durchleuchten nicht jeden, der sich um die Einbürgerung bemüht? Ich bin sauber.«

»Und die beiden haben für Sie als Schläger gearbeitet«, stellte Christoph fest.

»Nein. Das ist eine Unterstellung. Ich habe Geld verliehen. Menschen geholfen, denen niemand sonst mehr Kredit gewährt hat. Das ist doch nicht strafbar. Ganz im Gegenteil. Für mich ist das sozial verantwortungsbewusstes Handeln.«

»Sie haben Kreditnehmern, die ihre Raten nicht zahlen konnten, Schläger auf den Hals gehetzt. Damit sind Sie der Anstiftung schuldig.«

»Das entspricht nicht den Tatsachen. Es ist mein gutes Recht, ein Inkassobüro mit der Eintreibung rückständiger Zahlungen zu beauftragen.«

»Ein Inkassobüro? Das ist doch lächerlich. Sie haben genau gewusst, welche Gewalt Ihre Handlanger gegen die Menschen ausüben.«

Ein überhebliches Lächeln umspielte Smitkovs Lippen. »Sie stellen hier nur unbeweisbare Mutmaßungen an. Schön.« Er spitzte ein wenig die Lippen. »Vielleicht habe ich mich geirrt, und das Inkassobüro hat keine gültige Lizenz. Das ist aber keine strafbare Handlung. Höchstens eine Ordnungswidrigkeit.«

»Und wie verhält es sich mit der Notiz, auf der Sie die Telefonnummern der Opfer niedergeschrieben haben? Und das auch noch verschlüsselt?«

»Na schön. Die Außendienstmitarbeiter ...«

»Das ist ja ein Hohn«, unterbrach zornig Große Jäger. »Bei Ihren Killern sprechen Sie von Außendienstmitarbeitern!«

Smitkov bedachte den Oberkommissar mit einem leicht spöttischen Lächeln. »Also! Die Außendienstmitarbeiter benötigten Informationen. Und was das geheimnisvolle Codieren anbetrifft ... Ich bitte Sie. Sie haben den *angeblichen* Code doch völlig unproblematisch knacken können.«

Christoph befürchtete, dass Smitkov Recht behalten könnte.

»Warum hat Baranowitsch auf Sie geschossen?«, schaltete sich Helge Thiel ein.

»Falls er es überhaupt war, so galt der Anschlag Ihnen«, wehrte Smitkov ab.

Die Beamten waren in einer Sackgasse. Es würde schwierig werden, dem Mann eine maßgebliche Beteiligung nachzuweisen. Wahrscheinlich kommt der Täter mit dem weißen Kragen wieder einmal ungeschoren oder höchstens mit einem blauen Auge davon, dachte Christoph.

»In Ordnung«, sagte er laut. »Wir werden Sie jetzt noch erkennungsdienstlich behandeln. Dann können Sie gehen.«

Alle anderen Polizisten im Raum waren erstaunt über Christophs einsame Entscheidung. Große Jäger öffnete den Mund, als wolle er dagegen protestieren, schwieg dann aber doch. Es wäre unklug gewesen, Christoph in Gegenwart des Verdächtigen zu kritisieren.

Christoph sah erst Hauptkommissar Ulrich Schröder, dann seinen Kollegen an.

»Bis wir hier fertig sind, bitte ich Sie, Herrn Smitkov für einen kurzen Moment in die Zelle zurückzubringen. Sperren Sie ihn zu seinem Mitarbeiter, da die andere Zelle durch den Neuzugang belegt ist.«

»Welcher Neuzu…?« Ben Hegermann wurde mitten im Satz durch Mommsen unterbrochen, der dem uniformierten Kollegen die Hand auf den Oberarm gelegt hatte. Gottlob hatte Smitkov diese Aktion nicht registriert.

»Sie können mich doch nicht mit einem Mörder in eine Zelle sperren«, protestierte er lebhaft.

»Wieso?«, entgegnete Christoph. »Sie haben eben selbst in Zweifel gezogen, dass Baranowitsch ein Gewalttäter ist. In Ihren Ausführungen haben Sie uns glaubhaft machen wollen, dass Sie lediglich legale Geschäfte betrieben haben. Es dürfte Ihnen doch nichts ausmachen, noch eine halbe Stunde in der Zelle zu bleiben. Ihre ganzen Ausführungen laufen darauf hinaus, dass es sich um ein ganz normales Auftragsverhältnis handelte. Deshalb habe ich auch keine Bedenken, Sie mit Baranowitsch allein zu lassen.«

»Ich bin ein unbescholtener Bürger«, begehrte Smitkov auf. Seine Stimme bekam überraschend einen fast flehenden Klang. »Warum kann ich nicht hier warten?«

»Das ist aus dienstlichen Gründen nicht möglich«, wehrte Christoph ab und sah dabei in Große Jägers breit grinsendes Gesicht. »Würden Sie den Herrn bitte begleiten«, wandte sich Christoph an die beiden Uniformierten.

Auch Hauptkommissar Uli Schröder schmunzelte. Er hatte ebenso wie Thiel und Mommsen Christophs Schachzug durchschaut und machte einen Schritt auf Smitkov zu.

»Nein, ich will aber nicht«, wehrte sich dieser, als ihn der Polizist am Ellenbogen griff. »Ich weigere mich, zu Andrej in die Zelle zu gehen.«

»Machen Sie keine Umstände«, beschied Schröder und nickte Hegermann zu. Der junge Polizist hatte Smitkov am anderen Arm gepackt.

Mit einem Ruck riss sich Smitkov los, machte einen Schritt seitwärts auf Große Jäger zu.

»Na, mein Jung«, dröhnte der Oberkommissar. »Suchst du Polizeischutz?« Dann zeigte er auf die beiden Uniformierten. »Die Kollegen gewähren ihn dir gern. Ach, noch etwas. Du kannst mit deinem russischen Kumpel ungestört plaudern. Die Zellen sind alle schallisoliert. Da hört man nichts. Bis zu diesem Raum hier dringt kein Ton.«

»Können wir das restliche Procedere nicht gleich abwickeln?«, bat Smitkov. Er war sichtlich bleich geworden und konnte weder die Schweißperlen auf seiner Stirn noch das leichte Zittern seiner Hände verbergen.

»Genug jetzt.« Schröders Stimme klang energisch. Erneut griff er zu. Diesmal aber fester, dabei von seinem Kollegen unterstützt. Smitkov begann sich heftig zu wehren. Er versuchte vergeblich, sich erneut loszureißen, zumal jetzt auch Mommsen eingriff. Der Mann strampelte mit den Beinen, hatte aber gegen die drei Beamten keine Chance. Fast in Zeitlupe zerrten sie Smitkov zum Eingang.

Thiel hatte die Tür bereits geöffnet, als Smitkov den Kopf über die Schulter drehte und in Christophs Richtung einen verzweifelten Schrei ausstieß.

»Warten Sie. Ich kann Ihnen noch etwas sagen«, stammelte er.

Christoph nickte den dreien zu, die den Mann losließen. Der taumelte zum Stuhl, fiel auf die Sitzfläche und sah Christoph mit großen Augen an. Sie gaben ihm eine Minute zur Erholung.

»Es stimmt«, begann er dann mit brüchiger Stimme. »Schöppe und ich haben Geschäfte gemacht. Sie haben richtig vermutet. Er akquirierte, ich gab das Geld. Zuerst habe ich mich völlig auf seinen kaufmännischen Instinkt verlassen. Aber dann wurde er gierig und überspannte den Bogen. Er schleppte auch Kreditnehmer heran, bei denen abzusehen war, dass sie die Raten nicht zurückzahlen konnten.«

»Welchen Vorteil hatte Schöppe dabei?«, unterbrach Christoph.

»Er bekam Provision für die vermittelten Kredite. Bis dahin war alles legal.«

»Mit Ausnahme der überhöhten Zinsen, mit denen Sie die Menschen strangulierten.«

»Zins ist der Preis fürs Geld. Und in kritischen Fällen muss eine höhere Risikoprämie gezahlt werden. Das machen die Banken auch und nennen es Basel II. Was ist daran illegitim?«

Christoph ignorierte diesen Einwand. »Weiter«, mahnte er.

»Wir hatten plötzlich eine größere Anzahl fauler Kredite. Das wollte ich nicht hinnehmen. Ich erinnerte mich an Schewtschenko und Baranowitsch, die ich aus Sofia kannte. Ich habe dort zur Zeit des Eisernen Vorhangs im Handelsministerium gearbeitet. Wenn es Probleme gab, die wir nicht lösen konnten, hatten wir einen russischen Kontaktmann. Die beiden waren Mitarbeiter von ihm. Ich war überrascht, als – lange nach der Öffnung des Ostens – die beiden in Quickborn auftauchten und fragten, ob ich lukrative Arbeit für sie hätte. Da kam mir der Gedanke, sie für den Inkassodienst einzuspannen.«

»Wussten Sie, dass die beiden knallharte Gewaltverbrecher waren und eine blutige Spur quer durch Europa hinter sich herzogen?«, fragte Christoph.

»Ich schwöre, dass ich davon nichts gewusst habe. Es verwundert mich aber nicht. Sie waren schon damals in Bulgarien alles andere als zimperlich.«

»Dann hast du also geahnt, wie die beiden Knallköpfe bei ihren so genannten Inkassotouren vorgehen werden?«, sprang Große Jäger dazwischen.

»Nein … Ja. Ein bisschen. Ich hätte es mir in der Phantasie ausmalen können. Aber das wollte ich nicht«, gestand Smitkov ein. »Schöppe war kein solider Kaufmann. Ihm kam es bei allen seinen Geschäften nur auf die Abzocke an. So machte ich ihm Vorwürfe. Wir stritten uns heftig, dann kam es zum Zerwürfnis. Ich forderte Schöppe auf, für die Ausfälle einzustehen. Doch der fühlte sich sicher. Er wäre nur Vermittler. Das Kreditrisiko würde bei mir liegen, lachte er mich aus.«

»Ein betrogener Betrüger«, warf Große Jäger ein. Die Spur Schadenfreude in der Stimme war unverkennbar.

»Und wie ging es weiter?«, hakte Christoph nach.

»Ich schickte ihm Schewtschenko und Baranowitsch auf den Hals. Sie sollten ihm ein wenig einheizen.«

»Und? Waren die beiden erfolgreich?«

»Zuerst schien es, als würde Schöppe einwilligen. Doch dann kehrte er zu seiner harten Linie zurück. Meine Beauftragten meinten, bei Schöppe mit seinen Möglichkeiten und Verbindungen würden ihre Methoden nichts bewirken.«

»Das ist aber ein merkwürdiges Eingeständnis der Ohnmacht.«

»So empfand ich es auch. Bis mir Böses schwante.«

»Ich kann es mir denken«, erwiderte Christoph. »Schöppe hat die beiden gekauft und ihnen mehr geboten. Dafür sollten sie die Seiten wechseln.«

Smitkov nickte nur stumm.

»Das also ist Loyalität in Gangsterkreisen wert. Und plötzlich standen Sie auf der Abschussliste.«

Erneut nickte Smitkov.

»Schöppe verlangte plötzlich, dass ich alles vergessen sollte. Geschäftsrisiko nannte er es hämisch.«

»Hätten Sie das Geld nicht verschmerzen können?«

»Das ist nicht nur eine Frage des Geldes, sondern sie ist grundsätzlicher Natur. Wenn Sie in diesem Geschäft Schwäche zeigen, bekommen Sie kein Bein mehr auf den Boden. So durfte ich nicht nachgeben.«

»Und dabei haben Sie die Kaltblütigkeit der russischen Killer unterschätzt.«

Smitkov wirkte jetzt müde, abgespannt. Er schien aber auch erleichtert, da alles vorbei war.

»Ja«, gestand er, »das war wohl mein größter Fehler. Ich hätte nicht geglaubt, dass sich die beiden kaufen lassen und auch nicht davor zurückschrecken, mich umzubringen.«

Danach verhörten sie Manfred Schöppe. Sie konfrontierten ihn mit dem, was sie bereits in Erfahrung gebracht hatten.

Schöppe leistete keinen sichtlichen Widerstand. Er brach schnell ein und bestätigte die gegen ihn erhobenen Vorwürfe.

»Ja, ich wollte Smitkov beseitigen lassen und habe Baranowitsch beauftragt, den Parasiten aus dem Weg zu räumen.«

»Sie gestehen damit, einen Mord in Auftrag gegeben zu haben?«

»Darauf kommt es auch nicht mehr«, entgegnete Schöppe lakonisch. »Ich fürchte, mit den anderen Delikten, die man mir vorwirft, liegt genug Material bei der Staatsanwaltschaft.«

»Man wird auch prüfen, ob die Übertragung der Vermögenswerte an Ihre Freundin Sabine Bruck-Hersanger rechtsverbindlich war.«

»Von mir aus gern«, erwiderte Schöppe. »Das Flittchen hat mir gestern eine SMS geschickt, dass sie jemanden kennen gelernt hat. Sie hat nicht vor, in der nächsten Zeit zurückzukommen.«

»Und was wird aus der Wohnung? Dem Boot? Der Nordic Financial Consulting?«

»Die Kosten für Haus und Boot werden von laufenden Konten beglichen, die auf ihren Namen laufen. Und die Gesellschaft in Schleswig wird von einem Treuhänder verwaltet.«

»Und für wen?«

»Für mich«, gab Schöppe zu. »Aber das bringt auch nichts, weil der Laden ohnehin in Kürze Insolvenz anmelden muss.«

»Dafür wird sich dann Ihr Liechtensteiner Anwalt, dieser Dr. Reto Häfeli, nicht wieder in Deutschland blicken lassen dürfen. Den jagen jetzt Zoll und Finanzamt«, stellte Große Jäger mit Genugtuung fest.

»Das kümmert mich nicht. Ich werde die Zeit schon überbrücken«, gab Schöppe von sich.

»Und dann? Machen Sie sich danach wieder als Finanzberater breit?«

»Möglich«, grinste der Mann Christoph frech entgegen.

Dank

Mit dem Erscheinen des dritten Romans dieser Reihe möchte ich mich bei den Menschen bedanken, ohne die das Buch nicht oder nur unzureichend hätte realisiert werden können.

Susanne hat mich als Erste angeregt, mit dem Schreiben zu beginnen. Auf dem mühsamen Weg dorthin hat mich mein Agent Dr. Michael Wenzel konstruktiv und hilfreich unterstützt und gefördert.

Birthe muss nicht nur stets die erste Fassung des Manuskripts über sich ergehen lassen, sondern ist mir mit ihrer kritischen Würdigung meiner Gedanken und bei der Suche neuer Schauplätze immer eine wertvolle Unterstützung.

Mein Sohn Malte hilft mir mit seinen medizinischen Kenntnissen, die Darstellung der Folgen aus Mord und Totschlag sachgerecht zu beschreiben.

Mein Dank gilt auch der Polizei Husum, insbesondere dem Leiter der dortigen Kripo, und dem Landeskriminalamt Kiel für die offene Kommunikation und die Bereitschaft, mir zu vielen Fragen eine fachkundige Antwort zu geben.

Das gilt auch für Redaktionen und andere Institutionen, die meinem Auskunftsbegehren mit offenem Ohr begegnet sind.

Ohne das herausragende medizinische Können der Münsteraner Ärzte Dr. Karl-Heinz Dietl und Dr. Karl-Georg Gärtner, die auch lebensbedrohliche Erkrankungen zu heilen vermögen, wären weitere Bücher vielleicht fraglich gewesen.

Ein mutiger Verleger und sein professionelles Team, insbesondere Dr. Christel Steinmetz und Stefanie Rahnfeld, die das Werden des Buches mit hohem Sachverstand und kritischem Blick begleiten, machen die Erstellung eines gedruckten Werkes erst möglich.

Ein besonderer Dank gilt meiner Lektorin Dr. Marion Heister, die mit Einfühlungsvermögen und Akribie alle meine Bücher begleitet und mit viel Engagement mitgeformt hat.

Doch der größte Dank gilt meinen Lesern, dem obersten Souverän eines jeden Autors. Ihr Interesse und Zuspruch sind die Quelle, aus der ich neue Ideen und die Freude an der weiteren Arbeit schöpfe.

Hannes Nygaard
TOD IN DER MARSCH
Broschur, 240 Seiten
ISBN 978-3-89705-353-3

Hannes Nygaard
VOM HIMMEL HOCH
Broschur, 240 Seiten
ISBN 978-3-89705-379-3

Hannes Nygaard
MORDLICHT
Broschur, 240 Seiten
ISBN 978-3-89705-418-9

Hannes Nygaard
TOD AN DER FÖRDE
Broschur, 256 Seiten
ISBN 978-3-89705-468-4

Charles Brauer liest
TOD AN DER FÖRDE
4 CDs
ISBN 978-3-89705-645-9

Hannes Nygaard
TODESHAUS AM DEICH
Broschur, 240 Seiten
ISBN 978-3-89705-485-1

Hannes Nygaard
KÜSTENFILZ
Broschur, 272 Seiten
ISBN 978-3-89705-509-4

Hannes Nygaard
TODESKÜSTE
Broschur, 288 Seiten
ISBN 978-3-89705-560-5

Hannes Nygaard
TOD AM KANAL
Broschur, 256 Seiten
ISBN 978-3-89705-585-8

Hannes Nygaard
DER TOTE VOM KLIFF
Broschur, 272 Seiten
ISBN 978-3-89705-623-7

Hannes Nygaard
DER INSELKÖNIG
Broschur, 256 Seiten
ISBN 978-3-89705-672-5